AF288444

euphoria

das spiel der götter

Impressum:

Erste deutsche Auflage
Copyright © 2024 Nina Nell
Umschlaggestaltung: Nina Nell
Urheberrecht des Coverbildes: Pixabay
Satz und Layout: Nina Nell
Verlag: BoD · Books on Demand GmbH,
In de Tarpen 42, 22848 Norderstedt
Druck: Libri Plureos GmbH,
Friedensallee 273, 22763 Hamburg

ISBN: **978-3-7583-5089-4**

www.euphoria-lane.de

Bibliografische Information Der Deutschen Bibliothek:
Die Deutsche Nationalbibliothek verzeichnet diese
Publikation in der Deutschen Nationalbibliografie;
detaillierte bibliografische Daten sind im Internet über
dnb.d-nb.de abrufbar.

Nicht die Welt, sondern sich selbst zu verstehen und Akzeptanz, Liebe und Verständnis entgegenzubringen, ist das Ende allen Leids.
Die Welt sollte nicht anders sein, als sie ist.
Aber sie wird sich ändern, wenn wir es tun.

LUMENIA

Das Land der Götter

Eine vergrößerte Ansicht der Land- und Stadtkarte findest du auf der Webseite: www.euphoria-lane.de

LUMENIA
DIE STADT

VORWORT

Liebe Leserin, lieber Leser,

mit diesem Buch (und den darauf folgenden Bänden) hältst du eine Geschichte in den Händen, die sich mit Themen der Bewusstseinsentwicklung befasst – hauptsächlich mit dem Thema »Gesetz der Anziehung« und der Frage, wie wir mit unserem Sein Einfluss auf unser Leben nehmen können. »Euphoria« ist ein Abenteuer, das wichtige Erkenntnisse dazu vermittelt und sich darüber hinaus mit der Frage beschäftigt, wer wir sind. In der Geschichte waren wir alle einmal Götter, die sich ihrer Macht und ihres Einflusses auf die Realität vollkommen bewusst waren. Und so ist die Entwicklung, welche die Protagonisten in »Euphoria« durchlaufen, eine Erinnerung an ihr wahres Potential.

Doch auch die Frage, was Realität ist, spielt hier eine große Rolle. Mittlerweile weiß sogar die Wissenschaft, dass das Bewusstsein Einfluss auf die Realität hat und stellt die Vermutung auf, dass es sich bei der Realität um nichts weiter als ein Hologramm handelt. In »Euphoria« tritt die Hauptprotagonistin Lucy eine Reise der Bewusstwerdung vom Opfer zum Schöpfer ihrer Realität an. Und mit ihr gemeinsam können auch wir viele wichtige Dinge über uns und unser Leben bzw. die Realität erkennen und lernen.

Doch natürlich handelt es sich hierbei um eine fiktive Geschichte, die nichts Anderes will, als zum Nachdenken über die eigene Wirklichkeit anzuregen. Sie erhebt nicht den

Anspruch auf die absolute Wahrheit und sagt nichts über das Existieren von übersinnlichen Phänomenen, anderen Welten, fremden Wesen oder der Kontrolle und den Machthabern unserer Welt aus – obgleich sie all dies auch nicht verneint. Sie will nur das Hinterfragen der Wirklichkeit bewirken und vermittelt auf spannende Art die Anwendung und Umsetzung des Gesetzes der Anziehung im Alltag durch das Spiel der Götter – Euphoria. Die Erkenntnisse zum Spiel der Götter findest du noch einmal in Sachbuchform in den Büchern »Euphoria – Das Spiel 1 & 2« und in »Euphoria – Die Power-Spiele« und »Euphoria – Programmiere dich um«. Die Geschichte zu diesem Spiel, deren 1. Band du hiermit in den Händen hältst, ist eine Erkenntnisreise, in der du das Spiel der Götter und seine Wirkungsweise für dich selbst entdecken und erleben kannst. Was damit alles möglich ist, musst du für dich selbst herausfinden und mit deiner eigenen Wirklichkeit verknüpfen. Denn das Spiel der Götter ist hier die Substanz *aller* Ereignisse – einschließlich der übersinnlichen Themen – und es wird auch an all diesen Ereignissen erklärt und beleuchtet, was jedoch nicht bedeutet, dass ein Aufheben der physikalischen Gesetze durch das Spiel der Götter möglich ist – so wie es in der Geschichte geschieht. Auch kann das Spiel keine Heilversprechen geben. Es dient lediglich dazu, alles, was du über die Realität zu wissen glaubst, zu hinterfragen und dich zu deinem eigenen Bewusst-sein zu führen, das alle Antworten bereits kennt. Die Geschichte will dich dazu animieren, das Spiel der Götter für dich selbst auszuprobieren, denn schon beim Lesen findet automatisch ein Nachahmeffekt statt, wenn Lucy beispielsweise durch das Spiel lernt, die Kontrolle über ihre Gefühle und Gedanken zurückzuerlangen.

Über Geschichten und Märchen können wir viel über uns

selbst lernen. Denn durch das emotionale Erleben der Ereignisse und das Mitfühlen mit den Protagonisten, reflektieren wir, wir hinterfragen, spiegeln, lernen, finden Antworten oder neue Fragen und wir entwickeln uns. Wir treten die Reise mit den Protagonisten gemeinsam an und lernen – durch unsere Empathie mit ihnen – dieselben Dinge, die auch sie lernen. Geschichten können uns verändern, weil wir sie *miterleben*. Und das ist auch der Sinn und Zweck dieser Romane. Tauche einfach in die Geschichte ein und schaue, was mit dir geschieht, welche Fragen sich dir stellen oder welche Antworten *in dir selbst* aufkommen. Jeder erlebt die Geschichte anders.

Wenn du dich auf diese Geschichte einlässt, wirst du ein turbulentes Abenteuer erleben und mit den Protagonisten wachsen, lachen und weinen, Glück erleben und Schmerz, jedoch wirst du auch große Erkenntnisse erfahren und die Welt und dein Leben danach mit anderen Augen betrachten.

»Euphoria« ist Teil einer noch viel größeren Geschichte. Bedenke, dass es zu Euphoria noch die Nebenromane »Götterkinder« und «Marin« gibt. Und es gibt noch die »One«-Reihe, die sich mit dem Thema der Polarität und der Erleuchtung befasst. In der Fortsetzung »DiVine« verbinden sich die beiden Reihen »One« und »Euphoria« zu einer Einheit. Am Ende des Buches findest du eine Auflistung aller Bücher dieser großen Geschichte.

Ich stelle dir dieses und auch alle anderen Bücher so gut wie kostenlos zur Verfügung, da ich nur noch auf Spendenbasis arbeite. Du bezahlst also nur die Druck- und Dienstleistungskosten des Verlags und der Shops. Wenn dir die Bücher gefallen und helfen, würde ich mich deshalb sehr über eine Spende als Dankeschön freuen. Mit diesen Spenden verwirklichen wir immer neue Projekte – zum Beispiel das kleine Lumenia, das wir kostenlos für alle aufbauen wollen. Auch kann ich durch deine Unterstützung an neuen Büchern arbeiten und weitere hilfreiche Inhalte erschaffen, die dir und anderen auf dem spirituellen Weg helfen. Du findest mich in der Euphoria-Lane: www.euphoria-lane.de

Nun wünsche ich dir viel Spaß bei deinem »Euphoria«-Abenteuer!

1

Ein fast normaler Tag

Es war Sommer. Schon wieder. Und dieses Mal war er auch noch viel zu früh gekommen. Ärgerlich wischte sich Lucy den Schweiß von der Stirn. Wenn es nach ihr gegangen wäre, hätte er dieses Jahr auch ausfallen oder sich zumindest verspäten können. Wie im letzten Jahr, als der Winter gar kein Ende hatte nehmen wollen. Aber so hatte ihre persönliche Hölle in diesem Jahr schon früh begonnen.

»Mistdinger!«, schimpfte sie leise und klopfte sich die Pollen von der Sporthose. Sie flogen wie riesige Schneeflocken über den Sportplatz. Langsam, bedrohlich und unaufhaltsam. Zum hundertsten Mal bereute sie es, dass sie an diesem Tag gekommen war. Sie war ohnehin fast nie wirklich in der Lage, an irgendetwas in diesem Sportverein teilzunehmen. Wie hatte sie sich nur einbilden können, gerade heute, beim Sportfest ...

Wieder kitzelte es ihr in der Nase und sofort schossen ihr Tränen in die Augen. Dann nieste sie. Vier Mal hintereinander. Warum war sie heute Morgen überhaupt aufgestanden?

Erschöpft und schwindelig setzte sie sich wieder auf den Tribünenplatz und wühlte ein Taschentuch aus ihrer

Potasche. Der Hundert-Meter-Lauf war vorbei und die Sportler stellten sich bereits in zwei Reihen vor den Sandkästen für den Weitsprung auf. Lucy versuchte an dem Mann mit dem riesigen Schaumstoffhut vorbeizuschauen, um ihrer Freundin beim Springen zusehen zu können. Sie beugte sich ein wenig vor und lugte über seine Schulter. Dann stieß ihr plötzlich etwas Spitzes in die Rippen. Lucy wandte sich um und blickte in das verärgerte Gesicht des kleinen, blonden Mädchens, das neben ihr saß.

»Ich seh nix!«, schimpfte sie, wobei sie ihre Augenbrauen zusammenzog und den kleinen Mund anschließend zu einer schmalen Linie spitzte.

Lucy lehnte sich resignierend wieder zurück und starrte missbilligend den karierten Hut an. Am liebsten hätte sie diesem Typen das alberne Ding vom Kopf gefegt. Er hatte sie nicht einmal eines Blickes gewürdigt, als sie ihn angesprochen hatte. Nur ein verächtliches »Aach!« war aus seinem mit Pommes Frites gefüllten Mund gekommen. Und bei der abwertenden Handbewegung hatte er fast sein Bier ausgekippt. Wenn sie wenigstens Platz gehabt hätte, um ein wenig zur Seite zu rücken. Aber sie war regelrecht eingekesselt. Seufzend stellte sie ihre Tasche zwischen die Füße, stützte sich mit den Händen von der Bank ab, versuchte ihren schwachen Kreislauf und das leichte Schwindelgefühl, das damit verbunden war, zu ignorieren und stand schließlich wieder auf. Normalerweise hätte es ihr wahrscheinlich gar nichts ausgemacht stundenlang zu stehen. *Normalerweise.* Aber sie *war* eben nicht normal. Ein normaler, gesunder Mensch konnte ohne Anstrengung aufstehen und musste dabei nicht befürchten umzukippen, weil es viel zu heiß war und die Pollen ihm die Nasenschleimhäute zuschwellen ließen, so dass er nicht atmen konnte und sich vor Erschöpfung schließlich doch wieder hinsetzen musste. Aber das hatte den Affen mit dem Riesenhut ja nicht interessiert. Glücklicherweise saß hinter ihr niemand, dem sie jetzt die Sicht versperrte. Sie saß ganz hinten, in der letzten Reihe. Wie immer. Nicht etwa, weil es ihr gefallen hätte, oder weil es schon zur Gewohnheit geworden war, dass sie über Riesenköpfe oder -hüte hinwegsehen musste. Nein, sie war einfach mit einem Pech gestraft, das ihr lediglich den allerletzten kinderpopodünnen Streifen darbot, der auf der Tribünenbank noch zu finden war. Weil sie auf wundersame Weise jedes Mal zu spät kam, wenn solche Veranstaltungen stattfanden. Egal, wie früh sie losfuhr. Anscheinend passierten die unmöglichsten und verrücktesten Vorfälle immer genau dann, wenn *sie* unterwegs war. Als warteten sie nur darauf ihr das Leben schwer zu machen. Heute waren es ein paar Jugendliche gewesen, die es offenbar lustig gefunden hatten in der S-Bahn die Notbremse zu ziehen, die Tür aufzutreten und dann lachend davonzulaufen. Als die Bahn dann endlich weitergefahren war – nachdem der Fahrer ausgiebig die Tür inspiziert und wieder geschlossen hatte – und sie an ihrer Haltestelle hatte aussteigen wollen, hatte eine ältere Dame sie, *gerade sie* (waren da nicht noch ungefähr 100 andere Leute in der Bahn, die mindestens genauso nett und hilfsbereit aussahen wie Lucy?) darum gebeten, sie zum Ärztehaus zu begleiten. Lucy hatte sie angesehen, als sei sie von der

Spezialeinheit   *Haltet-Lucy-um-jeden-Preis-auf*   geschickt worden. Aber natürlich war sie so nett. Das war sie immer. *Viel* zu nett.

Miriam stand jetzt bereits bei den Tischen mit den Getränken und hielt sich eine Wasserflasche an den Mund. Ihr Sprung war also schon vorbei.

»Toll«, murmelte Lucy und biss vor Wut die Zähne zusammen. Dann blickte sie grimmig auf den Typen hinunter, der ihr ganz offensichtlich den Tag vermiesen wollte. Wenn das überhaupt noch möglich war. Ärger kochte in ihr hoch und ein erschreckend starkes Gefühl von Frust und Traurigkeit, das nur zum Teil etwas mit ihm und dem dämlichen Hut zu tun hatte. Sie hob wieder den Blick und beobachtete frustriert die anderen Sportler. Wie sie vollkommen unbeschwert ihrem Hobby nachgehen und Sport treiben konnten, die volle Kontrolle über ihre Körper hatten und Leistungen erbrachten, von denen sie nur träumen konnte. Sie wollte auch da unten sein. Ihre Freundin dort anfeuern, wo sie sie hören konnte. Ihr gratulieren, weil sie sich womöglich schon wieder selbst übertroffen hatte. Und sie wollte auch selbst springen. Und angefeuert werden. Sie wollte laufen und werfen und ... einfach dabei sein. Leben! Und Spaß haben! Es genießen einen Körper zu haben, der normal und vernünftig funktionierte. Aber das würde niemals so sein. Und dass sie sich von Miriam hatte überreden lassen, sich mit ihr in diesem Sportverein anzumelden, würde an dieser Tatsache auch nie etwas ändern.

Wieder kitzelte es in ihrer Nase. Sie kramte fluchend ihr

Taschentuch heraus und nieste hinein. Fünf Mal. Am liebsten hätte sie sich ihre verflixten Allergien und Krankheiten in diesem Moment aus dem Körper geprügelt. Sie hinderten sie am Leben. Sie hinderten sie daran, Spaß zu haben und Dinge zu tun, die sie mochte. Ihr Frust und ihre Wut steigerten sich ins Unermessliche. Sie hasste ihre Krankheiten! Sie hasste sie wie die Pest. Und sie hasste sich selbst dafür, dass sie diese Krankheiten hatte. Warum konnte sie nicht einfach normal sein? So wie Miri.

Den Tränen nahe tupfte sie sich ihre rote Nase trocken und steckte das Taschentuch wieder weg. Dann legte sie resignierend den Kopf in den Nacken und blickte seufzend in den azurblauen, wolkenlosen Himmel. *Warum?*, dachte sie. Warum war ihr Leben nur so schwer, während das ihrer Freundin so unbeschwert und leicht war? So fröhlich und erfüllt. Was machte sie falsch? Sie war doch kein schlechter Mensch. Wofür wurde sie so hart bestraft? Eine Träne rollte ihr über die Wange und versank in ihrem Mundwinkel. Sie wischte sich den salzigen Geschmack von den Lippen und wollte gerade noch einmal ihr Taschentuch aus der Hosentasche ziehen, als sie etwas am Himmel bemerkte. Es sah aus wie eine kleine Scherbe, die das Sonnenlicht reflektierte und dabei funkelte wie ein Stern. Lucy zwinkerte ein paar Mal und kniff die Augen ein wenig zusammen, um es besser erkennen zu können, als plötzlich die Zuschauer anfingen laut zu jubeln und zu klatschen. Unbeteiligt wandte sie sich um und sah wie Mark Vrender Anlauf nahm und zum Sprung ansetzte. Miri stand daneben und klatschte aufgeregt mit. Lucy huschte ein kurzes Lächeln über die

Lippen. Er war Miriams großer Schwarm. Und – nebenbei bemerkt – der beste Sportler von allen, was wohl die große Aufregung der Zuschauer erklärte. Als er ein weiteres Mal den Vereins-Rekord gebrochen hatte, blickte Lucy wieder über die Bäume und stellte überrascht fest, dass das Funkeln näher gekommen war. Zumindest vermutete sie das. Es war jetzt viel deutlicher und heller. Und obwohl es immer noch winzig klein war, entdeckte sie jetzt verschiedene Farben darin. Mal rot, dann blau und einen Moment später grün und violett. Aus dem Augenwinkel bemerkte sie nun, dass auch ihr Platznachbar auf das Funkeln aufmerksam geworden war, seine Begleiterin anstupste und in den Himmel zeigte.

»Vielleicht ein Stück von einem Satelliten, oder so?«, sinnierte sie und hielt sich die Hand über die Augen, um die blendende Sonne damit abzuschirmen.

»Quatsch!«, entgegnete der Mann barsch.

Und dann ging alles so schnell, dass Lucy auf die vielen Dinge, die in den nächsten Sekunden passierten, nicht mehr reagieren konnte. Es geschah alles gleichzeitig. Sie wandte sich zunächst um, um sich in das Gespräch ihrer Platznachbarn einzubringen. Dann sah sie das erschrockene Gesicht der Frau. Sie blickte Lucy mit aufgerissenen Augen an, zuckte zugleich zusammen und riss ihren ganzen Körper zur Seite. Ihren Mann zog sie mit sich. Im selben Moment spürte Lucy, wie ein stechender Schmerz sie wie ein Pfeil an der Hand traf und ihren Arm mit einer solchen Wucht nach hinten riss, dass sie mit mehreren Überschlägen rückwärts von der Tribüne flog. Sie hörte einen kurzen, hellen Schrei, während sie durch die Luft schleuderte. Dann schlug sie

18

dumpf auf der Wiese auf.

Ihre Hand brannte wie Feuer. Die Geräusche um sie herum sausten davon, als führe sie auf einer Autobahn am Geschehen vorbei. Aus weiter Ferne hörte sie Rufe. Hilferufe. Sie wollte aufstehen und nach ihrer Hand greifen, in der das Blut zu kochen schien. Aber sie konnte ihren Körper nicht bewegen. Ihre Reflexe waren wie ausgeschaltet. Alles fühlte sich weich an. Wie Butter, die in diesem Moment in der Sonne schmolz und sich auf der Wiese verteilte. Und sie spürte nicht einen einzigen Muskel oder Knochen in ihrem Körper. Sie lag nur – ihr Bein seltsam verdreht – auf dem Rücken und starrte nach oben.

Über ihr verbogen sich die Bäume. Sie wölbten sich als würde jemand einen Ballon unter ihnen aufblasen und sie zur Seite drücken. Und die Pollen, die durch diesen unsichtbaren Ballon flogen, verwandelten sich in fußballgroße Wattebällchen. Dann verschwamm alles vor ihren Augen. Und als sie die Umrisse der Menschen sah, die auf sie zu eilten, wurde plötzlich alles ganz dunkel.

2

PECHVOGEL

Wieso perlt das Pech an manchen Menschen ab, wie Regen an einem Ölteppich – und an manchen bleibt es haften wie Teer und Federn? Das war die Frage, die sich Lucy stellte, als sie die Augen öffnete und eine Traube von Sanitätern und Ärzten um sich herum sah.

»Sie ist wach!«, rief einer aus. Sie schienen in Panik zu sein. Lucy runzelte die Stirn. War sie etwa so schwer verletzt? Sie wollte den Kopf heben, aber jemand drückte sie wieder hinunter. Sie wurde gerade sehr schnell durch einen Gang geschoben. Sie blickte nach oben und sah die Lichter an der Decke. Aber es sah immer noch alles merkwürdig aus. Irgendwie wabernd, als wäre nichts um sie herum fest. Sie versuchte, den Arzt zu fragen, was los war. Aber die Worte kamen nur nuschelnd aus ihrem Mund. Also griff sie mit der Hand nach dem weißen Kittel, der aussah wie eine Wolke. Jemand beugte sich zu ihr hinunter und sie stellte ihre Frage erneut.

»Ihr Bein ist gebrochen und Sie haben innere Verletzungen. Bleiben Sie ganz ruhig«, sagte er.

Lucy wollte sich vor diesen Worten erschrecken. Aber sie

war ganz entspannt. Ja geradezu selig und ruhig. Als sei alles in bester Ordnung. Sie runzelte wieder die Stirn. Sollte sie nicht beunruhigt sein? Sie fühlte ihren Körper kaum noch. Bis auf das Brennen in ihrer Hand. Eine Erkenntnis sickerte in ihr Bewusstsein. Wenn sie nichts spürte, hieß das, dass ihr Rückgrat etwas abbekommen hatte? War sie etwa gelähmt? Wieder versuchte sie, sich zu erschrecken. Aber schaffte es nicht. »Mmmeine Hand«, murmelte sie nur und hob ihre brennende Hand hoch. Aber niemand reagierte.

Stattdessen redete der Arzt mit jemandem, der sich wohl hinter ihr befinden musste. Er sprach von Frakturen. Es waren also mehrere. Nun gut, sie war auch ziemlich hart auf dem Boden aufgeschlagen. Aber warum fühlte sie keinen Schmerz? Stand sie noch unter Schock? Fühlte sich ein Schock so an? So völlig friedlich und ruhig?

Eine große Flügeltür wurde geöffnet und sie wurde hindurch geschoben. Jemand sagte: »OP vorbereiten.«

Lustig, dachte sie. Jetzt wurde sie operiert. Zum ersten Mal in ihrem Leben. Sie hatte überhaupt keine Angst. Stattdessen fand sie das Gewusel all der Schwestern recht amüsant. War sie etwa high? Hatten sie ihr Lachgas gegeben? Oder Morphium? Sie wollte lachen, weil alle so panisch aussahen, sie aber die Ruhe selbst war. War sie nun doch schon so abgehärtet von ihrem Leben, dass sie sich gerade gar nicht aufregen konnte? Dass sie sich nicht einmal erschrecken konnte? Fand sie das alles schon so normal, dass sie darüber lachen musste?

Sie bezeichnete sich zwar nicht gern als Pechvogel (sie bevorzugte den Begriff »verflucht«), aber Pech war genau das, was ununterbrochen in ihrem Leben geschah. Seit sie denken konnte. So etwas wie das hier war also nicht wirklich ungewöhnlich. Katastrophen passierten ständig in ihrem Leben. Und sie spielte gedanklich meist schon alle Eventualitäten durch, die passieren konnten. Um darauf vorbereitet zu sein. Ja, sie stand morgens sogar schon mit Katastrophengedanken auf. Nicht, weil es ihr Spaß machte. Sondern weil es einfach normal für sie war. Sie wollte eben möglichst auf alles vorbereitet sein, was eventuell passieren könnte. Das gab ihr in ihrem vom Pech verfolgten Leben ein wenig Sicherheit. Aber auf das hier hätte sie sich unmöglich vorbereiten können. Wer ging denn schon von der Möglichkeit aus, von einer mit hunderten Menschen besetzten Tribüne geschossen zu werden? Von irgendeinem Gegenstand, der durch die Luft flog? Sie musste sich eingestehen, dass man sich eben nicht auf *alles* vorbereiten konnte. Denn manche Pechvögel scheinen eben mehr Pech zu haben als andere. Und Lucy war einer davon.

Sie wurde in der Mitte des Raumes abgestellt. Ärzte und Schwestern liefen umher, bereiteten sich vor, warfen mit Fachbegriffen um sich und Lucy blickte die große Lampe an, die über ihr hing. Sie waberte genauso wie alles andere. Sie bewegte sich, als würde sie aus fließendem Sand bestehen. Am liebsten hätte sie hinein gegriffen, um zu testen, ob sie wirklich so flüssig war, wie sie aussah.

Doch dann wurde sie wieder von dem Brennen in ihrer Hand abgelenkt. Sie stöhnte auf und ballte die Hand zu einer Faust. Es fühlte sich an, als würde Lava durch ihre Adern fließen. Das Brennen stieg hinauf bis in ihre Schulter, dann in ihren Brustkorb und breitete sich schließlich in ihrem ganzen Körper aus. Ihr traten Schweißperlen auf die Stirn und sie stieß einen Schrei aus, bei dem sie es endlich schaffte, ihren Körper zu bewegen. Sie winkelte die Beine an, wobei es heftig knackste und sich an verschiedenen Stellen in ihren Beinen ein glühendes Stechen bemerkbar machte. Sie hatte das Gefühl, ihre inneren Organe, ihre Glieder und sogar ihr Blut würden in Flammen stehen! Sie schnappte nach Luft, als die Schwestern ihren Körper wieder nach unten drückten und sah, wie die Lampe über ihr wild zu flackern begann. Neben ihr stand ein Monitor, der plötzlich ausfiel und sie hörte ein Scheppern, als habe jemand alle Instrumente vom Tisch gefegt. Wieder sah sie Lichtpunkte in der Luft herum schwirren und wieder wölbte sich alles. Der Raum dehnte sich nach außen aus, als würde ein Ballon gegen die Wände drücken.

Lucys Körper bebte plötzlich. Sie drückte das Kreuz durch, wobei sie erneut ein Knacken hörte und spürte dabei, wie eine unbeschreibliche Energie ihre Wirbelsäule hinauf kroch. Sie bebte und surrte in ihren Knochen wie Strom. Ihr Körper krampfte und entspannte sich rhythmisch, zitterte, streckte sich und zog sich wieder zusammen. Und sie hatte keine Kontrolle darüber. Auch die Schwestern hatten kaum genug Kraft, ihren Körper festzuhalten.

»Fixieren!«, rief jemand.

Sie sah eine Frau mit einer Spritze. Lucy hasste Spritzen. Sie hatte Spritzen schon immer gehasst. Aber vermutlich war diese notwendig, dachte sie. Dennoch war es nicht möglich, ihr die Spritze zu verabreichen, weil ihr Körper einfach nicht still hielt. Und einen Moment später sah Lucy, wie die Spritze in der Hand der Frau zerfiel. Sie zerfiel in winzige kleine Stücke! Lucy traute ihren Augen nicht. Die Teile rieselten zu

Boden und die Flüssigkeit tropfte von der zitternden Hand der Frau. Sie sah die Schwester an, die fassungslos auf ihre Hand starrte. Wie konnte eine Spritze einfach so zerfallen? Was ging hier vor sich?

Das Licht über ihr flackerte immer heftiger. Und die Stimmen um sie herum wurden immer lauter und panischer. Lucy sah Lichtblitze durch den Raum zucken. Und irgendwann wurde das flackernde Licht so unerträglich hell, dass es in ihren Augen schmerzte. Sie kniff die Augen zu und in dem Moment zerplatzte die Lampe. Sie zersprang mit einem heftigen Knall.

Scherben rieselten auf sie hinab. Und Schreie hallten durch den Raum. Dann war es ganz dunkel. Und ruhig. Und auf einmal beruhigte sich Lucys Körper wieder. Er wurde still. Das Krampfen hatte schlagartig aufgehört. Lucy ließ sich erschöpft auf die Liege fallen. Sie sah noch, wie jemand die Tür öffnete und ein wenig Licht in den Raum fiel. Und sie sah die erschrockenen Gesichter der Schwestern und Ärzte. Sie sahen sich entsetzt um. Und sie sahen Lucy erschrocken an. Ihre Blicke wanderten über Lucys Körper – ungläubig, erschrocken und fassungslos. Sie berührten sie. Betasteten sie. Und wirkten dabei völlig entsetzt. Lucy wusste nicht, was sie sahen. Sie wusste nur, was sie spürte. Sie konnte ihren Körper wieder fühlen – doch er fühlte sich anders an. Ganz anders. So als sei sie in einen anderen Körper hinein geschlüpft. Einen Körper, der das absolute Gegenteil von ihr war. Kraft pulsierte plötzlich durch ihre Adern. Eine Kraft, die sie noch nie zuvor gespürt hatte.

3

schicksal

Nikolas lehnte am Fensterrahmen und sah nachdenklich hinaus. Sein Apartment lag im obersten Stockwerk. Von hier aus hatte er einen guten Blick auf die Parkanlage, aus derer Mitte sich das große, bekannte Kuppelgebäude erhob. Er konnte genau das Loch sehen, das er vor wenigen Stunden in sein gläsernes Dach geschossen hatte. Es funkelte im Sonnenlicht wie ein kleiner Stern, der sich auf das gewölbte Glas gesetzt hatte. Das ganze Gebiet um das runde Gebäude herum war abgesperrt und mit grün uniformierten Gardisten bestellt, die das Gelände nach Splittern absuchten. In ihren Händen hielten sie die Ortungsgeräte, die speziell für diesen Ausnahmefall angefertigt worden waren. Vor 10 Jahren.

Als hätten sie es gewusst, dachte er. Wahrscheinlich *hatten* sie es auch gewusst. Er war schließlich dafür bekannt, Mist zu bauen. Er war ein ungehorsamer Gardist, der manchmal einfach die Kontrolle über sich verlor. Und über seine Kräfte. Vermutlich hatten sie es tatsächlich kommen sehen. Er seufzte schuldbewusst und beobachtete seine Kameraden, wie sie über die Wiesen huschten und die Splitter suchten, die er von dem Kristall abgesprengt hatte. Von dem riesigen, unzerstörbaren Kristall, der sich innerhalb des Gebäudes befand. Er fragte sich immer noch, wie er es geschafft hatte, das Ding zu beschädigen. Es war unmöglich. So hatte er zumindest gedacht. Und seine Kollegen würden nur einige von den Splittern finden können. Die anderen – und das machte ihm ein wenig Sorgen – waren schon lange nicht mehr hier.

Er nahm einen tiefen Atemzug und drehte sich um, bevor es an der Tür klopfte. Alea trat in den Raum. Eine der höchsten Gardisten des Landes. Ihre Uniform war blütenweiß, mit violetten Streifen abgesetzt. Das Wappen von Lumenia trug sie nicht auf der Schulter, so wie er, sondern auf der Brust. Doch ihr feuerrotes, lockiges Haar verdeckte es fast gänzlich. Nach ihr betraten seine Freunde Paco und Hilar den Raum und machten Gesichter wie auf einer Beerdigung. Wie auf *seiner* Beerdigung.

»Quidea wartet«, sagte Alea und deutete mit der Hand in Richtung Tür.

Nikolas zögerte einen Moment und ließ den Blick ein letztes Mal durch sein Zimmer schweifen. Er war sich nicht sicher, ob er jemals zurückkehren würde. Es bestand eine geringe Chance, aber sie schwand mit jeder Minute, die verstrich. Er spürte genau, was auf ihn zukommen würde. Er konnte die Zukunft nur nicht in Bilder und einzelne Szenen und Situationen verpacken und sie vor seinem inneren Auge abspielen, so wie er es gewohnt war. Sie lag im Dunkeln. Nur ein Gefühl, eine dunkle Vorahnung half ihm, ein wenig Klarheit über die zukünftigen Ereignisse zu erlangen, die auf ihn zu kamen. Und dieses Gefühl war nicht positiv.

Er nahm noch einmal einen tiefen Atemzug und ging dann

erhobenen Hauptes zur Tür. Als er an seinen Freunden vorbeiging, boxte er Hilar gegen die Schulter und grinste aufheiternd. »Macht nicht solche Gesichter. Ist doch kein Weltuntergang.«

Sie seufzten gequält und folgten ihm. Der Apartmentkomplex war direkt mit dem Gardezentrum verbunden. Es würde nicht lange dauern, bis sie den Versammlungsraum erreichten und auf Quidea trafen. Ihren Mentor. Und König. Aber der Weg dorthin erschien ihnen wie eine Ewigkeit. Keiner von ihnen sagte ein Wort, während sie mit gesenkten Köpfen durch die langen und lichtdurchfluteten Gänge schritten. Aber sie konnten jeden Gedanken des anderen hören und jede Gefühlsregung spüren. Sie hatten sich alle für diesen letzten gemeinsamen Gang weit geöffnet und jedem den Zutritt zu ihren ganz persönlichen Gedanken- und Gefühlswelten gewährt. Sogar Alea hatte ihre gedankliche Barriere eingerissen und sich in den inneren Dialog eingebracht.

Es wird alles gut, dachte sie mit ihrer festen und selbstsicheren Stimme.

Ja, vielleicht, entgegnete Nikolas. Er wusste es nicht. Keiner von ihnen wusste es. Denn niemand konnte sehen, was sich an dem Ort abspielen würde, an den er geschickt werden würde. Niemand hatte mentalen Zugriff auf diese Welt. Die Welt der verlorenen Menschen.

Von hier aus in die Gegenwelt zu blicken, gelingt wahrscheinlich nicht einmal Quidea, dachte Paco jetzt. *Die Schwingung da drüben ist zu niedrig.*

Nikolas nickte.

Ich werde dich vermissen, Alter! Das war Hilar. Seine Stimme drang viel lauter und energischer durch ihre Köpfe und auch seine Gefühle waren forscher und aufwühlender. Er war wütend. Und traurig. Er sprach es nie wirklich aus, aber er betrachtete Nikolas als seinen besten Freund. Er war der Mensch, der ihm am nächsten stand. Schon seit seiner Kindheit.

Nikolas wandte sich leicht um und warf ihm einen vertrauten Blick zu. Das typische, freche Grinsen eines Kindes, das etwas ausgeheckt hatte und sich nicht das geringste aus der Bestrafung machte.

Hilar lachte in sich hinein. *Du wirst dich nie ändern, oder?*

Nein.

Sie lachten leise. Doch dann war es still zwischen ihnen. Nur Gefühle sprangen von einem zum anderen und Bilder aus der Vergangenheit. Paco brachte sich mit einer Szene ein, die ihn für immer an Nikolas gebunden hatte. Das Bild war so klar und deutlich wie ein Film vor ihren inneren Augen. Keiner versuchte, es mit seinen eigenen Bildern zu verdrängen. Sie alle sahen zu, wie Paco als junger Gardist vor dem Ältestenrat stand und für etwas zur Rechenschaft gezogen werden sollte, das er bis heute nicht bereute. Er hatte seine Kräfte gegen einen weißen Gardisten eingesetzt. Gegen Taro – den mächtigsten Gardisten des landes. Nicht direkt, sondern aus der Entfernung heraus und auf eine hinterhältige Weise, so dass niemand genau sagen konnte, wer der Übeltäter war – was ein schwieriges Unterfangen war in einem Land, in dem jeder einfach *alles* wusste. Nikolas war ihm zur Hilfe gekommen. Er hatte jede erdenkliche Regel gebrochen, um ihn aus dieser Situation zu boxen und alle Schuld auf sich zu nehmen. Es sei ein übler Scherz gewesen, hatte er damals erklärt. Er habe seine Kräfte testen wollen. Der Kerl habe ihn einfach wütend gemacht. Das waren seine Argumente gewesen.

Ich habe die Kontrolle verloren, fügte Nikolas der Liste grinsend hinzu und sah seinen Freund kameradschaftlich an.

Paco blieb ernst.»Du hast dafür eine harte Strafe erhalten. Eine Strafe, die mir gegolten hätte«, sagte er nun laut.

»Sie haben mich nicht annähernd so hart bestraft, wie sie dich bestraft hätten, glaub mir.« Er nutzte die Sonderstellung, die er in Lumenia genoss, zwar nicht aus, aber sie kam ihm oft sehr gelegen. Die Lumenier kannten seine Ausrutscher schon. Und sie entschuldigten sie öfter, als er es verdient hatte.

Paco senkte wieder den Kopf. *Ich werde dir das nie vergessen.*

Jetzt schnaubte Nikolas entnervt.»Jetzt komm schon... Du tust ja so, als würden wir uns nie wieder sehen«, sagte er.

Paco senkte den Blick. Und Alea sah die drei Freunde interessiert an. Sie kannte all diese Verstrickungen zwischen ihnen. Sie war irgendwie ein Teil davon, hielt sich meistens aber einfach heraus. Doch jetzt sah sie, wie eng diese alten Geschichten sie in all den Jahren zusammen geschweißt hatten. Sie waren schon eine seltsame Truppe. Durch Leid und Schmerz auf ewig verbunden. Es war kein Wunder, dass Nikolas' Auftrag sie alle so sehr aufwühlte. Schließlich wurde gerade das zentrale Vehikel aus dieser Verbindung gerissen. Wer waren sie noch, wenn Nikolas fehlte? Hilar traf es am schlimmsten. Er litt schon jetzt furchtbar unter dieser Trennung. Seine Gefühle waren regelrechte emotionale Stürme, die langsam aber sicher gefährliche Ausmaße annahmen.

Das bekam auch Nikolas mit und sah seinen Freund mit einem freundschaftlichen, jedoch warnenden Blick an. »Reiß dich zusammen«, sagte er. Er konnte seine Gefühle zwar verstehen, aber er wusste auch, wie gefährlich es war, die Kontrolle über seine Gefühle zu verlieren. Besonders hier in Lumenia. Vermutlich wusste das keiner so gut wie er. Er hatte oft genug die durchschlagende Kraft von übersprudelnden Emotionen erlebt. Das letzte Mal an diesem Morgen, als er den Kristall beschädigt hatte. In einem Land wie diesem emotional abzustürzen, war keine gute Idee.

Nikolas ging jetzt voraus, um für alle die große Tür aufzuhalten, die zur Empfangshalle führte. Am Ende der Halle befand sich schließlich der Versammlungsraum. Die Gefühle und Gedanken seiner Freunde wurden zunehmend unruhiger. Sie tosten wild durch ihr Bewusstsein und als sie drohten Überhand zu nehmen, blieb Nikolas stehen und wandte sich zu ihnen um.

»Okay«, sagte er und machte eine beruhigende Geste mit den Händen. »Jetzt kriegt euch wieder ein. Es wird schon werden. So schlimm ist es da drüben nun auch wieder nicht«, log er und er wusste nicht, wer seinen Worten weniger Glauben schenkte. Seine Freunde oder er selbst. »Ich erledige das schnell und bringe euch ein Souvenir mit, alles klar?« Damit beendete er seine Rede und wollte sich schon umdrehen, als Paco wieder das Wort ergriff.

»Niko« Seine Stimme klang schwach und ängstlich. »Du weißt, dass die Chancen nicht sehr gut stehen, dass du überhaupt zurückkommst. Ich habe kein gutes Gefühl bei der Sache.«

Einen Moment lang sagte niemand etwas. Aber dann

verzog Nikolas seinen Mund zu einem ehrlichen, selbstbewussten Grinsen und hielt ihnen die Hand hin. »Wie wär's mit 'ner Wette?«

Paco und Hilar tauschten einen irritierten Blick und lachten.

Dann hob Nikolas selbstsicher den Kopf. »*Ich* bestimme über mein Schicksal. Ganz egal, wie es jetzt aussieht oder wie es sich anfühlt, es wird letzten Endes *meine* Handschrift tragen. So wie immer.« Und das konnte er sich auch ohne den geringsten Zweifel glauben. Er vertraute seinen Kräften und seinen Fähigkeiten. Auch wenn er manchmal die Kontrolle darüber verlor, wusste er, dass sie ihn nie im Stich ließen.

Sie legten erleichtert die Hände auf seine und nickten. »Ja, wie immer«, sagten sie und wirkten jetzt ein wenig zuversichtlicher.

Alea legte ihre Hand ebenfalls auf die Verbindung der Freunde und lächelte. »Keine Wette«, sagte sie. »Du hast recht. *Du* bestimmst über dein Schicksal und ich weiß, ich fühle, dass es gutgehen wird. Egal wie. Auch wenn keiner von uns in diese Welt da drüben blicken kann, um die Zukunft zu sehen. Aber...«, sie hielt einen Moment inne und sah Paco und Hilar an, »wenn du es wirklich zu deinen Freunden zurück schaffst, schenke ich dir etwas aus der ganzen Kraft meiner Fähigkeiten als weiße Gardistin.«

»Du willst mich mit einem Geschenk zurück locken?«, lachte Nikolas.

»Ich will die beiden nicht heulen sehen«, entgegnete sie mit hochgezogener Augenbraue. »Außerdem wird es ziemlich langweilig sein, wenn du hier nichts mehr anstellst.«

»Von mir kriegst du auch etwas«, sagte Paco nun. »Etwas Großes!«

Nikolas lachte herzlich, aber innerlich war er tief ergriffen. Es war eine große Geste, jemandem etwas aus seinen Fähigkeiten heraus zu schenken. Etwas für jemanden zu *erschaffen*. Ein solches Geschenk kam einer Offenbarung der eigenen Seele gleich. Es war, als würden sie ihm Teile ihrer Persönlichkeit schenken. Und egal wie die Geschenke aussehen würden, sie würden ihr Bewusstsein in sich tragen. Ihre Gefühle und Gedanken. Ihre Zuneigung. Ein solches Geschenk nicht anzunehmen, war die größte Beleidigung, die man sich vorstellen konnte. Es blieb ihm gar nichts Anderes übrig. Er *musste* zurückkommen. Und das wussten sie auch.

Hilar verschränkte nun die Arme vor der Brust und grummelte. »Und von mir kriegst du 'nen Tritt, wenn du nicht zurückkommst. Ich komme persönlich vorbei und reiß dich an deinen Locken zurück! Das schwöre ich!«

Nikolas lachte, klopfte seinem Freund auf die Schulter und ging schließlich seufzend zur Tür. Seine Freunde folgten ihm auf dem Fuße. Dann betraten sie gemeinsam einen imposanten Raum – die eine Hälfte mit Stühlen bestückt, auf denen offenbar die gesamte Belegschaft des Gebäudes saß und sie stumm anstarrte und auf der anderen Seite mehrere, lange Pulte voller Computer und Monitore. Hinter den Pulten erstreckte sich eine riesige Leinwand, auf der eine Satellitenaufnahme zu sehen war. Mehrere kleine, rote Lichter blinkten über den ganzen Bildschirm verteilt. Eines direkt über Quideas Kopf. Er stand mit verschränkten Armen vor der Leinwand und wartete geduldig, bis Nikolas, Paco und Hilar endlich zu ihm nach vorn traten. Alea setzte sich zu den anderen Gardisten direkt vor einen der Pulte und tippte etwas in einen Computer. Dann ergriff Quidea das Wort.

»Diese Karte zeigt nicht *unser* Land«, bestätigte er ihre Vermutungen. »Einige der Splitter haben den Schutzwall durchbrochen und befinden sich jetzt auf der *anderen Seite*.« Quidea war ein Mann von imposanter Größe und einer respekteinflößenden Ausstrahlung. Doch sein Gesicht wirkte stets liebevoll und zuversichtlich. Selbst, wenn die Lage noch so ernst war. Sein Gesicht strahlte die stetige innere Sicherheit aus, dass alles gut werden würde. Davon war er so überzeugt, dass ihn niemals etwas aus der Ruhe brachte. Selbst jetzt nicht.

Ganz im Gegensatz zu Hilar, der gerade missbilligend die Arme vor der Brust verschränkte und brummte. »Wie ist das überhaupt möglich?«, fragte er protestierend. Er war sich nicht sicher, wogegen er überhaupt protestierte. Womöglich nur gegen die Tatsache, dass sein bester Freund auf eine Mission geschickt werden sollte, von der er vielleicht nie wieder zurückkehren würde. »Ich dachte, der Schutzwall kann nicht durchbrochen werden?!«

Quidea kam langsamen Schrittes auf ihn zu und ließ gemächlich seine Hände in die Hosentaschen sinken. Mit geneigtem Kopf sah er ihn an. »Der Schutzwall wurde aus der Energie des Kristalls erschaffen«, sagte er milde. »Was glaubst du, ist die einzige Macht, die ihn durchbrechen kann?«

Hilar verstummte sofort und senkte den Kopf. Er hatte recht. Quidea hatte die faszinierende Fähigkeit, jemandem mit einem einzigen Blick klarzumachen, dass es nichts nützte, sich gegen die Wirklichkeit aufzulehnen. Der Kristall war beschädigt. Das war eine Tatsache. Und die Splitter waren in einer anderen Welt gelandet.

»Und sie müssen zurückgeholt werden«, führte Quidea seine Gedanken zu Ende. »Wir schicken mehrere Truppen hinüber, um sie zu finden.«

»Wie viele Splitter sind es?«, fragte Paco und kam mit seiner Frage Nikolas zuvor.

Alea stand nun wieder auf, nahm einen Stock vom Pult und deutete damit auf die rot blinkenden Lichter. »Insgesamt acht«, sagte sie. »Die Stücke müssen beim Übertritt zersprungen sein. Jetzt sind sie nicht größer als ein Stecknadelkopf, was die Suche erheblich erschweren wird. Aber mit unseren Geräten sollten wir sie trotzdem schnell finden können. Nur einer von ihnen macht uns Sorgen.«

Quidea hob die Hand und Alea hielt sofort inne.

»Ich möchte, dass *du* dich um diesen Splitter kümmerst«, sagte er zu Nikolas und sah ihn dabei mit einem bedeutsamen, weisen Blick an. »Ich habe bereits einen Trupp zusammengestellt. Es sind jeweils drei Gardisten für einen Splitter zuständig. Du wirst mit Alea reisen.«

Nikolas wagte es nicht, zu widersprechen, obwohl er starke Bedenken hatte, auch nur einen Fuß in diese Welt zu setzen. Wieder. Er wusste kaum noch etwas von der Zeit, die er dort verbracht hatte. Nur das Chaos und das Leid war ihm immer in Erinnerung geblieben. Und der Schmerz. Der tief sitzende Schmerz von Verlust und das zerreißende Gefühl, machtlos zu sein. Und völlig ausgeliefert. Er war sich nicht sicher, ob er der Herausforderung gewachsen war, sie erneut zu betreten. Tief im Inneren hatte er Angst, dass sich das Leid dieser Welt erneut auf sein Bewusstsein auswirken und er deshalb nicht mehr zurückfinden würde.

Quidea legte eine Hand auf seine Schulter und sah ihn mitfühlend an. Sein väterliches und zuversichtliches Lächeln wirkte ein wenig beruhigend. »Vertraue mir, Nikolas. Du wirst uns den Splitter zurückbringen und keinen Schaden davontragen. Egal wie lange du in dieser Welt verweilst. Ich glaube an dich. Das habe ich immer.«

Nikolas konnte Quideas Vertrauen in ihn jedoch nicht nachvollziehen. Er hatte in seinem Leben schon mehr Mist gebaut, als er jemals gutmachen konnte. Aber vielleicht war diese Mission ja eine Chance. Eine Möglichkeit zu beweisen, dass er nicht vollkommen ungeeignet für diesen Job war. Vielleicht konnte er es wirklich schaffen, diesen Auftrag unbeschadet zu überstehen. Den Splitter zurückzubringen, ohne von der kranken und kaputten Welt und ihren Gefahren verschlungen zu werden. Vielleicht. »Wo muss ich hin?«, fragte er und versuchte, entschlossen zu klingen. Aber sein Gesicht und seine ganze Haltung drückten eher Unbehagen aus.

Alea deutete mit dem Stock auf ein rotes Licht inmitten einer Stadt. Einer der Gardisten an den Pulten zoomte das Bild heran und stoppte, als man den Stadtkern erkennen konnte. Die Häuser, Straßen und Bäume und sogar die Menschen, die in den Straßen auf und ab gingen, waren so gut zu sehen, dass Nikolas glaubte, schon mitten in dieser Welt zu stecken, vor der er sich so fürchtete. Der Gardist schwenkte nun ein wenig nach rechts und hielt an einem großen, grauen Gebäude an. Das rote Licht blinkte direkt an der obersten linken Ecke des Hauses.

»Es handelt sich hierbei um ein Krankenhaus, Nikolas«, sagte Quidea mit einem bedeutsamen Unterton in der Stimme, wobei er Nikolas aufmerksam beobachtete. »Der Splitter befindet sich in einem Menschen.«

4

EIN NEUES LEBEN

Als Lucy aufwachte, hatte sie fürchterliche Kopfschmerzen. Aber wenigstens war das Brennen in ihrer Hand verschwunden. Es hatte noch den ganzen gestrigen Tag angehalten und sie fast um den Schlaf gebracht. Was auch immer sie da getroffen hatte, es hatte offenbar keine schlimmere Verletzung hinterlassen. Vielleicht war es wirklich ein Stück von einem Satelliten gewesen. Oder von einem Flugzeug. Sie schwang die Beine aus dem Bett und betrachtete ihre Hand abschätzend, wobei sie sie mehrmals hin und her drehte. Es war nur ein kleines Mal zurückgeblieben. Ein kleiner, roter Fleck, der aussah wie eine Welle oder wie eine kleine Wolke. Sie drückte mit einem Finger auf die rote Stelle, so wie es die Ärzte gestern unzählige Male getan hatten, und spürte immer noch kein Stechen. Es war wohl wirklich nicht in die Haut eingedrungen. Es hatte sie nur getroffen. Ziemlich hart sogar. Und natürlich hatte es jeden anderen der unzähligen Menschen, die da dicht an dicht auf der Tribüne gesessen hatten, verfehlt und ausgerechnet *sie* getroffen. Natürlich. Wen auch sonst.

Ihre Freundin hatte sich gestern im Krankenhaus köstlich

darüber amüsiert. Nachdem sie sicher gestellt hatte, dass Lucy unverletzt war, natürlich. Aber mit ihrem Gelächter hatte sie Lucy ein wenig den Schrecken genommen. Und dafür war sie dankbar gewesen. Sie hatten schon oft gemeinsam über Lucys unglaubliches Talent gelacht, das Unglück magnetisch anzuziehen. Das hatte ihr sehr oft geholfen, ihr vom Schicksal gebeuteltes Leben zu ertragen. Und so war es auch gestern gewesen.

Denn nach dem Schrecken im OP war es mit Lucys innerer Ruhe gänzlich vorbei gewesen. Sie hatte immer noch keine Ahnung, was da passiert war. Nachdem das Licht wieder funktioniert und sich die Schwestern und Ärzte wieder gefangen hatten, war sie zwar doch nicht operiert worden, aber der Schrecken saß ihr immer noch in den Knochen. Die Ärzte hatten ihren zitternden Körper mit einer Panikattacke erklärt. Doch für ihre plötzlich verschwundenen Knochenbrüche hatten sie keine Erklärung gehabt. Dass plötzlich keine OP mehr nötig gewesen war, hatte die Ärzte und Schwestern jedoch so sehr verstört, dass sie sich erst einmal zurück gezogen und beraten hatten, während Lucy von einer Untersuchung zur nächsten geschickt worden war. Am Ende des Tages hatten sie einstimmig verlauten lassen, dass sie sich offenbar geirrt hatten. Es hatte keine Knochenbrüche und keine inneren Verletzungen gegeben. Lucys Vermutung, dass sich ihre Knochen vielleicht selbst gerichtet hatten, als ihr Körper so durchgedreht war, hatten sie als Unsinn abgetan. Na gut, es klang auch irgendwie verrückt. Tatsächlich war diese ganze Situation mehr als komisch, wenn sie in ihr nicht solch einen Schrecken ausgelöst hätte. Miriam meinte gestern, ihr Pech habe neue

Dimensionen erreicht. Und als dann auch noch das Röntgengerät im Untersuchungsraum kaputt gegangen war, waren sie in schallendes Gelächter ausgebrochen.

Als Lucy daran dachte, musste sie grinsen. Doch als ihr wieder das Bild durch den Kopf schoss, wie sie von der Tribüne geschleudert worden war oder wie ihr Körper auf dem OP-Tisch gezittert hatte, verflog das Amüsement. Denn auch wenn es wirklich urkomisch war – im Gesamtbild betrachtet – war es doch ein erschreckendes Erlebnis gewesen. Sie schauderte kurz, schüttelte den Gedanken schnell wieder ab und stand auf.

Als sie durchs Wohnzimmer ging, drückte sie auf die Fernbedienung ihres TVs und ging dann weiter ins Bad. Doch als sie die Nachrichten hörte, blieb sie im Flur stehen.

»...Meteoritenregen. Überall in Europa sind gestern winzige Meteoritensplitter vom Himmel gekommen. Das Naturschauspiel...«

Lucy lief ins Wohnzimmer zurück und machte den Ton lauter.

»...war bei Tageslicht kaum zu erkennen. Die Splitter haben keinen größeren Schaden angerichtet und es besteht keine Gefahr für einen weiteren Meteoritenschauer.«

Sie stand erschrocken vor dem Fernseher. »Meteoriten?«, sagte sie fassungslos. War sie etwa von einem Meteoritensplitter getroffen worden? Wieder betrachtete sie ihre Hand. Und was erzählte die da von wegen *kein größerer Schaden*? Schließlich war sie womöglich fast von einem dieser Dinger umgebracht worden! Sie hätte sich bei diesem Sturz auch das Genick brechen können. Was, wenn noch andere Menschen von diesen Splittern getroffen worden waren? Wie konnten die einfach von *keinem größeren Schaden* reden? Sie war fassungslos. Sollte sie zur Polizei gehen? Oder noch mal ins Krankenhaus? Wo ging man hin, wenn man von einem Meteoriten getroffen wurde?

Nachdenklich ging sie ins Bad und hätte fast wieder gelacht. Da kamen Meteoriten vom Himmel und wen traf einer davon? Lucy natürlich. Miriam hätte sich jetzt vor Lachen gekringelt. Wenn sie ihr nachher davon erzählte, würde sie sich wahrscheinlich kaum noch einkriegen.

Als sie ins Bad kam, schien ihr die Sonne brennend ins Gesicht. Es war schon wieder viel zu warm. Das Wetter erinnerte Lucy an ihre tagtägliche Tortur. Wahrscheinlich würde sie erneut den ganzen Tag mit ihrem Kreislauf zu kämpfen haben. Schnell öffnete sie den Medizinschrank, um dem Schlimmsten entgegenzuwirken. Sie holte allerlei Medikamente heraus und stellte sie vor sich auf den Tisch. Antiallergika, Schmerzmittel, Salben, Vitamine und diverse andere Tablettenschachteln und Döschen. Die Karaffe mit Wasser stand schon seit gestern Abend da. Sie goss das Wasser in ein hohes Glas, kratzte sich gewohnheitsmäßig noch die Armbeugen, an denen sich ihr Ausschlag immer bemerkbar machte, und griff schon nach der ersten Tablettenschachtel, als sie plötzlich inne hielt. Ihr ausgestreckter Arm schwebte erstarrt in der Luft. Ungläubig betrachtete sie die Stelle, die sie gerade gekratzt hatte und wagte es nicht, auch nur ein einziges Mal zu blinzeln. Ihr Arm, von der Armbeuge nach oben und unten und zu den Seiten hin auslaufend, hätte tief rot, schuppig und voller Pusteln sein müssen. So wie jeden Morgen. Seit 15 Jahren.

Aber da war nichts! Da war absolut gar nichts! Ihre Haut

war glatt und makellos. So makellos wie Haut nur sein konnte. Wie Haut normalerweise sein *sollte*. Ihr Ausschlag war weg. Er war einfach verschwunden! Fassungslos berührte sie die Stelle an ihrem Arm, die sie schon gar nicht mehr gesund kannte und streichelte vorsichtig über die Haut. Sie fühlte sich glatt an. Und weich. Vollkommen gesund! Sie fühlte nicht den Hauch eines Juckreizes. Nicht einmal annähernd.

»Das gibt's nicht«, flüsterte sie fassungslos und ließ die Tablettenschachtel wieder auf den Tisch fallen. Dann lief sie zum Spiegel, betrachtete ihr Gesicht und erschrak so sehr, dass sie ein kurzes »Ah!« ausstieß. »Nein, das...« Fassungslos starrte sie sich an. Ihre entzündete, rote Nase, die vom vielen Naseputzen immer ganz schuppig und gereizt war, war völlig verheilt. Und erst jetzt bemerkte sie, dass ihre Nasenschleimhaut gar nicht brannte und vollkommen abgeschwollen war. Sie konnte ganz frei durchatmen. Ihre Augen waren nicht mehr rot und verkrustet, so wie jeden Morgen und ihr Teint wirkte ungewohnt frisch und gesund. Keine juckenden Pusteln, keine trockenen Stellen, keine Augenringe! Sie sah erholt aus! Ganz und gar erholt und gesund.

Erschrocken trat sie einige Schritte von dem Spiegel zurück und spürte weiter in sich hinein. Die Schwäche in ihrem Körper, die Benommenheit in ihrem Kopf, der niedrige Blutdruck, die Schmerzen... alles war verschwunden! Wie in Trance schwebte sie durch den Flur in Richtung Küche. Das musste ein Traum sein. Das konnte einfach nicht wahr sein!

In der Küche nahm sie sich die Mahnungen und Rechnungen vom Tisch, die schon seit Wochen dort lagen, weil sie sie nicht bezahlen konnte. Sie fühlten sich echt an. Dann setzte sie sich die Brille auf, um die roten Zahlen zu lesen. Sie würden sie schon wieder in die Wirklichkeit zurückholen, hoffte sie. Sie musste sich in einer Art Halbschlaf befinden. Vielleicht schlafwandelte sie sogar?! Dann hielt sie abermals inne. Sie konnte durch die Brille nichts sehen. Die Welt um sie herum war plötzlich so verschwommen und verzerrt, dass sie nicht einmal genau sagen konnte, was sie da eigentlich in der Hand hielt. Das Papier sah aus wie eine dicke, weiße Wolke. Dann setzte sie die Brille wieder ab und betrachtete die Gläser. Sie waren völlig in Ordnung. Kein Schmutz, keine Schmiere oder sonst irgend...

Endlich dämmerte es ihr. Sie betrachtete erschrocken das Blatt in ihrer Hand und drehte dann die Brille mit den dicken Gläsern, die sie offenbar nicht mehr benötigte, hin und her. Sie sah die ganze Welt mit einem Mal so gestochen scharf wie noch niemals zuvor in ihrem Leben! »Was zum Geier geht hier vor sich?«, flüsterte sie, ließ die Brille und die Mahnungen wieder auf den Tisch fallen und drehte sich im Kreis, um ihre Sehkraft an verschiedenen Gegenständen zu testen. Sie konnte sogar die winzige Schrift auf der Müsli-Packung lesen, die oben auf dem Schrank stand.

Dann fielen ihr weitere unfassbare Veränderungen auf. Ihr Herz schlug ruhig und gelassen. Das stechende Magengeschwür, das ihr Arzt vor einer Woche – schon wieder – diagnostiziert hatte, spürte sie gar nicht mehr und das geöffnete Fenster, durch das erschreckend viele Pollen in den Raum flogen, machte ihr nicht das Geringste aus. Sie nahm einen tiefen Atemzug, wartete einen Moment und atmete dann noch einmal tief ein. Keine Atemnot. Kein Kitzeln in der Nase, kein Kratzen im Hals, keine tränenden Augen. Nichts.

Dann kniff sie sich in den Arm. So doll, dass sie laut »Aau!« schrie. Und trotzdem konnte sie nicht fassen, was sich hier abspielte. Sie stand noch eine Weile regungslos da und versuchte, eine Erklärung zu finden, aber keiner ihrer Gedanken schien plausibel genug zu sein. Ihre Ärzte hatten ihr zwar oft genug gesagt, dass eine Veränderung ihres Lebens womöglich auch Auswirkungen auf ihr körperliches Befinden haben würde, aber ihr Leben war unverändert. Sie hatte nichts verändert! Gar nichts. Es war noch genauso wie gestern oder wie vor einer Woche oder zwei Jahren. Alles war wie immer. Hoffnungslos, trist und traurig. Sie war immer noch arm, immer noch einsam, steckte immer noch in einem Leben, das ihr nicht gefiel. Sie war immer noch ein verdammter Pechvogel!

Und dennoch... Sie betrachtete ihre Hände, als könne sie dort eine Lösung finden. Was war mit ihr passiert? Lag es an dem Unfall gestern? Hatte er ihren Körper in solch einen Schrecken versetzt, dass er all seine Krankheiten abgeworfen hatte? Dann fielen ihr die Nachrichten wieder ein. Wieder betrachtete sie das rote Mal an ihrer Hand und strich mit einem Finger darüber. Und dann wurde ihr wirklich mulmig zumute. Was um alles in der Welt hatte sie da getroffen? Und was hatte es mit ihr gemacht?

Sie entschied sich schließlich, ihrer Freundin Miriam einen Besuch abzustatten, um sie um Rat zu fragen. Vielleicht hatte sie eine Erklärung dafür. Sie hatte immer für *alles* eine Erklärung. Sie duschte schnell und zog sich so rasch an, dass ihr hätte schwindelig werden müssen. Schnelle Bewegungen nach einer heißen Dusche waren für sie typische Ohnmachtsauslöser. Aber nicht heute. Ihr wurde weder schwarz vor Augen noch schwächelte sie, weil sie ohne Frühstück aus dem Haus gegangen war. Sie wunderte sich, dass sie überhaupt noch stehen konnte. Dennoch wollte sie ihrem knurrenden Magen etwas zu essen anbieten, also steuerte sie in der Innenstadt schnurstracks auf den Bäcker an der Ecke zu, aus dessen Richtung es so wunderbar duftete. Als sie vor der Theke stand, entschied sie sich sofort für irgendetwas Süßes.

Sie hatte seit Jahren keine Backwaren mehr gegessen, weil sie die Inhaltsstoffe nicht vertrug. Ihr Körper reagierte auf so ziemlich alles sofort mit Abwehr. Sie war sehr gespannt, ob sich auch das geändert hatte.

Als sie bezahlt hatte, eilte sie sofort mit ihrer Tüte aus dem Laden, packte ihre Puddingschnecke aus und biss so genüsslich sie nur konnte hinein. Der weiche Teig schmeichelte ihrem Gaumen und der süße Geschmack löste ein solches Glücksgefühl in ihr aus, dass sie die Augen schloss und vor Grinsen kaum den Mund geschlossen halten konnte, während sie langsam und ganz bewusst kaute. Es schmeckte köstlich! Sie genoss jeden Bissen und jede Sekunde, die verstrich. Dieser Tag entwickelte sich zu dem glücklichsten Tag ihres Lebens! Und wenn es nur ein Traum war, wollte sie nie wieder daraus erwachen. Sie hatte schon ganz vergessen, wie es sich anfühlte, gesund zu sein.

Als sie aufgegessen hatte, warf sie das Papier in die Mülltonne und sah auf ihre Armbanduhr. Sie wusste genau, wie lange ihr Körper brauchte, um zu erkennen, dass sich da etwas Böses in ihrem Magen befand. Normalerweise würde dann ihr Herz anfangen zu rasen, ihr Gaumen wund werden, ihr Magen übermäßig viel Säure produzieren, ihr gesamter Verdauungstrakt sich verkrampfen und ihre Haut juckenden Ausschlag erzeugen. Aber die Zeit verstrich. Und es passierte nichts. Gar nichts. Es war unfassbar.

Sie hätte auf der Stelle jubelnd in die Luft springen können, um die ganze Welt zu umarmen! Sie konnte es nicht fassen. Sie war geheilt! Aus irgendeinem Grund war sie plötzlich von all ihren Beschwerden geheilt! Sie drehte sich glücklich im Kreis und machte sich dann schnell auf den Weg zu Miriams Arbeitsplatz. Sie konnte es kaum erwarten, ihr die frohe Botschaft zu überbringen. Vermutlich würde sie vor Freude ausflippen und sich den Rest des Tages freinehmen. Schließlich hatte sie sich all das Leid jahrelang mit angesehen. Sie hatte akzeptieren müssen, dass Lucy nie in der Lage gewesen war, irgendetwas mit ihr zu unternehmen. Ob es nun ein Sportfest im Sportverein war oder ein Kinoabend oder ein nettes Essen mit Freunden. Lucy hatte solche Einladungen immer ausschlagen müssen, weil sie die meiste Zeit krank im Bett verbrachte. Womöglich würde sich Miriam so sehr freuen, dass sie ihre Freundin erst einmal mit ins Kino schleppte oder ins Schwimmbad oder...

Mit einem Mal wurde Lucy langsamer und starrte wirr auf den Asphalt. Sie hatte plötzlich ein seltsames Gefühl. Sie dachte zunächst, dass ihr Körper nun doch mit Abwehr reagierte. Doch das Gefühl war nicht körperlich. Es war eine Ahnung. Eine dunkle Ahnung in ihrem Inneren. Sie konnte es nicht anders bezeichnen. Das Gefühl breitete sich so schnell in ihr aus, dass sie sich erst einmal umsehen musste,

um sicherzugehen, dass sie niemand beobachtete. Oder ...
mit einem Messer verfolgte. Wurde sie jetzt paranoid? Sie
fühlte sich auf einmal wie in einem Horrorfilm.

Sie drehte sich nervös im Kreis und ließ den Blick ängstlich
durch die Straßen schweifen. Irgendetwas stimmte nicht. Sie
spürte es so deutlich, als würde es ihr jemand in den
Brustkorb hämmern und ihn dann mit einem Seil
zuschnüren, damit das Gefühl ja nicht entweichen konnte. Sie
wusste nicht, was es war, aber sie spürte genau, *dass* da etwas
war. Dass irgendetwas auf sie zukam. Sie hoffte, dass sie jetzt
nicht völlig den Verstand verlor. Das wäre keine
Überraschung bei ihrem psychischen Zustand.
Wahrscheinlich brachten es jahrelange Krankheit,
Depressionen und Einsamkeit mit sich, dass man
irgendwann paranoid wurde. Aber vielleicht lag es auch an
dem plötzlichen Wandel ihrer Situation. Vielleicht konnte sie
nicht damit umgehen, dass sich ihr Leben von heute auf
morgen so schlagartig geändert hatte. Offenbar machte es ihr
Angst, plötzlich gesund zu sein. War das möglich? Hatte sie
Angst vor dem Glücklichsein?

Als sie nichts Ungewöhnliches entdecken konnte, ging sie
langsam weiter. Aber das Gefühl blieb bestehen. Es schrie sie
geradezu an, wegzulaufen. Warum auch immer. Sie verstand
sich selbst nicht mehr. Noch einmal drehte sie sich um und
sah die Straße hinunter. Die Leute hetzten – wie es für eine
Großstadt üblich war – an ihr vorbei, strömten in die
Geschäfte und wieder hinaus, aßen unterwegs Fastfood und
unterhielten sich. Einige Jugendliche schwänzten offenbar die
Schule und ganz weit hinten fiel ihr ein Mann in einer
äußerst seltsamen, grünen Uniform auf. Er ging in ihre

Richtung. Aber sie war jetzt zu abgelenkt, um sich über die Kleidung anderer Leute lustig zu machen. Sie blickte wieder den anderen Weg hinunter. Die Einkaufsmeile sah wie immer aus. Und die Menschen auch. Nur ein paar Männer stachen aus der Masse hervor. Sie trugen ebenfalls Uniformen. Aber diese Art von Uniform hatte sie schon einmal gesehen. Es waren Soldaten. Und so etwas wie ein Offizier womöglich. Es waren drei. Und ihre erschreckend finsteren Blicke waren auf sie gerichtet.

Lucy blieb stehen und sah die Männer an, die jetzt mit schnellen Schritten auf sie zu kamen. Dann drehte sie sich wieder um und entdeckte einen weiteren Uniformierten an der Ecke des Bäckers. Hatte er schon da gestanden, als sie sich die Puddingschnecke gekauft hatte? Er sah sie ebenfalls an. Seine Uniform war grün. So wie die des Mannes, über den sie sich nicht hatte lustig machen wollen. Sie suchte ihn erneut in der Straße und stellte erschrocken fest, dass er jetzt viel schneller ging und direkt auf sie zu eilte. Und dabei ließ er sie nicht eine einzige Sekunde aus den Augen.

Nein, sie war nicht paranoid. Irgendetwas ging hier vor sich. Etwas, das ihr ganz und gar nicht gefiel!

5

Lucy

Nikolas beschleunigte auf Aleas Befehl seinen Gang.

»Irgendetwas stimmt nicht«, hörte er sie durch das Headset sagen. Ihre Stimme klang besorgt.

»Was meinst du damit?« Einen Moment lang hörte er nur das Piepsen ihres Computers. Sie schien irgendetwas einzutippen.

»Es scheint sich ein weiterer Splitter auf das Mädchen zuzubewegen«, erklärte sie.

»Was??«

Wieder war es einen Moment lang still.

»Das muss der Splitter sein, den wir nicht haben finden können. Jemand muss ihn gestohlen haben!«, sagte sie aufgebracht. »Schnapp' dir das Mädchen und lauf, Niko!«

Nikolas rannte sofort los. An der Ecke, direkt vor dem Bäcker sah er seinen Kollegen stehen, der alles mit angehört hatte und ihm erschrocken nachblickte. Dann lief er ebenfalls los.

»Sie kommen aus östlicher Richtung! Beeil dich!«

Nikolas rannte so schnell er konnte an den Menschen vorbei, ignorierte ihre erstaunten Blicke und ließ das Mädchen nicht aus den Augen. Sie stand mitten auf dem

Platz und blickte ängstlich hin und her. Das war nicht gut.

»Sie hat Angst«, sagte er zu Alea.

»Verdammt!«, fluchte sie. »Du musst sie beruhigen!«

»Und wie soll ich das bitte machen?« Er würde sie einfach mit sich reißen müssen. Etwas Anderes blieb ihm nicht übrig. Und das wirkte wohl kaum beruhigend auf sie.

»Dann musst du sie mit deinen Kräften manipulieren«, sagte Alea gehetzt. »Du weißt, was sie mit ihren Gefühlen anrichten könnte!«

»Das werde ich ganz sicher *nicht* tun!«, entgegnete Nikolas empört.

»Nik, wir haben keine Zeit für Diskussionen! Sie ist gefährlich!«

Er fluchte innerlich. »Wo soll ich mit ihr hin?«

»Links die Straße entlang«, antwortete Alea. »Lauf so lange, bis du einen Park erreichst. Dort wartest du auf weitere Anweisungen. Wir halten dir den Rücken frei. Was auch immer da auf uns zukommt, bereitet euch auf einen Kampf vor!«

»Jawohl!«, hörte Nikolas seinen Kollegen sagen. In seiner Stimme klang Angst und Unsicherheit mit. Und er konnte ihn verstehen. Die Lage geriet gerade völlig außer Kontrolle.

Als er endlich das Mädchen erreichte, griff er einfach nach ihrer Hand und riss sie so heftig mit sich, dass sie durch den Ruck einen kurzen Schrei ausstieß. Aber glücklicherweise lief sie mit ihm. Ihr blieb auch nichts Anderes übrig. Nikolas war schnell. Und er war um einiges stärker als sie. Verzweifelt versuchte sie jedoch, ihre Hand aus seinem Griff zu lösen und schrie ihn dabei immer wieder an.

»Es tut mir leid!«, rief Nikolas, während er mit ihr die

Straße hinunter rannte.

»Lass mich los!«, schrie sie.

»Es ist zu deinem eigenen Schutz. Vertrau mir!«

Nikolas spürte, wie sich hinter ihnen etwas Bedrohliches zusammenbraute. Dann hörte er seinen Kollegen fluchen: »Verdammt, wer sind die Typen?«

»Sie müssen von dem Unfall erfahren haben. Sie wollen den Splitter!«, keuchte Alea.

»Wie kann es sein, dass das Militär Wind davon bekommen hat?«, rief sein Kollege. »Das ist unmög...« Dann brach die Verbindung ab.

Nikolas konnte sich nicht umdrehen, um nachzusehen, was sich hinter ihm abspielte. Er musste den Kristallsplitter in Sicherheit bringen. Das war seine Aufgabe. Die Aufgabe, die Quidea ihm anvertraut hatte. Er durfte ihn nicht schon wieder enttäuschen. Doch ein Teil von ihm kämpfte mit aller Kraft gegen diese Vernunft an. Es war dieser starrköpfige, unfolgsame Teil in ihm, der immer gewann, wenn er solche inneren Kämpfe mit sich austrug. Der Teil, der ihn immer in Schwierigkeiten gebracht hatte, ihm aber auch immer half, die Menschen zu beschützen, die ihm wichtig waren. Aber dieses Mal konnte er nicht nachgeben, dachte er. Nicht nach allem, was er verbockt ... *ach verdammt!*

Plötzlich blieb er so abrupt stehen, dass Lucy dabei hinfiel und sich das Knie aufschlug. Er half ihr schnell auf und drehte sich dabei um, so dass er in Aleas Richtung sehen konnte. Die Menschen waren dem Geschehen glücklicherweise aus dem Weg gegangen, so dass er freie Sicht hatte. Alea und sein Kollege standen vor den drei Männern und ließen sie nicht vorbei. Sie diskutierten über irgendetwas. Dann zog einer von ihnen eine Schusswaffe und richtete sie direkt auf Aleas Kopf. Dabei schrie er sie an.

Lucy schnappte erschrocken nach Luft. »Oh mein Gott!«, flüsterte sie entsetzt, wich einen großen Schritt zurück und wippte sogleich wieder nach vorn, weil Nikolas sie immer noch festhielt.

Er stand wie angewurzelt da, sein Blick starr auf die Männer gerichtet. »Bleib ganz ruhig«, sagte er leise zu ihr. »Kein Grund zur Panik.«

Auf einmal spürte Lucy, wie seine Hand heiß wurde und sein ganzer Körper eine durchdringende, kribbelnde Wärme ausstrahlte. Sie wandte sich wieder um und sah nun, wie der Mann erschrocken die Waffe losließ und sie in unzähligen, winzigen Teilchen zu Boden rieselte. Lucy kniff die Augen zusammen und sah noch einmal genauer hin. Doch von der Waffe war nichts mehr zu erkennen, als ein kleiner, schwarzer Haufen von Einzelteilen. Stirnrunzelnd sah sie Nikolas wieder an, der nun ein zufriedenes Gesicht machte und erleichtert aufatmete.

Ich sagte, du sollst mit ihr weglaufen!, schimpfte Alea ihn in Gedanken an. *Ich habe hier alles im Griff!*

Bin schon weg.

Dann drehte er sich um, festigte den Griff um Lucys Hand und wollte gerade loslaufen, als er erschrocken feststellte, dass aus der anderen Richtung ebenfalls uniformierte Männer auf sie zukamen. Er stockte kurz und lief dann mit Lucy eine Seitenstraße entlang. Dieses Mal lief er noch schneller. Lucy stolperte mehrfach über ihre eigenen Füße. Sie war es nicht gewohnt zu rennen. Sie rannte nie. Dafür war sie immer viel zu schwach gewesen. Und viel zu krank.

»Ich kann nicht mehr!«, keuchte sie.

»Reiß dich zusammen! Wir sind gleich da.«

Als sie endlich den Park erreichten, liefen sie noch ein Stück über die Wiese und blieben dann schließlich im Schatten, unter einem Baum stehen. Nikolas drehte sich sofort um.

»Alea?«, sagte er und tippte mit dem Finger auf sein Headset, während Lucy nach Luft ringend zusammensackte und sich auf die Wiese kniete. Dabei beäugte sie Nikolas argwöhnisch. Er sprach mit ruhiger Stimme – obwohl ein wenig Sorge darin zu hören war – jedoch ohne ein Zeichen von Erschöpfung. Offenbar hatte er die Kondition eines Rennwagens.

»Alea? Bei euch alles okay?«, rief er wieder.

Ein Knacksen und Rauschen drang an sein Ohr und dazwischen Aleas abgehackte Stimme: »vo... vorbei ... müssen ... treffen ... Portal«

»Was?«, rief Nikolas und tippte erneut gegen das Headset an seinem Ohr. »Ich kann nichts verstehen!« Er versuchte, sie mit seinen Gedanken zu erreichen. Aber seine Worte irrten ins Leere.

»Portal ... Portal!«, rief Alea.

Dann war die Verbindung wieder unterbrochen. Und er hörte auch ihre Gedanken nicht. Schnell zog er einen winzigen Computer aus seiner Hosentasche und klappte ihn auf. Auf dem Bildschirm war ein Stadtplan zu sehen. Ein kleiner Bereich leuchtete blau auf. Alea hatte ein weiteres Portal geöffnet.

»Du musst mit mir kommen«, sagte Nikolas und blickte zu

Lucy hinunter, die immer noch keuchend auf der Wiese kniete. »Sofort!«

Sie sah mit hochrotem Kopf zu ihm auf und zog wütend die Augenbrauen zusammen. »Du hast sie wohl nicht alle! Ich gehe nirgendwo hin!«, rief sie atemlos. »Was ist hier überhaupt los?«

Einige Leute wurden auf die beiden aufmerksam und blieben stehen. Dann kniete sich Nikolas vor sie und blickte sie ein wenig ungeduldig, jedoch eindringlich an.

Lucy sah ihm fasziniert in die stahlblauen Augen. Sie waren praktisch türkis, wenn die Sonne direkt hinein schien. Sie hatte noch nie so ein helles Blau gesehen.

»Ich kann dir den Splitter auch gleich hier entfernen«, flüsterte Nikolas, »aber dann wird es leider ziemlich schmerzhaft für dich.«

Lucy blickte ihn entsetzt an. »Splitter?« Ihr fuhr ein Schrecken durch den Leib. Also hatte sie richtig vermutet. Sie war von einem dieser Meteoritensplitter getroffen worden.

Er machte kurz ein irritiertes Gesicht. Doch dann sagte er: »Er befindet sich seit gestern in deinem Körper. Ich muss ihn dir herausholen, aber das geht nur mit Aleas Hilfe.«

Sie schauderte. Und in ihrem Kopf spielte sich die Erinnerung ab, wie das funkelnde Etwas auf sie zu geflogen war und sie mit der Wucht einer Abrissbirne an der Hand getroffen hatte. Lucy ließ sofort den Blick zu ihrer Hand hinunter sinken und berührte noch einmal die kleine Narbe. Es fühlte sich nicht so an, als würde sich ein Fremdkörper darin befinden. Doch wenn sie darüber strich, kribbelte es ein wenig. »Ist der Splitter gefährlich?«, fragte sie ängstlich und sah wieder zu Nikolas auf. »Was macht er mit mir?«

Dieser griff jedoch einfach nach ihrer Hand und zog sie hoch. Er hatte keine Zeit für große Erklärungen. Die Situation hatte sich geändert. Er musste sie hier weg bringen. Und zwar schnell. »Nicht jetzt«, sagte er. »Wir müssen los.«

Sie stolperte mit ihm, wobei sie ihn von der Seite betrachtete. Seine grüne Uniform wirkte befremdlich und das verschnörkelte, seltsame Symbol auf seiner Schulter fesselte für einen Moment ihren Blick. »Kommst du vom Militär oder so?«, fragte sie. »Was ist das für ein Wappen?«

Er reagierte nicht. Er ging einfach weiter und blickte stur geradeaus. Währenddessen betrachtete Lucy sein ernstes Gesicht von der Seite und seine schönen, weichen Gesichtszüge. Einen Moment lang versank sie in stiller Bewunderung, rief sich aber sofort wieder kopfschüttelnd zur Vernunft. Wie konnte sie nur über sein Aussehen schwärmen? Sie wusste doch gar nicht, wer er überhaupt war! Und warum er sie mit sich zerrte. Womöglich entführte er sie gerade. »Wenn du mir nicht sagst, was hier los ist, gehe ich nirgendwo mit dir hin«, sagte sie. »Vielleicht bist du ein Irrer, der zufällig beobachtet hat, wie mich dieses Ding von der Tribüne geschleudert hat«, sagte sie mehr zu sich selbst als zu ihm.

Plötzlich blieb er stehen und sah sie einen Moment lang mitfühlend an. Dabei machte er ein schuldbewusstes Gesicht. »Das tut mir leid«, sagte er so sanft, dass ihr augenblicklich alle Wut aus dem Körper wich. »Das war meine Schuld. Ich hoffe, du hast dich dabei nicht verletzt.«

Lucy sah ihn verständnislos an. Auf einmal wirkte er wie das sanfteste Wesen auf diesem Planeten. Und in seinem Gesicht sah sie ernsthaftes Mitgefühl. Was ging in diesem

Typen bloß vor sich? »Verletzt? Deine Schuld? Was…« Sie berührte irritiert ihre Stirn. Was redete er da eigentlich? Wie sollte es seine Schuld sein, dass sie von einem Meteoritensplitter getroffen worden war? »Ja, ich *war* verletzt«, berichtete sie und erinnerte sich an ihr verdrehtes Bein, die Situation im OP und daran, dass kurz darauf keine Anzeichen mehr für irgendeine Verletzung bei ihr festgestellt werden konnten. Sie war vollkommen unversehrt gewesen. Nicht einmal einen Kratzer hatte sie gehabt, was bei diesem Sturz mehr als ungewöhnlich gewesen war. Sie fragte sich immer noch, ob sie sich ihre Verletzungen nur eingebildet hatte oder ob sie wie von Zauberhand geheilt worden waren. So wie all ihre Krankheiten und Allergien. Als sie das dachte, senkte sie den Kopf. Dann betrachtete sie ihr aufgeschlagenes Knie und erschrak. Es war plötzlich vollkommen verheilt. Es war nur noch ein wenig Blut zu sehen, aber die Wunde war geschlossen. »Was zur Hölle…«, hauchte sie fassungslos. Was ging hier vor sich?

Hilfesuchend sah sie zu ihm auf. Sie verstand die Welt nicht mehr. Als sie dann aber Nikolas' Gesicht sah, überkam sie die überwältigende Gewissheit, dass er genau wusste, was mit ihr passierte. Er wirkte nicht im Entferntesten überrascht. Er sah eher aus, als würde ihn sein Wissen darüber, was hier vor sich ging, quälen. »Ich will jetzt sofort wissen, was hier eigentlich los ist!«, sagte sie zu ihm. Und dabei klang sie mehr befehlend als bittend.

»Dafür haben wir jetzt keine Zeit«, kam es kühl und abweisend von ihm. »Lass uns erst mal verschwinden.«

Als er dann wieder nach ihrer Hand greifen wollte, schrie sie ihn jedoch so laut an, dass sich wieder einige Leute umdrehten.»Nein! Sag mir sofort, was los ist!« Sie spürte es. Sie stand kurz davor, völlig auszurasten. Sie hatte das Gefühl, ihr Gehirn lief heiß.

Auf der anderen Straßenseite hörten sie ein paar Männer rufen:»Hey! Was machst du mit der Frau?«

Nikolas nahm einen tiefen Atemzug und hob friedfertig die Arme. Dann sah er Lucy etwas ängstlich an.»Beruhige dich bitte«, bat er.»Ich tue dir nichts.« Dabei trat er vorsichtig einen Schritt zurück.

Lucy blickte ihn erstaunt an. Hatte er etwa Angst vor ihr? Er sah sie auf einmal an wie eine Handgranate, deren Stift man gezogen hatte und die jeden Augenblick explodieren würde. So sehr hatte sie nun auch wieder nicht gebrüllt. Aber vielleicht sollte sie sich trotzdem etwas beruhigen.»Was ist das für ein Splitter?«, fragte sie jetzt leiser und beherrscht.»Und was macht er mit mir?«

Nikolas sah sich hektisch um und seufzte.»Wir müssen jetzt wirklich hier weg. Ich will nicht, dass die Typen dich zwischen die Finger bekommen. Du hast doch gesehen, dass sie gefährlich sind.«

Sie fragte ihn zwar, was diese Leute überhaupt von ihr wollten, aber er hatte sie kaum gehört. Anstatt zu antworten, betrachtete er wieder seinen Minicomputer und spürte, wie ihm das Entsetzen durch die Knochen fuhr.»Nein«, flüsterte er.»Verdammt!«

Lucy stellte sich auf die Zehenspitzen und warf einen Blick auf den Monitor. Er war schwarz.»Was ist denn?«

Dann betrachtete er sie nachdenklich.»Ich hätte es mir denken können«, raunte er heiser und steckte den Computer wieder weg.»Du hast ihm den Garaus gemacht.«

Lucy schnappte empört nach Luft. Wollte er sie jetzt verarschen? »Ich? Ich habe ihn nicht einmal *angefasst*!«

Er streckte jetzt die Hand nach ihr aus: »Darf ich mal dein Handy sehen?«

Lucy zog es zögerlich aus ihrer Handtasche und reichte es ihm. Doch er schien es nicht einschalten zu können. Er hielt es ihr wieder hin und sagte nur: »Tot.«

Sie schnappte es sich schnell wieder und versuchte, es zu starten. Doch es ging nicht. »Was zum...«

Nikolas sah sich jetzt in der Umgebung um. Und Lucy tat es ihm gleich. Offenbar hatte nicht nur sie Probleme mit ihrem Handy. Mehrere Leute fummelten auf einmal an ihren Handys herum und schienen sie nicht einschalten zu können. Ein Mann auf der anderen Straßenseite rief mehrmals »Hallo! Hallo?!« in sein Handy. Und an der Kreuzung schien die Ampel verrückt zu spielen. Sie sprang im wilden Wechsel von grün auf rot und wieder zurück. Dabei erklang das laute Hupen der Autos, die offenbar ebenfalls verrückt spielten. Ausnahmslos jeder in den Wagen drückte an seinem Armaturenbrett herum. Eine Frau sprang aus ihrem Wagen und sobald sie die Tür öffnete, hörte man einen lauten Pfeifton, der offenbar aus dem Radio kam. Dann verstummte das Pfeifen und mit ihm starben offenbar alle Gerätschaften in der Umgebung. Sogar das kleine, batteriebetriebene Spielzeugauto, mit dem ein Junge im Park spielte, war gerade zum Erliegen gekommen. Alle elektrischen Geräte in der näheren Umgebung hatten den Geist aufgegeben.

Nikolas sah Lucy an. »Komm jetzt bitte mit mir«, bat er so freundlich, wie er es schaffte. »Ich muss dir das Teil da herausholen, bevor du noch Schlimmeres anstellst.«

Sie erwiderte seinen Blick verständnislos.»Ich habe doch gar nichts gemacht!«

»Dein kleiner Wutausbruch hat schon gereicht«, entgegnete er.»Das ist kein gewöhnlicher Splitter.« Dabei deutete er mit einem Nicken auf ihre Hand. Als er sie kurz betrachtete, sah er das kleine, rote Mal.»Er hat dich verändert. Nicht nur auf körperlicher Ebene.«

Lucy blickte ihm in die stechend blauen Augen und vergaß dabei fast zu atmen. Sie waren praktisch türkis, wenn die Sonne direkt hinein schien.»Was meinst du damit?«, flüsterte sie, wobei sie ihm lieber auf die Nase starrte. So konnte sie ihm wenigstens richtig zuhören, ohne von der Schönheit seiner Augen abgelenkt zu werden.

»Er hat dein Energiefeld erhöht, so dass du jetzt auf einer Ebene schwingst, in der du unmittelbar auf Materie einwirkst.«

Zwischen ihren Augenbrauen vertiefte sich eine Furche, während sie in seinem schönen Gesicht versuchte, die Bedeutung der Worte zu begreifen, die er gerade zu ihr gesagt hatte.»Willst du mich ver...«

»Vertrau mir einfach«, unterbrach er sie.»Ich weiß, dass das alles sehr verwirrend für dich sein muss, aber es ist sehr wichtig, dass du jetzt auf deine Gedanken achtest. Du musst auf sie aufpassen und sie kontrollieren. Versuche, sie so positiv wie möglich zu halten. Dann kann nichts passieren.«

»Ich soll positiv denken?«, fragte sie spöttisch und stieß ein kurzes, hauchendes Lachen aus.

»Ja«, entgegnete er unbeirrt.»Positiv denken. Das bedeutet, du darfst an nichts Negatives denken.«

»Ich weiß, was das bedeutet!«, stieß sie verärgert hervor.

Es klang einfach nur total lächerlich. Nicht nur angesichts der Situation, sondern weil sie womöglich der negativste Mensch dieser Welt war. Lucy und positives Denken passte ungefähr so gut zusammen wie Feuer und Eis. Er hatte keine Ahnung, was er da von ihr verlangte.

6

GEWALT

Alea stieß gegen eine Hauswand und sank in die Knie.

Eine Blutspur zeichnete sich hinter ihrem Rücken an den Steinen ab. Sie hatten sich in eine kleine Gasse geflüchtet und hofften, dass ihnen niemand gefolgt war. Sie hatten es nicht mehr geschafft, durch das Portal zu verschwinden und Verstärkung zu holen. Bevor sie hinüber treten konnten, hatte einer dieser Bastarde auf sie geschossen.

Aleas Kollege, Mine, kniete sich jetzt zu ihr hinunter und öffnete ihre mit Blut durchtränkte, weiße Uniform. »Du bist angeschossen«, sagte er entsetzt.

»Was du nicht sagst«, stöhnte Alea und biss vor Schmerzen die Zähne zusammen, als sie ihre Hand fest auf die Wunde an ihrer Schulter presste.

Mine hatte solch eine Wunde noch nie gesehen. Er hatte grundsätzlich noch nie Wunden gesehen, die so stark bluteten. Und Schusswunden kannte er nur aus Geschichten. Er wusste nicht, was zu tun war. Noch einmal holte er sein Kommunikationsgerät heraus. Es war immer noch tot.

»Sie hat alles lahm gelegt«, hauchte Alea, als sie das schwarze Display sah. »Der Splitter ist schon viel zu lange in ihrem Körper. Wir müssen ihn raus holen!«

Mine steckte das Gerät wieder ein. »Erst mal müssen wir dich heilen«, sagte er. »Was soll ich tun?«

»Die Kugel muss raus«, sagte sie mit schmerzverzerrtem Gesicht und fluchte gerade über ihre eigene Dummheit. Sie hatte nicht erwartet, dass sie auf solche Gewalt stoßen würden. Sie hatte die Abgründe der Menschen unterschätzt. Obwohl Nikolas sie vorgewarnt hatte. Sie hätte seine Warnungen ernster nehmen sollen.

»Niemand hat damit gerechnet, dass wir angegriffen werden«, sagte Mine auf ihre Gedanken hin. »Wir sind hierher geschickt worden, um Splitter einzusammeln. Nicht, um zu kämpfen.«

Alea seufzte. Er hatte recht. Aber sie waren auch im Kampf ausgebildet. Das alles hätte nicht passieren dürfen. Sie waren unvorsichtig gewesen.

Mine hielt jetzt eine Hand vor die Schusswunde und sagte: »Bist du soweit?«

Sie nickte, nahm ihre eigene Hand weg und biss die Zähne zusammen. Doch einen Augenblick später schrie sie vor Schmerzen.

Mine hörte sofort auf.

Ihr traten Schweißperlen auf die Stirn. Und ihr Atem wurde immer hastiger.

»Ich vermute, ich verletze dich noch mehr, wenn ich einfach heraus ziehe«, sagte er. Seine telekinetischen Fähigkeiten waren hervorragend. Es wäre leicht für ihn gewesen, die Kugel einfach heraus zu ziehen. Aber er wollte ihr natürlich nicht schaden. Vermutlich steckte sie sogar in ihrem Schulterknochen.

»Dematerialisieren«, sagte sie mit zusammen gebissenen

Zähnen.

Mine wich von ihr zurück. »Alea, ich...«

»Versuche es!«, bat sie stöhnend. Sie wusste, dass er nicht sehr gut im Dematerialisieren von Gegenständen war. Aber sie hatten keine Zeit. »Wir müssen weiter. Wir müssen sie finden! Sie wird von Stunde zu Stunde stärker. Und gefährlicher!«

Mine hielt zögerlich seine Hand vor ihre Wunde. Doch in diesem Moment erklang ein ohrenbetäubendes Rauschen weiter hinten in der Gasse. Es klang, als würde man einen riesigen Bogen Papier zerreißen. Sie drehten beide die Köpfe und sahen, wie am Ende der Gasse ein Riss in der Luft entstand. Als würde die Wirklichkeit zerreißen. Ein Licht strahlte heraus. Und im nächsten Augenblick tauchte wie aus dem Nichts ein Gardist in dem Licht auf. Er trug eine blaue Uniform. Und als er Alea sah, rannte er sofort los.

Alea lächelte glücklich. »Taro«, hauchte sie.

Mine ging sofort aus dem Weg, als Taro kam und neigte etwas den Kopf. Taro sah wütend aus. Sehr sehr wütend.

»Alea, verdammt!«, schimpfte er, kniete sich zu ihr hinunter und betrachtete ihre Schulter. Sie zischelte, als er das Einschussloch in ihrem Oberteil aufriss, um die Wunde besser sehen zu können.

»Warum zum Teufel hat er *dich* hierher geschickt??«

Sie spürte seine Aufruhr und die Wut, die ihm bei seinen Worten aus jeder Pore sprühte.

»Wie konnte er dir das antun??«

Sie lachte leise, aber erschöpft. »Wir sollten nur ein paar Splitter holen«, erinnerte sie ihn. »Keine große Sache.«

»Und dann sind diese Typen aufgetaucht«, berichtete Mine

hinter ihm. »Sie sind hinter dem Mädchen her. Vermutlich wollen sie den Splitter. Einen haben sie bereits.«

Taro reagierte nicht darauf. Er hob die Hand und legte sie vorsichtig auf die Wunde. »Er hätte es kommen sehen müssen«, sagte er dann wütend.

»*Niemand* kann in diese Welt sehen, Taro«, erinnerte sie ihn. »Nicht einmal Quidea.«

Er sah sie an. Tränen standen ihm in den Augen. Er spürte ihren Schmerz am eigenen Leib. Das sah sie ihm an. »Du hättest nicht herkommen dürfen. Das ist keine Welt für dich, Alea.« Während er das sagte, konzentrierte er sich auf die Kugel und dematerialisierte sie in ihrem Körper. Einen Augenblick später fiel sie neben ihren Beinen zu Boden.

»Heilige Xaina«, hauchte Mine und betrachtete sich die blutverschmierte Kugel fasziniert. Er stupste sie mit der Schuhspitze an. »Erstaunlich.«

Taro sah ihr innig in die Augen, während er ihre Wunde heilte. »Ich will nicht, dass dir noch etwas passiert. Du wirst zurück gehen«, sagte er dann. »Sofort.«

Jetzt war sie es, die wütend wurde. Sie schob seine Hand von ihrer Schulter und stand auf. »Nein. Wir müssen Nikolas finden. Die Geräte sind ausgefallen und...« Auf einmal hielt sie inne, denn ein paar Männer kamen in die Gasse. Es waren Soldaten. »Oh verflucht«, hauchte sie.

Taro erhob sich und sah die Männer wütend an.

Sie hoben ihre Waffen und richteten sie direkt auf Taros Kopf. »Hände dahin, wo ich sie sehen kann!«, rief einer von ihnen.

Taro lachte leise und ging langsamen Schrittes direkt auf sie zu.

»Stehen bleiben!«, schrien sie.

Taro ballte die Hände zu Fäusten und ging wutentbrannt weiter. »Habt ihr überhaupt den Hauch einer Ahnung«, sagte er mit drohender Stimme zu ihnen, »mit wem ihr euch anlegt, ihr erbärmlichen Kreaturen?«

Einer der Männer wollte schießen, als Taro ihm zu nahe kam, doch er schaffte es nicht. Bevor er abdrücken konnte, zerfiel seine Waffe in ihre Einzelteile und rieselte zu Boden. Genauso wie die Waffen der anderen Männer. Sofort zogen sie weitere Waffen. Einer zückte einen Schlagstock und die zwei anderen zogen Messer hervor.

Wieder lachte Taro und hob die Hände, während er weiter auf sie zu ging. »Einer von euch Bastarden hat auf meine Frau geschossen«, sagte er und wurde jetzt so ernst, dass die Blicke der Männer zunehmend unsicherer wurden. Einer von ihnen sah Alea an und in diesem Moment wusste er, wer es gewesen war. Er machte eine ruckartige Armbewegung und dabei flog einer der Soldaten durch die Luft, als habe ihn ein fahrender Zug erfasst. Taro schleuderte ihn wie mit einem unsichtbaren Schlag gegen die Wand. Er verlor sofort das Bewusstsein und fiel zu Boden. Den anderen sah er einfach nur eindringlich an, während er weiter auf ihn zu ging. Dabei schlug der Soldat plötzlich seine Hände auf seine Kehle und rang panisch nach Luft. Einen Augenblick später kippte er einfach um.

»Taro!«, rief Alea von hinten. Er hörte den Schrecken in ihrer Stimme. Die Gewalt, die er an diesen Menschen ausübte, entsetzte sie zutiefst. Doch er war so in Rage, dass er nicht aufhören konnte. Und es auch nicht wollte. Der Dritte rannte jetzt schreiend auf Taro zu. In seiner Hand hielt er das

Messer. Doch auch dieses zerfiel zu Staub, bevor er damit zustechen konnte. Und als er nah genug war, schnappte Taro sich den Kerl, griff ihm in die Kehle und schlug ihn mit einem wütenden Schrei gegen die Wand.

Er versuchte, sich von seinem Griff zu befreien. Doch er schaffte es nicht. Taro war sehr viel stärker als er. Also versuchte er, zu treten. Doch seine Beine waren wie gelähmt. Er konnte sie kaum mehr bewegen. Keuchend sah er Taro an und ächzte: »Du kannst ihn nicht aufhalten. Er weiß *alles* über euch.«

Alea kam jetzt zu ihm gelaufen. »Wer?«, fragte sie sofort. »Wer hat euch beauftragt?«

Doch Taro drückte ihm die Kehle so sehr zu, dass er kaum noch Luft bekam, geschweige denn reden konnte. Dann sah er an dem Soldaten hinunter. Er öffnete eine Tasche an seiner Uniform und zog einen metallischen Behälter heraus. Er schob ihn auf und sah einen der Kristallsplitter darin liegen. Er funkelte in allen Regenbogenfarben und strahlte eine enorme Energie aus. Taro schloss die Schachtel wieder, steckte sie ein und sah den Mann hasserfüllt an. »Damit kannst du nicht umgehen, Kleiner«, sagte er und drückte nun einen Punkt an seinem Hals, durch den er sofort das Bewusstsein verlor. Er ließ ihn los und sah zu, wie er zu Boden fiel.

»Taro!«, rief Alea wieder empört. »Was tust du denn da? Wir sollten herausfinden, wer die sind! Und woher sie von uns und den Splittern wissen.«

Taro drehte sich zu ihr um, griff nach ihrem Arm und zog sie mit sich. »Darum kümmere ich mich später. Wir gehen jetzt.«

Doch sie entzog sich ihm. »Nein! Quidea hat *mich* beauftragt. Nicht dich. Ich muss zu Nikolas!«

»Diese Welt ist zu gefährlich, Alea!«, schrie Taro sie an. »Ich bringe dich nach Hause und kümmere mich selbst...«

Plötzlich hörten sie Schüsse, die neben ihnen die Wand trafen und ihnen winzig kleine Steine entgegen schleuderten. Sie duckten sich sofort. Taro drehte sich um und sah, wie vier bewaffnete Männer in die Gasse liefen und ihre Waffen auf sie richteten. Er brummte genervt. Dann konzentrierte er sich auf die Waffen. Alea und Mine taten es ihm gleich. Und als die Männer erneut auf sie feuern wollten, ertönte nur noch ein klackerndes Geräusch. Es löste sich kein Schuss mehr. Irritiert sahen sie ihre Waffen an.

Taro nutzte diesen Moment, zog den Behälter mit dem Kristall aus seiner Tasche und umfasste ihn mit einer Hand. Dabei leuchtete der Splitter so stark auf, dass sogar der Behälter hell erstrahlte. So hell, dass es die Soldaten blendete.

»Taro«, flüsterte Alea hinter ihm. Sie klang bittend. »Sie befolgen nur Befehle. Tu das nicht!«

Doch Taro war nicht mehr zu halten. Die Energie des Splitters durchdrang bereits seinen ganzen Körper, so dass er jetzt nach Luft schnappte und ihm Schweißperlen auf die Stirn traten. Er musste sich enorm konzentrieren, um nicht die Kontrolle über diese Kraft zu verlieren. »Lauft«, sagte er leise und beherrscht zu Alea und Mine.

Alea trat vor. Der Splitter leuchtete immer heller. »Taro, bitte! Halte dich zurück!«

»Lauft!«, schrie er.

Alea erschrak und wich zurück. Und dann rannte sie. So schnell sie konnte. Mine folgte ihr.

In diesem Moment ließ Taro die geballte Kraft der Energie frei und löste damit eine Explosion aus, die die ganze Stadt erschütterte.

7

GEDANKEN

»Woher weißt du, dass sie dort sind?«, fragte Lucy. Sie standen vor einem Stadtplan direkt an einer Rolltreppe, die zu einer U-Bahn Station führte. Nikolas zeigte mit dem Finger auf eine Stelle in der Stadt, wo sich – wie er sagte – seine Leute befinden mussten. Wer oder was er und seine Leute waren, hatte er ihr immer noch nicht erklärt. Nur, dass sie auf der guten Seite standen. Aber das konnte ja jeder von sich behaupten.

»Die Stelle hat mir der Computer angezeigt, bevor er abgestürzt ist.« Dabei sah er sie vorwurfsvoll an.

Sie schnaubte. »Ich *habe* deinen Computer nicht kaputt gemacht«, beharrte sie.

»Schon gut«, murmelte er. »Es ist ja eigentlich meine Schuld.« Er nahm einen tiefen Atemzug und sah sich um. »Wir sollten weiter. Die Typen sahen nicht so aus, als würden sie so schnell aufgeben.«

Jetzt lenkte er schon wieder vom Thema ab. »Du weißt aber schon, dass das alles total verrückt klingt?!«, sagte sie. »Im Übrigen *habe* ich nicht einmal negativ gedacht.« Sie konnte nicht fassen, was sie da sagte. Wollte er ihr wirklich weismachen, dass ihre Gedanken seinen Computer zerstört hatten?

Er schob sie weiter die Straße entlang und sah sich immer wieder nervös um. Die Leute beäugten ihn skeptisch. Sie betrachteten irritiert und manchmal lachend seine Uniform. Manche zückten ihre Handys und wollten ein Foto von ihm schießen. Aber dann stellten sie fest, dass auch ihre Handys tot waren. Er seufzte. »Du musstest ihn gar nicht bewusst zerstören«, sagte er beiläufig. »Deine Emotionen haben jedes technische Gerät in deiner näheren Umgebung lahm gelegt. Das hast du doch selbst gesehen.«

Sofort kramte Lucy ihr Handy wieder aus der Handtasche. Es ging immer noch nicht an. »Das kann auch Zufall gewesen sein«, entgegnete sie. Das kaufte sie sich allerdings selbst nicht ab. Aber ihr fiel noch eine plausiblere Erklärung ein. Wahrscheinlich war es gar nicht sie gewesen, die die Geräte hatte ausfallen lassen, sondern der Splitter selbst. Er musste irgendwie elektrisch geladen sein. Deswegen war vermutlich gestern auch das Röntgengerät kaputt gegangen. Und deswegen waren im OP diese seltsamen Dinge passiert. Ja, so musste es sein. Vielleicht hatte dieser Splitter irgendwelche Kräfte, dachte sie weiter. Deswegen waren jetzt auch Soldaten und Offiziere hinter ihr her. »Was weißt du über diesen Splitter?«, fragte sie ihn noch einmal und hob dabei die Hand mit der Narbe. »Habe ich jetzt etwa so etwas wie Kryptonit in meiner Hand?« War sie jetzt Superman?

Er sah sie an und runzelte die Stirn. »Kryptonit hat Superman geschwächt, soviel ich weiß. Nicht gestärkt.«

Oh, dachte sie. Stimmt. Allerdings war die Frage auch nicht wirklich ernst gemeint gewesen. Also fragte sie einfach weiter. Irgendwann musste er ihr ja Antworten geben. »Und warum erhöht er das Energiefeld? Was bedeutet das überhaupt? Ist er elektrisch geladen? Oder bin ich jetzt etwa radioaktiv verstrahlt?«, bohrte sie weiter.

Er seufzte und fuhr sich mit einer Hand durch das schokoladenbraune, lockige Haar. Er schien hin und her gerissen zu sein. Einen kurzen Moment lang sah er so aus, als würde er ihr gleich alles erzählen. Doch dann hielt er sich doch zurück.

»Jetzt sag mir endlich irgendetwas! Schließlich steckt das Ding in *mir*!« Wieder hob sie die Hand. »Ich verdiene zumindest eine Erklärung, was das für ein Splitter ist!« Lucy sah ihn verärgert an. Warum ging sie eigentlich mit ihm mit? Er war offensichtlich nicht ganz dicht. Vielleicht war er ja ein entflohener Irrer – zugegeben, ein gutaussehender entflohener Irrer – der ihr Märchen erzählte, um sie vermutlich in irgendeinen Hinterhalt zu locken. In eine gemeine Falle, aus der sie – schwach wie sie war – nie entkommen würde. Vielleicht hatten die Männer mit den Waffen sie nur vor ihm beschützen wollen. Vielleicht waren sie gar nicht hinter *ihr* her, sondern hinter *ihm*. Ihre Katastrophengedanken schlugen regelrecht Purzelbäume. Womöglich wäre sie bei den Soldaten besser aufgehoben, dachte sie. Sie sah ihn von der Seite an. Vielleicht war er gefährlich und würde sie, wenn sie nicht floh… womöglich… ermorden. Oder schlimmer noch. Vergew...

»Hörst du endlich auf damit??«, stieß er plötzlich empört hervor. Dabei sah er sie so entsetzt und verärgert an, dass sie bei seinem Anblick zusammenzuckte. »Ich fasse es nicht, dass du so etwas denkst!«, rief er fassungslos. »Ich bin doch kein...« Er sprach das Wort nicht aus, aber in ihrem Kopf erklang es klar und deutlich.

Sie sah ihn irritiert an. »Und woher soll ich das wissen?«, rief sie wütend zurück. »Schließlich kenne ich dich nicht. Du hast mich einfach entführt und erzählst mir nicht einmal...« Plötzlich hielt sie inne und blieb stehen. »Moment.« Er sah sie zerknirscht an, während sie versuchte, ihre Gedanken zu ordnen.

»Ich habe nichts gesagt«, stellte sie fest.

»Nein«, brummte er und wich schließlich genervt ihrem entsetzten Blick aus.

»Das ist nicht möglich. Sag mir nicht, dass du gerade meine Gedanken gelesen hast!«, fragte sie fassungslos.

»Ja, meine Güte, ich kann Gedanken lesen!«, bestätigte er augenrollend. »Na und? Das kannst du auch. Du hast es nur vergessen.«

Lucy runzelte die Stirn. »Bitte was??«

Er stöhnte und sah sich erneut um. Es war so ungewohnt für ihn, nicht über Gedanken mit jemandem kommunizieren zu können. Es wäre so viel einfacher, wenn sie spüren könnte, was in ihm vorging. Dann würde sie aufhören, dauernd Fragen zu stellen und ihm einfach vertrauen können. Ohne Angst zu haben, dass er ... Er schüttelte den Kopf und verjagte den Gedanken. Dann sah er sie an. »Das ist eine ganz normale Fähigkeit. Jeder Mensch hat sie«, erklärte er geduldig.

Ihr Gesichtsausdruck wirkte auf einmal kindlich. Sie sah ihn an, wie ein kleines Mädchen, dem man gerade ein fantastisches Märchen erzählt hatte und das sich nun fragte, ob es tatsächlich wahr sein könnte. Ihre großen, karamellbraunen Augen funkelten ihn neugierig an.

Wie heißt du?, fragte sie ihn in Gedanken. Damit wollte sie ihn testen.

Plötzlich hielt er ihr die Hand hin und verzog seinen Mund zu einem zögerlichen, halbseitigen Lächeln. »Ich heiße Nikolas«, sagte er. »Und du?«

»Ich fasse es nicht!«, stieß sie verblüfft hervor. Ihr blieb der Mund offen stehen, während er ihre Hand schüttelte.

»Netter Name«, lachte er.

»N ... nein, ich heiße Lucy.« Ihr Verstand wehrte sich mit aller Macht gegen diese Vorstellung, aber offensichtlich las er tatsächlich ihre Gedanken. Wer zur Hölle war dieser Typ?

Sie gingen eine Weile stumm weiter, wobei sich Lucy bemühte, an nichts Peinliches zu denken. Und sie hatte eine Menge peinliche Gedanken in ihrem Kopf, die sie nicht denken wollte. Sie wollte zum Beispiel nicht daran denken, wie gut er aussah. Verrückt und vermutlich besessen von Science-Fiction Romanen, aber leider sehr hübsch. Und sie wollte auch nicht seine Augen und das Lächeln mögen, das sich manchmal zwischen Nervosität und Schrecken in seinem Gesicht zeigte. Krampfhaft versuchte sie, all diese Gedanken und Gefühle zu verdrängen und konzentrierte sich auf das Wetter. Auf die Sonne, die auf ihrer Haut brannte, die dicke, schwüle Luft, die man fast schneiden konnte und den tiefblauen Himmel. Und sie konzentrierte sich auf etwas, das angesichts der Umstände viel wichtiger war. Die Tatsache, dass er Gedanken lesen konnte, würde sie auch später noch analysieren können. »Erzählst du mir jetzt, wer die anderen Leute sind?«, fragte sie. »Wollen die auch den Splitter?«

Er sah sie an. »Vermutlich«, sagte er. »Ich weiß es nicht. Das alles kam so plötzlich...« Er versank einen Moment lang in seinen Gedanken und sah sich wieder um. Am Ende der Straße führten ein paar schmale Wege durch eine idyllische Parkanlage mit saftig grünen Wiesen und sehr hohen Bäumen. Zielstrebig ging er mit Lucy darauf zu. »Allerdings werden sie nichts Gutes mit dem Splitter im Sinn haben«, fuhr er dann nachdenklich fort.

»Und wieso nicht?«

Er seufzte schwer. »Menschen neigen zu egoistischen Taten, wenn sie ein bisschen Macht in die Finger kriegen«, antwortete er kühl.

Sie sah ihn interessiert an. *Macht*, dachte sie. Meinte er die Energie des Splitters? Konnte man damit womöglich schlimme Dinge anstellen? »Soll ich deswegen positiv denken? Weil ich den Splitter sonst für etwas Böses einsetzen könnte?«

Er seufzte. »Nein, du sollst positiv denken, weil deine Gedanken die Wirklichkeit beeinflussen«, erklärte er, während er irritiert einer Gruppe Jugendlicher nachblickte, die sich lauthals über seine Uniform lustig machte. Er schüttelte den Kopf und wandte sich wieder Lucy zu. »Das ist ebenfalls eine natürliche Fähigkeit. Sie hat sich durch den Kristall nur sehr verstärkt, weshalb es für dich besonders wichtig ist, deine Gedanken unter Kontrolle zu halten. Du könntest sonst etwas erschaffen, das du nicht willst.«

Lucy machte ein überraschtes Gesicht. Jetzt redete er genauso wie Miriam. Sie erzählte Lucy auch dauernd, dass sie positiv denken sollte, weil ihre Gedanken die Macht hatten, sich zu verwirklichen. So lautete das Gesetz der Anziehung. Wenn man denn daran glaubte! Sie las diese Esoterik-Bücher, die neuerdings den Markt überfluteten wie nichts Anderes. Bücher über die Macht der Gedanken, universelle Gesetze usw. Sie hatte es nie ernst genommen, wenn Miriam wieder davon angefangen hatte. Für sie war das nur eine Flucht aus der Realität. Nichts, das auch nur im Entferntesten etwas mit der Wirklichkeit zu tun hatte. Aber offensichtlich gab es viele Anhänger dieser neuen Glaubensrichtung.

»Ich habe so etwas noch nie erlebt«, sagte sie kritisch und bemühte sich dabei, nicht abfällig zu klingen. Sie wollte ihn nicht gleich als Idioten abstempeln, nur weil er denselben Quatsch glaubte wie Miriam. »Dass sich meine Gedanken verwirklicht haben«, fügte sie noch hinzu.

»Es ist dir nur nicht aufgefallen.« Das sagte er zwar nur beiläufig, aber in vollem Ernst. »Dein Energieniveau war niedriger. Deshalb hat sich die Manifestation verzögert. Je höher das Energieniveau, umso schneller zeigt sich die Manifestation. In deinem Fall«, er deutete auf ihre Hand mit dem Mal, »sofort.«

Jetzt sah sie ihn belustigt an. »Du meinst, meine Gedanken können sofort Wirklichkeit werden?«, fragte sie und konnte sich ein amüsiertes Grinsen nicht verkneifen. »Auf der Stelle?«

Er nickte, als wäre es das Normalste von der Welt.

»Dann könnte ich es ja jetzt einfach ausprobieren, oder? Einfach an etwas Verrücktes denken.«

Er warf ihr einen skeptischen Blick zu. »Aber übertreib's nicht.«

Lucy beäugte ihn noch einmal argwöhnisch. Offenbar glaubte er wirklich daran. Sie lachte innerlich und überlegte dann einen Moment lang, womit sie ihm beweisen konnte, dass diese ganze Gedanken-haben-Macht-Sache völliger Unsinn war. Wenn also das was er sagte stimmte, dann würde sich ihr Gedanke sofort verwirklichen. Egal wie verrückt er war. Sie sah ihn wieder an und betrachtete seine seltsame Uniform. Sie hatte einen ungewöhnlichen Schnitt. Die Knopfleiste ging von seiner linken Schulter quer über seinen Oberkörper, bis hinunter zu seiner rechten Hüfte. Die kitschigen Abzeichen auf seiner Brust waren silberfarben und ungewöhnlich geformt. Seine Hose war unerhört eng und die Stiefel viel zu weit. Ganz abgesehen von den Schulterpolstern und dem hohen Kragen. Es würde nicht ganz so peinlich aussehen, wenn zumindest die Abzeichen fort wären, dachte sie sich. Und wenn die Knopfleiste plus Kragen verschwinden und die Stiefel sich in Turnschuhe verwandeln würden. Die Leute starrten sie schon die ganze Zeit an, als würde sie mit einem Außerirdischen durch die Gegend laufen. Sie schämte sich etwas. Sie überlegte, ob sie mit ihren Gedanken vielleicht etwas daran ändern könnte und stellte sich vor, wie sich die Abzeichen auflösten, die Ärmel samt Polster abrissen, die Knopfleiste plus Kragen verschwanden und die Stiefel sich in Turnschuhe verwandelten. Dann schloss sie die Augen und malte sich dieses Outfit an ihm aus. Gleichzeitig spürte sie ein dumpfes Brummen in ihrem Bauch, das ihr langsam und warm die Wirbelsäule hinauf kroch und bald durch ihren ganzen Körper kribbelte. Sie runzelte irritiert die Stirn, ließ sich von diesem Gefühl aber nicht ablenken und konzentrierte sich weiter auf das innere Bild. Als sie gerade Gefallen an dem neuen Outfit fand und sich ein zufriedenes Lächeln in ihrem Gesicht abzeichnete, riss etwas an ihrem Arm. Sie öffnete die Augen wieder, sah ihn an und wurde augenblicklich kreidebleich.

»Nicht witzig!«, schimpfte er mit ernstem Gesicht. Sie sah an ihm hinunter und hielt sich vor Schreck die Hand vor den Mund. »Das ist nicht wahr! Das kann nicht…«
Die Abzeichen an seiner Brust waren verschwunden! Genauso wie der Kragen, die Knopfleiste und die Stiefel! Seine Uniform bestand jetzt nur noch aus einer Weste und einer engen Hose. Nur seine abgetrennten Ärmel hingen noch an seinen Handgelenken und wollten nicht über seine geballten Fäuste rutschen.

»Ist dir vielleicht mal in den Sinn gekommen, dass mir diese Uniform etwas bedeutet?«

Lucy biss sich auf die Lippe. Ihr fuhr ein eiskalter Schrecken durch die Glieder. Hatte *sie* das etwa getan? *Sie?* Mit ihren Gedanken? Das konnte nicht sein. Das war einfach unmöglich! Wenn sie in diesem Moment nicht das exakte Abbild ihrer inneren Vorstellung vor Augen gehabt hätte, hätte sie es nicht geglaubt. Aber ihr inneres Bild stand wie eine Kopie vor ihr. Fassungslos starrte sie auf die abgerissenen Ärmel und berührte zaghaft die Naht über seiner Schulter, um sich zu vergewissern, dass sie nicht träumte. Und dann bekam sie es mit der Angst zu tun.

»Okay, ganz ruhig«, sagte Nikolas sofort, als er merkte, wie sie in Panik geriet. Er kam zu ihr und umfasste ihre Schultern. Dabei sah er ihr tief in die Augen. »Jetzt nur nicht in Panik geraten!«

»Das … war ich nicht«, hauchte sie entsetzt und sah ihn

hilfesuchend an. »Das war ich nicht, oder? Das kann nicht sein.«

»Das war nur ein kleiner Ausrutscher. Nicht so schlimm«, versuchte er sie zu beruhigen. Und er entschuldigte sich damit auch gleichzeitig dafür, dass er sie angeschnauzt hatte. Er war einfach viel zu angespannt.

Doch es funktionierte nicht. Denn die Tatsache, dass er ihre Frage nicht klar verneint hatte, ließ ihre Panik nur noch weiter anschwellen. Außerdem machte sein Gesicht alles nur noch schlimmer. Er sah besorgt aus. Sehr besorgt. Da konnte er noch so beruhigend auf sie einreden. Sie sah seinem Gesicht an, dass er langsam aber sicher genauso in Panik geriet wie sie. Sie konnte sich nur nicht erklären, wieso. *Sie* war doch diejenige, die gerade mit ihren Gedanken seine Uniform zerstört hatte. Und sie hatte auch all die elektrischen Geräte ausfallen lassen. Das wurde ihr gerade klar. Er hatte recht gehabt. Er hatte verdammt noch mal recht gehabt! Dieser verfluchte Splitter hatte irgendetwas mit ihr gemacht! Ihre Gedanken und Gefühle wirkten auf die Realität ein! Was zum Teufel sollte sie jetzt tun???

»Ganz ruhig«, sagte er wieder. »Tief durchatmen.«

Lucy schnappte nach Luft. Doch sie atmete sie nicht mehr aus, so stocksteif war sie vor Angst. Würden sich jetzt all ihre Gedanken in der Wirklichkeit realisieren? Was, wenn sie an etwas Schlimmes dachte? Sie war doch eine Meisterin im Katastrophendenken! Ihr Leben lang schon dachte sie über Katastrophen nach, die eventuell passieren konnten. Würden sie tatsächlich passieren, wenn sie jetzt daran dachte? Einfach so? Würden sie in der Realität erscheinen wie diese zerrissene Uniform? Langsam begann sie, zu hyperventilieren.

In diesem Moment hörten sie einen ohrenbetäubenden Knall, der mitten aus der Innenstadt kam. Lucy erschrak so sehr, dass sie kurz aufschrie. Es klang, als sei ein Gebäude explodiert! Und gleichzeitig schoss ein gleißendes Licht durch die Stadt, gefolgt von einer Druckwelle, die die Menschen auf der Straße umriss. Lucy und Nikolas fielen zu Boden und spürten dann, wie die Erde erbebte.

In Lucy breitete sich die helle Panik aus. »War ... war ich das?«, fragte sie atemlos. »Was habe ich getan??«

Nikolas stand sofort wieder mit ihr auf. »Beruhige dich! Das warst du nicht.«

Lucy sah sich um. Die Menschen rappelten sich wieder auf, doch überall brach Panik aus. Autos heulten auf und Menschen liefen ängstlich in die Geschäfte, weil sie glaubten, dort in Sicherheit zu sein. »Bist du dir sicher?«, fragte sie Nikolas.

Der Boden vibrierte immer noch. Nikolas blickte in die Ferne und versuchte, über die Häuser hinweg irgendetwas zu erkennen. Er spürte eine enorme Energie. Sie war gerade wie eine Welle durch die Stadt gerollt und schwängerte immer noch die Luft. Aber er sah keinen Qualm und kein Feuer. »Das war keine normale Explosion«, sagte er und sprach dabei mehr mit sich selbst als mit Lucy.

»Was meinst du damit?«, fragte sie ängstlich. War jetzt etwa der Meteorit runter gekommen, von dem sie den Splitter abbekommen hatte? War er gerade in der Innenstadt eingeschlagen?

Doch Nikolas wusste es besser. Er kannte diese Energie. Er kannte sie ganz genau. Er fluchte leise. »Wir sollten verschwinden«, sagte er dann angespannt und zog Lucy mit sich.

»Wieso?«, fragte sie ängstlich. »Was war das?«

Er vermutete, dass einer ihrer Verfolger den Splitter eingesetzt hatte. Doch das konnte er Lucy nicht sagen. Sonst würde sie vor Angst noch völlig durchdrehen. Wenn sie erfuhr, welche Kraft in dem Splitter steckte, der sich da in ihrem Körper befand, würde er sie vermutlich kaum noch beruhigen können.

Plötzlich blieb Lucy stehen. Sie war kalkweiß im Gesicht und sah Nikolas mit aufgerissenen Augen an. »Einer …«, stammelte sie, »hat den Splitter … *eingesetzt*??«

Nikolas entgleisten die Gesichtszüge. »Verflucht«, raunte er. Sie hatte seine Gedanken gehört! Na toll.

Sie entzog ihm ihre Hand. »Heißt das«, flüsterte sie zitternd, »dass der Splitter in mir … *explodieren* kann?«

Nikolas umfasste ihre Schultern. »Nein!«, stieß er schnell hervor. »Gott, nein. Nichts dergleichen wird passieren«, sagte er eindringlich.

Doch sie ließ sich nicht beruhigen. Sie war so ängstlich, dass sie kaum klar denken konnte. Sie zitterte regelrecht.

Plötzlich begann ihre Hand wieder zu brennen. Die Stelle, an der der Splitter in ihre Hand eingedrungen war, brannte plötzlich wie Feuer. Sie zischelte und hob ihre Hand. Und als sie sah, dass die Stelle gerade knallrot wurde, geriet sie vollends in Panik. Die Tatsache, dass ihre Gedanken auf die Realität einwirkten, bestätigte sich gerade mit einer erschreckenden Erkenntnis. Der Splitter drohte, in ihrer Hand zu explodieren! Weil *sie* daran gedacht hatte! »Oh Gott!«, rief sie aus und hielt Nikolas ihre Hand hin. »Er wird explodieren!« Sie schrie fast. »Hol ihn raus! Hol ihn mir sofort da raus!«

Nikolas griff sofort nach ihrer Hand, legte seine Handfläche auf die rote Stelle und sah Lucy dabei eindringlich in die Augen. »Er wird *nicht* explodieren«, sagte er fest. »Und jetzt hör mir genau zu.«

Sie sah ihm in die Augen und versuchte, ruhig zu atmen. Doch ihr Herz schlug so schnell, dass sie es in ihrem Hals pochen spürte.

»Beruhige dich! Der Splitter selbst hat keine Macht!«, erklärte er mit fester Stimme. »Er hat nur eine sehr hohe Energie, die er auf dich übertragen hat. Dadurch haben sich deine Fähigkeiten verstärkt. Aber er kann nichts tun, das du nicht *willst*.« Er sah sie einen Moment an, um zu prüfen, ob die Worte angekommen waren. Erst dann fuhr er fort. »Kein Gedanke wird einfach so Wirklichkeit. So funktioniert das nämlich nicht. Du musst dich für einen Gedanken *entscheiden*, um ihn wahr zu machen«, erklärte er ihr. »Oder ihn schon als wahr anerkennen, verstehst du?«

Sie sah ihm mit aufgerissenen Augen ins Gesicht. »Entscheiden?«, flüsterte sie atemlos.

Er nickte. »Für die Sache mit der Uniform hast du dich *entschieden*«, machte er ihr klar.

Sie runzelte die Stirn.

»Ich war dir nämlich peinlich«, fuhr er dann fort und musste dabei leicht schmunzeln. »Deshalb wolltest du, dass ich anders aussehe. Damit die Leute nicht mehr gucken. Das war eine *Entscheidung*«, betonte er. »Aber Angst vor Situationen zu haben«, sagte er, »erschafft einfach nur neue *Angst*. Und nicht die Situationen, vor denen du Angst hast, verstehst du?«

Auf einmal dämmerte ihr, was er ihr damit sagen wollte. Sie erzeugte mit ihrer Angst also Situationen, in denen sie erneut Angst hatte?

Er nickte wieder. »Richtig.«

Langsam beruhigte sie sich. Wenn sie sich also nicht für einen Gedanken *entschied*, dachte sie, konnte er auch nicht wahr werden. Das war sehr beruhigend. Sie atmete auf.

»Bleib einfach ganz ruhig«, bat er sie jetzt mit sanfter Stimme. »Kein Gedanke wird wahr, wenn du es nicht so willst oder ihn als wahr anerkennst«, wiederholte er noch einmal. »Sich für einen Gedanken zu entscheiden und ihn zu verwirklichen ist eine ganz natürliche und menschliche Fähigkeit. Du entscheidest dich jeden Tag für etwas«, erklärte er ihr. »Morgens aufzustehen zum Beispiel, oder dir ein Buch zu kaufen. Das ist ganz normal. Allerdings hat der Splitter diese Fähigkeit womöglich um das Hundertfache verstärkt. Deswegen werden Entscheidungen unmittelbar wahr. Ohne Zeitverzögerung. Und ohne, dass du etwas dafür tun musst.«

Um das Hundertfache, wiederholte sie seine Worte in Gedanken und wollte schon wieder in Panik geraten. Sie versuchte, sich auszumalen, was das bedeutete. Sie hatte noch nie in ihrem Leben darüber nachgedacht, dass ihre Gedanken auch nur den Hauch eines Einflusses auf ihr Leben hatten. Oder dass sie freie Entscheidungen treffen konnte. Natürlich traf sie im Alltag banale Entscheidungen, wie zu duschen und zu essen. Aber das war doch nicht mit der Entscheidung vergleichbar, eine Uniform total zu verwandeln. Wie war das überhaupt mit den Naturgesetzen vereinbar?

Nikolas seufzte. »Sogar bei euch gibt es Menschen mit übersinnlichen Fähigkeiten«, sagte er und zählte auf: »Menschen, die über glühende Kohlen gehen oder unverwundbar sind. Menschen, die hellsehen können, Vorahnungen haben, Energien wahrnehmen, Gegenstände mit ihren Gedanken bewegen. Das alles ist ebenfalls nicht mit den Naturgesetzen vereinbar, oder? Hast du noch nie davon gehört?«

Sie sah ihn erstaunt an. Sollte das heißen, dass all dieser Unsinn, über den sie manchmal gelesen hatte oder von dem Miriam manchmal sprach, real war? Miriam war regelrecht besessen von solchen Geschichten. Sie las unzählige Bücher darüber und versuchte sogar selbst, ihre außersinnliche Wahrnehmung zu trainieren. Lucy wusste nicht einmal, was außersinnliche Wahrnehmung überhaupt bedeutete. Sie hatte diesen Unsinn noch nie ernst genommen.

Nikolas sah sie an und schmunzelte. Doch er sagte nichts mehr.

Lucy war fassungslos. Aber zumindest war die Panik jetzt ein bisschen abgeflaut.

Sie gingen einen der schmalen Wege entlang und steuerten dann direkt auf einen großen Brunnen zu, der sich auf der linken Seite mitten auf der Wiese befand. Dann fiel ihr etwas ein. »Und wie ist das mit meinem Knie gewesen?«, fragte sie neugierig. »Das ist einfach so geheilt. Ohne, dass ich mich für eine Heilung entschieden habe.«

»Dein Körper ist von Geburt an auf Selbstheilung programmiert«, erklärte er. »Aber wenn die Schwingung zu niedrig ist, hat er für diese Aufgabe nicht genug Kraft. Der Splitter hat dein Schwingungsniveau erhöht, so dass dein

Körper die entsprechende Energie erhalten hat, um diese Aufgabe zu bewältigen. Jetzt bewältigt er sie allerdings in einem rasenden Tempo.«

Sie betrachtete erstaunt ihre Hand. »Das ist unglaublich«, flüsterte sie fasziniert. Langsam verstand sie, warum diese Typen hinter dem Splitter her waren. Sie konnte sich gut vorstellen, dass ein solcher Gegenstand ein Vermögen wert war. Ein Splitter, der Krankheiten heilen konnte und einem Menschen die Fähigkeit verlieh, mit seinen Gedanken unmittelbar auf die Realität einzuwirken. Eigentlich war es ein Wunder, dass nicht die ganze Welt Jagd auf sie machte. Aber wahrscheinlich wussten nur einige wenige von diesem Splitter – und dass er sich gerade in *ihrem* Körper befand. »Wollen die den Splitter deshalb?«, fragte sie nun.

»Gut möglich«, antwortete Nikolas ernst. Er wusste es nicht. Er wusste nicht einmal, wie sie von dem Unfall erfahren hatten. Oder wie sie in den Besitz einer der Splitter gekommen waren und woher sie wussten, dass Lucy einen weiteren davon in ihrem Körper trug. Er wusste nicht einmal, wer diese Leute waren. Die Situation spitzte sich zu einer ausgewachsenen Krise zu.

»Und warum willst *du* den Splitter?«, fragte sie ihn jetzt.

Er sah sie eine Weile an und wirkte dabei, als würde er in ihrem Kopf etwas suchen. War ihre Frage so abwegig? »Er gehört meinem Land«, antwortete er dann. »Und es ist meine Schuld, dass er nicht mehr dort ist. Also ist es meine Aufgabe, ihn zurück zu bringen.«

Lucy sah ihn irritiert an. »Moment«, sagte sie. »Ich dachte, der Splitter stammt von einem Meteoriten!« Hatten die in den Nachrichten nicht gesagt, dass es einen Meteoritenregen gegeben hatte?

Sie standen jetzt direkt vor dem großen Brunnen. Nikolas sah noch einmal auf seinen Computer und sagte beiläufig: »Glaub nicht alles, was dir die Nachrichten erzählen. Die wissen *gar nichts*. Und außerdem erzählen sie dir nur, was du wissen *sollst*.«

Sie sah ihn erstaunt an. Also hatte es gar keinen Meteoritenregen gegeben? Sie überlegte, was das wohl für ein Land sein mochte, aus dem solch ein Splitter stammt. Von wo war er abgebrochen? Von welchem Gegenstand? Und wieso? Doch auf einmal ging ihr eine viel wichtigere Frage durch den Kopf. »Was passiert, wenn ihr mir den Splitter wieder herausholt? Wird dann alles wieder wie vorher?« Lucy spürte, wie ihr dieser Gedanke Angst machte. Würde sie dann wieder krank werden? Würde ihr Körper in seinen alten Zustand zurück geworfen werden? Langsam wurde ihr klar, dass dieser Splitter womöglich das Beste war, was ihr je passiert war. Auch wenn damit eine Verfolgungsjagd verbunden war. Aber er hatte ihr dieses neue Leben geschenkt. Ein Leben ohne Leid. Ohne Krankheiten.

Nikolas antwortete nicht auf ihre Frage. Er drehte sich nur immer wieder im Kreis und wurde zunehmend nervöser. »Lucy?« Auf einmal war seine Stimme nur noch ein Flüstern.

Verwundert sah sie zu ihm auf und erschrak, als sie sein versteinertes Gesicht sah. »Was ist?«

»Wenn ich *jetzt* sage, dann rennst du los«, hauchte er. »So schnell wie du kannst. Und mach nicht halt, bevor du zu Hause bist.«

Sie folgte seinem starren Blick und sah, wie aus mehreren Richtungen Männer auf sie zu kamen. Sie trugen zum Teil

Soldatenkleidung. Manche trugen schwarze Anzüge oder Jeans und einer von ihnen trug eine Offiziersuniform. Und sie machten so finstere Gesichter, dass Lucy bei ihrem Anblick ein kalter Schauer über den Rücken lief.

Erneut geriet sie in Panik. Die Blicke der Männer waren ausnahmslos auf sie gerichtet.

»Denk daran, was ich dir gesagt habe«, flüsterte er weiter. »Deine Entscheidungen verwirklichen sich. Du wirst entkommen und sie weit hinter dir lassen, hörst du? Entscheide dich dafür! Wenn du zu Hause bist, schließt du die Tür ab und denkst ausschließlich daran, wie ich dich finde. Du musst mir mit deinen Gedanken den Weg zeigen.«

Lucy nickte ohne Widerworte. Dann ging er mehrere Schritte auf die Männer zu – es mussten jetzt ungefähr zehn sein – und wartete, bis sie vor ihm stehen blieben. Dann hob er seinen linken Arm, ballte seine Hand zu einer Faust und deutete damit direkt auf den Mann in der Offiziersuniform. Er stand Lucy am nächsten. Doch diese hatte sich jetzt hinter Nikolas versteckt.

Einen Moment lang passierte gar nichts. Doch dann spürte Lucy plötzlich wieder diese Wärme von ihm ausgehen. Es war wie ein warmes Vibrieren auf ihrer Haut und in ihrem Gesicht. Als würde ihr etwas Kribbelndes auf die Vorderseite ihres Körpers strahlen und ihre Körperzellen zum Schwingen bringen. Es fühlte sich an wie Strom. Wie warmer, surrender Strom. Es summte geradezu in ihrem Körper und drang immer weiter nach hinten in ihre Organe und Knochen vor. Dann spürte sie ein warmes, bebendes Gefühl von ihrem Bauch in ihre Brust aufsteigen und ihre Wirbelsäule hinaufkriechen. So ähnlich hatte sie sich auch im OP gefühlt.

Als dann ihr ganzer Körper zu vibrieren schien, öffnete Nikolas die Hand und schrie so laut »Jetzt!«, dass sie durch den Schall seiner Stimme zuerst einmal erschrocken zusammenzuckte. Erst dann drehte sie sich um, sah aus dem Augenwinkel noch, wie etwas aus seiner Hand geschossen kam und lief dann wie vom Teufel gejagt los.

Hinter sich hörte sie Rufe und Schreie, ersticktes Würgen und seltsame, dröhnende Geräusche. Ihre Füße flogen so schnell über die Wiese, dass sie glaubte, gar keinen Boden mehr unter sich zu spüren und bald schon waren die Geräusche ganz weit weg. Aber sie lief weiter. Sie lief so schnell, wie sie noch nie in ihrem Leben gelaufen war und dachte die ganze Zeit nur daran, was Nikolas zu ihr gesagt hatte. Dass sie entkommen würde. Dass sie diese Männer weit hinter sich lassen und sicher zu Hause ankommen würde. Dafür entschied sie sich. Sie dachte nicht mehr darüber nach, ob sie diese unglaubliche Geschichte, die ihr gerade passierte, glauben sollte oder nicht. Sie tat es einfach. Und je intensiver sie an seine Worte dachte, umso schneller wurde sie. Sie wagte es nicht, auch nur einmal zurückzublicken. Sie starrte stur geradeaus und lief die Straßen entlang, als seien sie ihre ganz eigene Laufbahn. Die Menschen, Häuser und Autos rauschten an ihr vorbei, als säße sie in einem ICE. Und sie spürte nicht die geringste Erschöpfung. Sie fühlte sich, als habe sie in ihrem Brustkorb ein Turbogetriebe. Und sie hatte das Gaspedal nicht einmal bis zur Hälfte durchgetreten. Berauscht von dieser Kraft und der unglaublichen Geschwindigkeit, spürte sie eine Selbstsicherheit und ein Glücksgefühl in sich aufsteigen, das sie fast zum Lachen brachte. Es vernebelte ihr geradezu die

Sinne. Solche Glücksgefühle hatte sie noch nie in ihrem Leben gespürt!

Als sie an dem grauen Hochhaus ankam, in dem sie wohnte, kramte sie hektisch ihren Schlüssel heraus, stürmte durch die Tür und das Treppenhaus und blieb erst stehen, als sie ihre Wohnungstür öffnete. Sie lauschte einen Moment, ob sich jemand im Treppenhaus befand und sah aus dem Fenster auf die Straße. Aber es war niemand zu sehen. Sie lächelte erleichtert und immer noch berauscht, ließ die Tür schließlich ins Schloss fallen und schloss mehrmals ab.

8

ZEITBOMBE

Das Portal öffnete sich direkt vor dem Gardezentrum. Es erklang ein lautes, reißendes Geräusch und einen Augenblick später trat Alea mit Mine aus einem Lichtbogen und marschierte sogleich wütend auf das Gebäude zu. Dicht gefolgt von Taro.

Es war nicht so heiß in Lumenia wie dort, wo sie gerade hergekommen waren. Und deshalb atmeten sie gerade alle etwas auf, als ihnen der kühle Wind entgegen blies. Auch legte sich die hohe Schwingung des Landes sofort wie ein Balsam auf ihre erhitzten Gemüter. Doch Alea war immer noch aufgebracht. »Es war *meine* Mission!«, schimpfte sie lautstark. »Du hättest dich nicht einmischen dürfen!«

»Dann wärst du womöglich verblutet!«, schrie Taro hinter ihr.

»Wir hätten es schon irgendwie hinbekommen! Und zwar *ohne* die ganze Stadt zu erschüttern!«

»Das ist nicht dein Ernst«, entgegnete er und deutete auf Mine. »Mit dem Stümper hättest du dir womöglich noch eine Blutvergiftung eingefangen!«

Mine senkte den beschämt Kopf und folgte den Beiden. Hielt aber etwas Abstand.

»Auf anderen herum hacken kannst du gut. Aber dass du gerade fast die ganze Stadt verwüstet hättest, ist dir wohl egal!«, rief sie wütend.

»Was wäre, wenn die Kugel dich *nicht* nur an der Schulter getroffen hätte?«, fragte Taro jetzt wütend. »Du hättest sterben können, verdammt!«

Ja, es war ihm offenbar egal. Er ging nicht einmal darauf ein. Sein Hass auf diese Welt erschreckte sie von Tag zu Tag mehr. »Ich weiß!«, rief Alea zurück. Sie wusste, dass sie unvorsichtig gewesen war. Das musste er ihr jetzt nicht ständig unter die Nase reiben. »Du hattest trotzdem kein Recht, mich abzuziehen!«, schrie sie ihn an, blieb stehen und blickte ihm wütend ins Gesicht.

»Oh doch, das hatte ich. Und das weißt du«, sagte er fest.

Jetzt spielte er auch noch seine Machtposition aus. Typisch. Doch ehe sie darauf reagieren konnte, kam Hilar aus dem Gebäude gelaufen. Nikolas' bester Freund. *Prima*, dachte Alea. Noch jemand, der sich übermäßig viele Sorgen machte.

Als sie sich umdrehte, erschrak Hilar. »Oh Gott, Alea!«, rief er aus, als er ihre blutdurchtränkte, weiße Uniform sah. »Du blutest!«

Er war schon drauf und dran, die Ärztin zu holen, da sagte Alea: »Ist schon verheilt. Kein Grund zur Sorge.«

Hilar kam näher und sah alle drei nacheinander an. Er bemerkte natürlich ihre aufgebrachten Gemüter. Doch ihn interessierte jetzt nur eins: »Und ... wo ist Nikolas?«, fragte er.

»Wir wurden getrennt«, berichtete sie seufzend. »Und Taro hat mich abgezogen, bevor ich ihn finden konnte.« Dabei sah sie Taro vorwurfsvoll an, erwähnte aber Hilar gegenüber nicht, was Taro dort drüben angerichtet hatte. Hilar mochte ihn sowieso schon nicht besonders. Das wusste sie.

Taro schnaubte und wandte sich wütend von ihnen ab.

Hilar sah ihm nach. Er spürte seine Wut. Doch es ging auch eine enorme Energie von ihm aus. »Er hat einen der Splitter«, stellte er fest. Er spürte es genau. Die Kraft umgab Taro wie eine gewaltige Aura. Hilar hätte nicht gedacht, dass die Energie dieser kleinen Splitter so deutlich zu spüren war.

Alea nickte. »Ja, wir konnten einen der Splitter mitnehmen.«

Taro drehte sich in diesem Moment um, griff in seine Tasche und warf Hilar wortlos den Splitter zu. Hilar fing die Schachtel geschickt auf. Und als er sie in den Händen hielt, zog ihm die Kraft des Splitters durch die Glieder. Es war erstaunlich, wie viel Kraft in diesem winzigen Stück Kristall steckte. Wie mochte es wohl diesem Mädchen ergehen, das ein Stück davon in ihrem Körper trug?

»Ich muss zurück«, sagte Alea jetzt. »Wo ist Quidea?«

Hilar seufzte und machte ein besorgtes Gesicht. »Er versucht, die Krise zu bewältigen. Die Satellitenbilder sind ausgefallen«, berichtete er.

Alea erschrak. »Was??«, rief sie aus.

»Die Splitter können nicht mehr geortet werden. Und wir wissen nicht, wo unsere Leute jetzt sind. Es sind noch nicht alle wieder da.«

Auch Taro kam jetzt zurück und sah ihn entsetzt an.

»Wie ist das möglich? Die Satellitenbilder sind noch nie ausgefallen!«, rief Alea aus. Wie sollten sie jetzt ihre Leute zurück holen?

»Quidea vermutet, dass *sie* die Satelliten hat ausfallen

lassen. Das Mädchen mit dem Splitter.«

Alea sah ihn groß an. »Nein«, raunte sie. »So stark *kann* sie nicht sein!« Doch dann sah sie die Schachtel mit dem Kristallsplitter in Hilars Händen an und ihr wurde klar, dass sie sich irrte. Die Energie dieses Kristalls war grenzenlos. Und damit war es das Mädchen auch. Sie wusste es nur nicht. Sie hatte keine Ahnung, was für eine Energie in diesem Kristall steckte und was diese für Kräfte in ihr auslösen konnte. Nicht einmal die Lumenier konnten einschätzen, was diese Kraft in einem Menschen zum Vorschein bringen konnte. Der Kristall war ein Füllhorn von extrem hoch schwingender, grenzenloser Energie. Seit Jahrtausenden gespeist von der Kraft der Götter.

»Sie hat Angst gehabt«, sagte Taro auf einmal. »Das wird es wohl ausgelöst haben.«

Alea wandte sich zu ihm um. Er hatte recht. *Selbstverständlich* hatte sie Angst gehabt. Sie war ja auch gejagt worden. Nicht nur von ihnen, sondern vom Militär. Ihre Angst und ihr Wunsch nach Sicherheit hatte nicht nur all die technischen Geräte ausfallen lassen. Sondern auch die Satelliten, über die sie gefunden worden war. »Sie hat unbewusst alles zerstört«, stellte sie fest. »Alles, was genutzt werden konnte, um sie zu finden.« Sie fragte sich, wozu sie wohl noch in der Lage war, wenn sie schon Satelliten ausfallen lassen konnte, ohne es zu merken. Es war ihr natürlich nicht bewusst, dass die Energie in ihr Einfluss auf ihr ganzes Leben hatte und sogar über diese Erde hinaus ging.

»Niemand weiß, welche Auswirkung die Energie des Kristalls noch auf sie haben wird«, erklärte Hilar. »Nicht einmal Quidea. Ihre Kräfte könnten unberechenbare Ausmaße annehmen. Sie ist nicht darin geschult, ihre Gedanken und Gefühle zu kontrollieren.«

Alea nickte. »Wir müssen ihr den Splitter schnellstmöglich entfernen. Ich versuche noch einmal, Nikolas zu erreichen und schicke ihn zur dritten Einschlagsstelle. Ich vermute, er wird sie nicht außer Gefecht setzen, so wie es geplant war. Also werde ich dort auf ihn warten und sie mit ihm her bringen.«

Taro wollte gerade protestieren, doch Hilar kam ihm zuvor. »Ich gehe mit dir!«, beschloss Hilar mit fester Stimme.

»Nein!«, sagte Alea sofort. »Das ist zu gefährlich!«

»Ach!«, rief Taro aus und sah Alea dabei wütend an. »Auf einmal ist es *doch* gefährlich, ja?!«

Alea reagierte nicht auf ihn.

»Er ist mein Freund!«, rief Hilar. »Und dieses Mädchen ist eine tickende Zeitbombe! Nikolas ist zu anständig, um sie zu betäuben oder zu manipulieren, damit sie keinen Unsinn anstellt. Er braucht jede Hilfe, die er kriegen kann!«

Ja, das war auch Alea klar. »Selbst wenn er es tun würde«, stellte sie dann fest, »wäre es jetzt – wo Nikolas mit ihr allein ist – nicht mehr möglich, sie zu betäuben. Wie soll er ein betäubtes Mädchen transportieren? Er könnte sie höchsten manipulieren.«

Hilar lachte leise. »Einer Unschuldigen den freien Willen rauben? Du kennst ihn.«

Alea nickte.

»Sie könnte allerdings weit mehr Schaden anrichten, als wir uns vorstellen können«, sagte auf einmal jemand hinter ihnen. Quidea kam gerade auf sie zu. Sie hatten ihn gar nicht aus dem Gebäude kommen sehen, so vertieft waren sie in ihrem Gespräch gewesen. Jetzt kam er mit schnellen Schritten zu ihnen und fuhr fort:»Noch nie zuvor hat diese Energie jemals in einem menschlichen Körper gesteckt. Und je länger dieser Kristall in ihrem Körper bleibt, umso gefährlicher wird es. Für sie und für die Menschen da drüben.«

Als der König näher kam, drehte sich Taro um und ging einfach.

Alea lief ihm nach.»Taro, warte!«, rief sie.

Doch Taro holte schon seinen Portalschlüssel aus der Tasche und aktivierte ihn.

»Taro!«, rief sie.

Quidea kam zu ihr.»Lass ihn gehen«, sagte er.»Er beruhigt sich wieder.«

Aus der Ferne sahen sie, wie das Licht des Portals aufzuckte, hörten das reißende Geräusch und im nächsten Moment war Taro verschwunden. Er hinterließ eine bedrückende Stille. Es schmerzte Alea, ihn so zu sehen. So voller Wut und Angst. Und mit einer Sache hatte er nicht Unrecht. Diese Mission war gefährlicher, als sie es alle erwartet hatten. Sie fragte sich, ob Quidea das gewusst hatte. Sie sah ihn interessiert an. Doch er sagte nichts. Sein Gesicht strahlte nur die altbekannte Weisheit und den unendlichen Frieden aus, den sie zwar alle liebten, der sie jedoch unter solchen Umständen auch verstörte.

Hilar war der erste, der wieder das Wort ergriff. Er wandte sich an Quidea:»Ich werde Alea begleiten. Es war nicht geplant, dass Nikolas so viel Zeit dort verbringt! Und schon gar nicht mit dieser Gefahr an seiner Seite.«

Quidea sah ihn an.»Du bist noch nie in dieser Welt

gewesen«, stellte er fest. »Du bist nicht vorbereitet.«

»Das war Alea offensichtlich auch nicht«, entgegnete er und deutete auf ihre blutige Uniform. »Ich will helfen«, sagte er dann. »Nikolas ahnt wahrscheinlich gar nicht, wie gefährlich dieses Mädchen ist. Sie kann jedem Menschen, der ihr zu nahe kommt, mit nur einem Gedanken...«

Quidea hob die Hände und Hilar hielt sofort inne. »Keine Katastrophengedanken bitte«, sagte er. »Nikolas ist nicht dumm. Er weiß, wie gefährlich sie ist und wird ihr helfen, ihre Gedanken und Gefühle zu kontrollieren.« Er seufzte. »Falls es aber eskaliert, muss Alea eingreifen und sie außer Gefecht setzen.« Er sah sie dabei bedeutsam an.

Hilar sah sie ebenfalls an. »Wenn der Splitter noch länger in ihrem Körper bleibt, wirst du bald *gar nicht* mehr eingreifen können. Wie willst du jemanden außer Gefecht setzen, der ein Stück von *diesem Ding* in sich trägt??« Er deutete dabei auf das Waldstück neben ihnen, in dessen Mitte sich das runde Gebäude mit dem gläsernen Kuppeldach befand. Darin schwebte friedlich der wohl mächtigste Kristall dieser Welt. Sogar von hier aus konnten sie die Energie spüren, die er ausstrahlte. »Wenn sie Satelliten ausfallen lassen kann, um zu verhindern, dass sie gefunden wird, wird wohl keiner von uns dazu in der Lage sein, sie...«

»Es muss unbemerkt geschehen«, unterbrach Quidea ihn. »Sie darf keine Möglichkeit haben, sich zu wehren. Alea«, er sah sie auffordernd an, »du musst äußerst vorsichtig sein. Finde sie, setze sie außer Gefecht und bring sie her.«

Sie nickte. »Das werde ich.«

9

DAS GESETZ DER ANZIEHUNG

Noch einmal versuchte er, sich auf Lucy zu konzentrieren. Er hoffte, dass sie ihm mit ihren Gedanken den Weg wies. Aber er spürte immer noch nichts. Vielleicht lag es an ihm. Er fühlte, wie bereits seine Kräfte schwanden und sein Energieniveau immer weiter absank, je mehr Zeit er in dieser Welt verbrachte. Womöglich hatte das Vergessen schon Besitz von ihm ergriffen und das Leid sich in seinem Bewusstsein festgesetzt. Er hoffte nur, dass er zurückfand bevor es zu spät war. Aber es sah schlecht aus. Der Kontakt zu Alea war vollständig unterbrochen und das Portal an dem verabredeten Ort war geschlossen gewesen. Er hatte keine Ahnung wie er einen Weg zurückfinden sollte. Ohne Computer, der ihm die Portale anzeigte. Und mit schwindenden Kräften. Offenbar hatte sich sein Gefühl bewahrheitet. Seine Rückkehr würde sich schwieriger gestalten, als er gehofft hatte.

Er irrte verloren durch die Straßen und presste seine Hand auf die pochende Wunde an seiner Schulter. Sein linkes Bein war verletzt, so dass er mehr humpelte, als zu gehen und seine linke Gesichtshälfte brannte, als habe ihm einer der Kerle eins mit einem heißen Bügeleisen übergezogen, anstatt mit einem Schlagring. Sie waren stark gewesen. Und sehr brutal. Ihre Gewaltbereitschaft hatte ihn zwar nicht überrascht, aber entsetzt. Er hatte schon fast vergessen, wie grauenvoll diese Welt war. Sie war voll von Menschen wie diesen. Menschen, die Befehlen gehorchten und nicht selbst nachdachten. Und Menschen, die vor lauter Gier über Leichen gingen. So lange hatte er schon ihre Dunkelheit nicht mehr zu spüren bekommen. Und jetzt, wo er wieder einmal in die Fänge dieser Welt geraten war, drohte sie ihn zu verschlingen. Erneut. Er hoffte nur, dass seine Wunden trotz seiner absinkenden Energie schnell verheilen würden. Er musste schnell wieder zurück nach Lumenia. Bevor es zu spät war und die Portale ihn nicht mehr hindurch lassen würden.

Während er durch die Straßen ging, betrachtete er die Menschen, wie sie gehetzt und meist unglücklich an ihm vorbei gingen. Er spürte all ihr Leid, all ihren Kummer und ihre Sorgen. Sie waren so voll davon. So angefüllt mit dunkler Energie. Mit so vielen Ängsten und so viel Wut.

Es war schwer, in dieser Welt glücklich zu sein. Das wusste er. Deswegen war er froh gewesen, als er sie verlassen hatte. Sie gab den Menschen keine Möglichkeit, sich frei zu entfalten und das auszuleben, was sie wirklich waren. Stattdessen wurden sie unterdrückt und wie Sklaven gehalten. Und das war schon so lange so, dass sie es gar nicht mehr merkten. Es war normal für sie, unglücklich zu sein, unterdrückt und gefangen in einem System, das sie nicht einmal verstanden. Sie waren gewöhnt daran. Dass es einmal anders gewesen war und dass es Welten gab, die *nicht* so waren, wusste niemand mehr. Sie hatten Lumenia vergessen.

Schon vor langer Zeit.

Es schien ihm, als lebten die Menschen in einer Art Schlaf. In einer Lethargie, die ihnen den Blick auf die Wirklichkeit verschleierte. So wie Lucy. Als er ihr überraschtes Gesicht in Gedanken vor sich sah, als sie herausgefunden hatte, dass er Gedanken lesen konnte, musste er kurz lachen. Obwohl ihn ihre Unwissenheit und ihr Glaube machtlos zu sein zutiefst erschreckten, empfand er es gleichzeitig als sympathisch und irgendwie ... süß. In seinen Augen war sie viel größer, als sie es sich wohl jemals vorstellen konnte. Er erkannte in ihr etwas, das in jedem Menschen steckte und einen jeden zu unfassbaren Dingen befähigte. Auch ohne diesen Splitter. Sie wussten gar nicht, wie mächtig sie wirklich waren. Und wie frei. Sie ließen sich versklaven und trugen doch den Schlüssel zu ihrer eigenen Freiheit in ihren Händen. Er fragte sich, ob Lucy jemals diese Größe begreifen würde und die Macht, die in ihr steckte und die durch diesen Splitter nur geweckt worden war. Er hoffte es. Und er spürte das tiefe Bedürfnis, ihr dabei zu helfen. Sie war so voller Leid. So wie alle Menschen in dieser Welt. Es war kaum zu ertragen.

Als er an einem Buchgeschäft vorbeiging, blieb er abrupt stehen. Die Aufschrift eines kleinen Pappaufstellers – der fast in den Bücherstapeln versank, die ihn umgaben – sprang ihn geradezu an. *Das Gesetz der Anziehung.* Er las sie laut vor und schüttelte dann verwirrt mit dem Kopf.

»Das soll noch einer verstehen«, murmelte er, während er in den Laden ging und sich eines der Bücher vom Stapel schnappte. Er drehte es um und las die Beschreibung. Dann schüttelte er wieder verständnislos mit dem Kopf und sah sich um. Ein paar Meter von ihm entfernt ging eine alte Frau an ihm vorbei. Ihr Gesicht war schmerzverzerrt. Sie ging langsam und gebückt und stieß nach jedem zweiten Schritt ein leises, gequältes Seufzen aus. Er sah sie erschrocken an und ließ dann den Blick weiter durch den Laden schweifen. Auf einer Bank saß ein alter Mann mit einem Buckel und las ein Buch über Rückenprobleme, mehrere Frauen standen an dem Regal für Kindererziehung und blätterten in Büchern über Problemkinder und an der Kasse stand eine Schlange von Menschen, die unglückliche, frustrierte Gesichter machten. Dann senkte er den Kopf und sah wieder das Buch an.

»Verrückt«, flüsterte er. All diese Menschen hatten die Lösung ihrer Probleme direkt vor ihrer Nase liegen. Und sie gingen einfach daran vorbei. Sie gingen daran vorbei und konzentrierten sich auf ihr Leid und ihre Probleme. Er sah jeden Einzelnen von ihnen noch einmal fassungslos an und hätte sie am liebsten laut angeschrien und geschüttelt, um sie zur Vernunft zu bringen. Sahen sie nicht, dass sie völlig unnötig litten? Konnten sie nicht erkennen oder zumindest spüren, dass es eine Lösung für ihre Probleme gab? Sie lag hier! Direkt vor ihnen. Er konnte einfach nicht begreifen, dass sie daran vorbeigingen und nach den Problembüchern griffen, anstatt nach den Lösungen. Aber vielleicht – er nahm sich noch einmal eines der Bücher und betrachtete es nachdenklich – stand hier nicht die *ganze* Wahrheit. Vielleicht fehlte ihnen noch ein entscheidender Teil ihres vor langer Zeit verloren gegangenen Wissens. Oder aber sie konnten nicht daran glauben, dass die Lösung so einfach sein sollte. Vielleicht betrachteten sie das Wissen, das offensichtlich in das Bewusstsein einiger weniger Menschen zurückgefunden hatte, als Unsinn. So wie Lucy. Sie konnte nicht erkennen, dass sie in Wirklichkeit eine Göttin war. So wie alle Menschen Götter waren. Die Göttlichkeit, die in jedem Menschen steckte und dazu befähigte die Wirklichkeit nach seinen eigenen Wünschen zu gestalten, war unter dem Leid begraben, das sich durch ihrer aller Leben zog. Ob sie jemals diese Größe begreifen würden, die in ihnen steckte?

Plötzlich hörte er ein Piepsen. Schnell zog er den kleinen Computer aus seiner Hosentasche und klappte ihn auf. Er hatte wieder ein Bild! Doch es flackerte heftig. Ein blauer Punkt leuchtete blinkend auf. Er konnte auf der Karte nur nicht erkennen, wo sich dieser Punkt befand. Einen Moment später war das Bild wieder weg. Dann zog er noch einmal das Headset heraus und tippte dagegen. »Alea?«, rief er hinein. »Bist du da?«

Er hörte ein Rauschen. Sein Herz schlug höher. Und dann hörte er ihre Stimme.

»...gemeinsam ... drittes Portal...« Wieder Rauschen. »Wir treffen uns dort!«, rief sie. Auf einmal war ihre Stimme ganz klar.

»Wo?«, rief er.

»Drittes Portal! Der dritte Splitter!«

Dann brach die Verbindung wieder ab. Nikolas zog sich leise fluchend das Headset vom Kopf. Diese verdammten Geräte. Warum bloß hörte er ihre Gedanken nicht? Waren seine Fähigkeiten schon so sehr eingeschränkt? Seufzend ging er weiter. Er musste also zum dritten Einschlagsort.

Entschlossen versuchte er, noch einmal zu spüren, wo sich Lucy befand und sah sich um. Er musste sich beeilen. Je mehr

Zeit er in dieser Welt verbrachte, umso mehr sank seine Energie ab. Außerdem musste endlich der Splitter aus Lucys Körper entfernt werden. Bei der Geschwindigkeit, mit der sie sich entwickelte, würde sie bald nicht mehr nur Gedanken lesen können, sondern zu ganz anderen Dingen in der Lage sein. Dinge, die sie noch mehr erschrecken würden. Und sie war jetzt schon ein einziges Nervenbündel.

Plötzlich stockte er. Ein Gedanke schoss ihm wie ein Blitz durch den Kopf. So intensiv, dass er sofort los rannte und sich von dem wissenden Gefühl leiten ließ, das ihn durchzog. Seine Intuition. Sie hatte ihn also noch nicht verlassen. Sie führte ihn nach links die Straße hinunter. Danach würde er an einem großen Gebäude vorbeikommen. Ein Theater. Dann waren es nur noch zwei Kilometer, bis er ein graues Hochhaus erreichte. Im dritten Stock befand sich Lucy. Er sah alles ganz genau vor sich und formulierte in seinem Kopf ein erleichtertes *Danke*.

10

WIRKLICHKEIT

Lucy stand am Fenster und hielt nach Nikolas Ausschau.

Zwischendurch lief sie immer wieder zur anderen Seite ihrer Wohnung und blickte dort aus dem Fenster, um sicherzugehen, dass keiner ihrer Verfolger herausbekommen hatte, wo sie wohnte. Noch einmal versuchte sie Nikolas in Gedanken den Weg zu ihrer Wohnung zu zeigen. Sie dachte an die Gebäude, die sich in der näheren Umgebung befanden, die Straßennamen, die ungefähren Entfernungen. Dann versuchte sie immer wieder das hässliche, graue Hochhaus vor ihrem inneren Auge zu sehen und schickte all diese Bilder zu Nikolas. Sie wusste nicht, ob es funktionierte. Aber sie musste es versuchen.

Sie konnte immer noch nicht fassen, was gerade passiert war. Dass die Sache mit ihren Gedanken wirklich funktioniert hatte. Dass all das, was Miriam ihr immer gepredigt hatte, wirklich wahr sein sollte und sie mit ihren Gedanken tatsächlich die Wirklichkeit beeinflussen konnte. Sie *erschaffen* konnte. Sie hatte ihren Körper in eine Hochleistungsmaschine verwandelt. Noch nie in ihrem Leben war sie so mühelos so schnell gerannt, wie noch vor

101

wenigen Momenten. Sie war in den letzten Jahren *überhaupt* nicht gerannt. Dazu war sie viel zu krank gewesen. Sie betrachtete ihre Hand und streichelte über das Mal. Dieser Kristall hatte ihr wirklich ein neues Leben geschenkt.

Hässliches, graues Hochhaus. Theater in der Nähe. Kein einziger Baum, dachte sie erneut, und schickte diese Gedanken zu Nikolas.

Sie konnte wirklich verstehen, warum alle hinter diesem Splitter her waren. Er war ein Allheilmittel und eine Wunderlampe zugleich. Und obwohl sie immer noch glaubte das alles nur zu träumen, wünschte sie sich von ganzem Herzen, dass ihr die Kraft dieses Splitters für immer erhalten blieb. Was auch immer das für eine Kraft war. Sie wollte sie nicht mehr hergeben. Nie wieder. Es war einfach zu schön keine Schmerzen zu haben und nicht mehr leiden zu müssen.

Plötzlich blitzten vor ihrem inneren Auge Bilder auf. Bilder, die sie nicht selbst erzeugte, um Nikolas den Weg zu ihrer Wohnung zu zeigen. Es waren Bilder, die ganz von selbst kamen. Zuerst war es der Buchladen gewesen, an dem sie schon unzählige Male vorbeigegangen war. Dann war es die Straße, die zu dem Theater führte. Und jetzt sah sie das Theater genau vor sich. Als ob sie davor stehen würde. Verwirrt schüttelte sie mit dem Kopf und ging zum Fenster. Er war noch nicht zu sehen.

Ob sie ihn dazu überreden konnte, ihr den Splitter einfach zu überlassen? »Wahrscheinlich nicht«, gab sie sich selbst zur Antwort und senkte den Kopf. Wenn er ihr den Splitter nicht wegnahm, dann würden es diese anderen Typen tun. Und sie wollte sich gar nicht ausmalen, wie das vonstatten gehen würde. So finster, wie die sie angesehen hatten. Vermutlich würden sie ihn ihr mit Gewalt entreißen.

Während sie das dachte, zeigten sich erneut Bilder in ihren Gedanken. Dieses Mal sah sie das hässliche, graue Hochhaus, in dem sie lebte. Und es sah so aus, als würde sie aus einiger Entfernung direkt auf ihren Balkon starren. Wieder schüttelte sie verwirrt mit dem Kopf und hielt ihn dann mit den Händen fest.

Seit sich dieser Kristall in ihrem Körper befand, schien sie völlig durchzudrehen. Alles war anders. Sogar ihr Denken. Wo kamen bloß diese Bilder her? Sie fühlte genau, dass es nicht ihre eigenen waren. Außerdem verwirrte sie dieses andauernde Surren in ihrem Bauch. Als würde dort ein Generator versuchen anzuspringen. Und diese seltsamen Ahnungen, die aus heiterem Himmel angeflogen kamen. So wie heute Morgen. Irgendetwas stimmte nicht mit ihr. Vielleicht wurde sie jetzt verrückt. Womöglich hatte sie das alles wirklich nur geträumt und würde im nächsten Moment in ihrem alten Leben aufwachen. Krank, arm und unglücklich. Aber dafür ohne Verfolger, die ihr einen Kristall aus dem Körper reißen wollten. Vielleicht hatte sie ein Schädeltrauma. Von dem Sturz gestern.

Sie ging zu ihrem Schreibtisch und griff nach dem Telefon. Dann blätterte sie in ihrem Adressbuch. Die Telefonnummer ihres Hausarztes stand ganz hinten. Sie hatte sie schon lange nicht mehr gewählt. Meistens war sie bei Fachärzten zu Besuch. Als sie die Nummer in das Telefon tippte, zuckte ein neues Bild durch ihren Kopf. Es war ihre Balkontür. Sie konnte sie von außen sehen und beobachtete jetzt in ihren

Gedanken, wie sich der Griff innen wie von selbst bewegte und sich die Tür langsam öffnete. Dann hörte sie das Knarzen von Gummi und ein leises hölzernes Knarren. Ruckartig fuhr sie herum und ließ vor Schreck das Telefon fallen. Wie aus dem Nichts stand plötzlich Nikolas in der Balkontür und hauchte ihr mit schmerzverzerrtem Gesicht ein »Danke!« entgegen.

Lucy starrte ihn stumm an und stützte sich mit der Hand auf dem Schreibtisch ab. Sie hatte also nicht geträumt. Es war alles real. Der Splitter in ihrer Hand, die Verfolger, ihre plötzliche Gesundheit und unheimlich schnelle Wundheilung, die Tatsache, dass sie mit ihren Gedanken die Ärmel einer Uniform abreißen, Knopfleisten und Orden verschwinden lassen und Computer und Handys vernichten konnte, und dieser seltsame Typ, der gerade in ihr Wohnzimmer humpelte … und blutete. Sie sog zischend die Luft ein, als sie das Blut von seinem Arm tropfen sah.

»Du bist verletzt!«, rief sie und lief sofort ins Badezimmer. Während sie hektisch die Medikamente aus dem Schrank räumte, um an das Verbandszeug zu kommen, versuchte sie sich immer noch verzweifelt klarzumachen, dass all das wirklich passierte. Dass diese Medikamente das erste Mal seit 15 Jahren überflüssig waren, weil sie sich in einen anderen Menschen verwandelt hatte. In eine außergewöhnlich gesunde, toptrainierte Gejagte, die auf ihre Gedanken aufpassen musste, wie auf eine Selbstschussanlage. Und das nur, weil sich ein Schatz in ihrem Körper befand, der offenbar wertvoller war, als alles Gold dieser Welt. Sie fühlte sich, als sei sie gerade in einen Actionfilm geplatzt, der schon seit einer Stunde lief. Sie sah zwar was passierte, aber die Handlung war ihr vollkommen schleierhaft.

Als sie völlig wirr ins Wohnzimmer zurückkehrte, stand Nikolas immer noch mitten im Raum.

»Setz dich doch«, bat sie.

Er schüttelte kaum merklich den Kopf und sah sie an. In seinem Gesicht spiegelte sich nicht nur körperlicher Schmerz wider, sondern ein Leid, dass sie bis ins Mark spüren konnte. Es machte sie zutiefst traurig. »Wir haben keine Zeit«, sagte er. »Deine Wohnung wird der erste Ort sein, wo sie dich suchen werden. Und dann sollten wir nicht mehr hier sein.«

Lucy ließ das Verbandszeug sinken und sah ihn mitfühlend an. Aus irgendeinem Grund spürte sie genau, dass es nicht nur ihre Verfolger waren, die ihn beunruhigten.

»Fünf Minuten werden wir wohl haben, oder? Ich mach auch schnell.« Sie traute sich nicht, ihn auf das traurige Gefühl anzusprechen. Vielleicht war es ja ihr eigenes und sie wusste es nur nicht. Sie konnte ja im Moment nicht einmal genau sagen, wer sie überhaupt war. Ob sie verrückt war oder nicht. Vielleicht war sie gar nicht mehr in der Lage klar zu denken, weil der Sturz ihr gestern das Gehirn verschoben hatte.

Er ging humpelnd zur Couch und seufzte leise, als er sich hinsetzte. Lucy kniete sich neben ihn und fing an, die Wunde zu desinfizieren.

»Kann ich dich etwas fragen?«, murmelte sie unsicher und ließ dabei den Blick gesenkt.

Er sah sie an und nickte.

»Was ist da passiert, als du … du hast mit irgendetwas auf

sie… geschossen, oder?« Sie hob den Kopf und sah ihm jetzt in die Augen. Ihr Herz fing sofort an zu rasen, als sich ihre Blicke trafen und ihre Wangen färbten sich rot. Schnell senkte sie wieder den Blick und griff nach dem Verband. »Sag mir bitte, dass du mit irgendeiner Waffe geschossen hast und nicht mit deiner Hand. Ich glaube nämlich, dass ich langsam verrückt werde und Dinge sehe, die nicht existieren.« Sie sah den kurzen Moment erneut vor sich und spürte, wie ihr Verstand dabei rebellierte. Er konnte nicht begreifen, was er gesehen hatte und versuchte, rationale Erklärungen dafür zu finden, scheiterte jedoch kläglich.

Er sah sie immer noch an. Und aus dem Augenwinkel erkannte sie, dass er jetzt lächelte.

»Du bist nicht verrückt«, sagte er sanft. »Dein Verstand wehrt sich nur gegen die Wirklichkeit. Gegen das, was du als die Wirklichkeit bezeichnest«, verbesserte er sich.

Nachdem Lucy den Verband um seinen Arm gewickelt hatte, sah sie ihm fragend ins Gesicht. »Ich verstehe das alles nicht«, sagte sie und befestigte die Binde mit einem Pflaster. Ihre Stimme klang verzweifelt. »Gestern war noch alles normal. Und heute werde ich verfolgt, weil ich irgendeinen ominösen Splitter in meinem Körper trage. Ich habe unerklärliche Bilder in meinem Kopf, die nicht von mir stammen, habe Gefühle, die nicht mir gehören und kann die Wirklichkeit mit meinen Gedanken nach Lust und Laune verdrehen und verbiegen. Das kann doch alles nicht wahr sein?! Ich träume doch nur, oder? Das alles ist ein Traum oder ein Gehirntumor oder so etwas.«

Jetzt sah Nikolas sie erschrocken an. »Hör auf damit«,

sagte er mit einem seltsamen Schrecken in der Stimme. »Ich sagte, du sollst auf deine Gedanken aufpassen. Ist dir nicht klar, was du damit anrichten kannst?«

Sie sah ihn groß an. Nein, das war ihr nicht klar. Ihr war im Moment absolut gar nichts klar.

»Es ist alles in Ordnung mit dir«, versuchte er sie zu beruhigen. »Du bist nur verwirrt, weil du das alles nicht kennst. Aber das ist die Wirklichkeit, Lucy.«

Sie spürte wie ihr Tränen über die Wangen liefen. Sie wusste einfach nicht, wie sie mit dieser *Wirklichkeit* und dieser Situation umgehen sollte. Sie war überfordert. Maßlos überfordert.

»Hör mir zu«, sagte er jetzt mit sanfter, beruhigender Stimme. »Es ist normal, die Gedanken und Gefühle anderer Menschen zu spüren. Das mache ich ständig. Das ist nichts Ungewöhnliches. Dort wo ich herkomme, ist das vollkommen normal. Du bist es nur nicht gewöhnt. Das sind normale Fähigkeiten. Du musst nur lernen, damit umzugehen.«

»Das soll normal sein?«, schluchzte sie. Sie versuchte gar nicht erst die Tränen zurückzuhalten, die ihr jetzt unaufhörlich über die Wangen flossen. War es ihre Verzweiflung, die ihr so zu schaffen machte, oder dieses schmerzhafte Gefühl, das von ihm ausging? »Wieso fühle ich deine tiefe Traurigkeit? Und wieso macht sie mich auch traurig? Es fühlt sich an, als wäre sie *meine*.«

Er stutzte und ließ sie nun erschrocken los. »Tut mir leid«, flüsterte er. »Ich hätte wissen müssen, dass...« Er hielt einen Moment inne und streichelte ihr eine Träne von der Wange. »Deine Empathie entwickelt sich«, stellte er dann resignierend fest. Dann überlegte er einen Moment, ob es nicht vielleicht doch besser war, sie außer Gefecht zu setzen. So konnte sie kein Unheil anrichten. Und auch nicht unter ihren sich rasend schnell entwickelnden Fähigkeiten leiden. Er würde ihren bewusstlosen Körper einfach in ein Auto verfrachten und sie zur dritten Einschlagsstelle fahren. Dort würden dann seine Kollegen bereits warten und sie übernehmen. Es wäre alles so viel leichter, wenn er einfach ihr Bewusstsein ausschaltete. Es war leicht für ihn. Menschliche Körper zu manipulieren war nicht schwer. Doch er konnte es nicht. Er konnte ihr diese Freiheit und Selbstbestimmung nicht weg nehmen. Auch wenn es genauso geplant gewesen war. Alea war nicht hier, um es zu tun. Und er war nicht dazu in der Lage. »Ich bringe dir bei, wie man damit umgeht, in Ordnung?«, sagte er dann aufheiternd. »Das ist nichts, wovor du Angst haben musst.«

Das war die einzige Möglichkeit, die ihm noch blieb, um mögliche Katastrophen abzuwenden. Der Splitter befand sich schon zu lange in ihrem Körper. Sie spürte bereits seine Emotionen. Ihre Fähigkeiten begannen, aus ihr herauszubrechen. Wenn er ihr nicht beibrachte, damit umzugehen, würde sie sich in eine unkontrollierbare Naturgewalt verwandeln. Sie musste lernen, ihre Kräfte in Schach zu halten und ihre Gedanken und Gefühle zu kontrollieren, sonst war es nicht nur für ihn gefährlich, sondern auch für sie selbst.

Sie nickte jetzt und wischte sich das Gesicht trocken. »Ich möchte nur verstehen, was mit mir passiert. Ich fühle mich, als würde sich mein Kopf ausdehnen und mit allem möglichen Zeug füllen.«

Jetzt stand Nikolas auf. Seinem Bein ging es offenbar schon wieder gut. Er hielt ihr die Hand hin und lächelte ermutigend. »Komm. Wir reden unterwegs.«

11

DAS LEBEN SPÜREN

Der Verkehr schlängelte sich laut und unruhig durch die Straßen, während sie sich auf den Weg zum Bahnhof machten. Nikolas wusste nicht genau, wo sie hinfahren sollten. Er wusste nur, dass es weit im Süden war. Er versuchte, sich zu erinnern, wo der blaue Punkt auf seinem Display aufgeleuchtet war, doch er hatte nur einen kleinen Kartenausschnitt gesehen. Also musste er sich auf seine Intuition verlassen. Er würde also intuitiv entscheiden, wo sie aussteigen mussten, wenn sie erst mal im Zug saßen.

Dass Lucy kein Geld für Fahrkarten hatte, schien ihn nicht sonderlich zu interessieren. Sie vermutete, dass er selbst genug Geld dabei hatte. Trotzdem bestand er darauf, dass sie ihre *Geldkarten* mitnahm, wie er sie nannte.

»Ich habe nur eine«, hatte sie entgegnet, hatte ihm aber den Grund verschwiegen. Sie war nicht eine von den Leuten, die mit hundert Kreditkarten in der Geldbörse herumliefen. Vermutlich verkehrte er hauptsächlich mit solchen Menschen. Das hätte sie nicht weiter überrascht. Er sah aus wie einer dieser reichen Jungs, die in einem wohlhabenden Elternhaus groß geworden waren, eine anständige Erziehung und eine überdurchschnittlich gute Bildung genossen hatten.

Und das las sie nicht nur von seinen außergewöhnlich weißen, schnurgeraden Zähnen ab – die wahrscheinlich gebleicht waren – und von seiner Uniform. Nein, er hatte diese Ausstrahlung, als würde er über allen Dingen stehen und diese majestätische Haltung. Er bewegte sich wie ein Adeliger und wenn sich nicht gerade eine tiefe Traurigkeit in seinem Gesicht zeigte, strahlte er ein Selbstbewusstsein aus, das schon fast niederschmetternd war. Er verstand wahrscheinlich gar nicht, dass es Menschen wie sie gab. Menschen, die ab Mitte des Monats kein Geld mehr hatten, um sich etwas zu essen zu kaufen. Geschweige denn eine Fahrkarte, um *irgendwohin* zu fahren.

Als sie am Geldautomaten standen, bat er sie, Geld abzuheben. Lucy schluckte. »Wieso denn *ich*?«, fragte sie empört.

»Weil ich keins habe.«

»Wie bitte??«

»Na los, mach schon. Du hast genug auf dem Konto«, sagte er und sah sich dabei etwas nervös um.

Lucy starrte ihn verständnislos an. Als sie dann die Karte zückte, wurde ihr vor Scham ganz heiß. Gleich würde er ihren Kontostand sehen. Wie peinlich! Sie übersprang die Anzeige des Kontostandes und drückte gleich auf Auszahlung. Wenn dann das Schild kam, dass es nicht möglich war, Geld abzuheben, könnte sie es ihm vielleicht damit erklären, dass die Karte kaputt war. Schließlich würde sie nicht einmal 20 Euro abheben können.

»Wie viel?«, fragte sie.

»Ich weiß nicht. Was kosten denn Fahrkarten?«

Sie sah ihn überrascht an. *Na wahrscheinlich fährt er*

hauptsächlich mit dem Auto, dachte sie. *Oder er lässt sich fahren. Von einem Chauffeur, oder so. Wie auch immer.* Sie drückte spaßeshalber auf die 500-Euro-Anzeige und erwartete schon das böse Auszahlung-nicht-möglich-Schild, als sie plötzlich hörte, wie der Automat Geldscheine zählte. Dann spuckte er ihre Karte wieder aus und reichte ihr kurz darauf einen Batzen Geld. Fassungslos griff sie nach den Scheinen und sah sie an. »W... wo, was...«

»Wollen wir?« Er zog sie rasch und ohne noch ein Wort zu verlieren durch den Bahnhof, kaufte mit ihr zwei Fahrkarten nach München und schob sie dann weiter auf den Bahnsteig.

»Wie … wie…«, stammelte sie weiter.

»Ich habe dein Konto ein wenig aufgestockt«, sagte er schließlich, als sie auf den Zug warteten. »Du hast doch nichts dagegen?« Dabei grinste er frech.

Lucy klappte der Unterkiefer runter. »D... du hast was? Wie hast du das gemacht?« Dass ihm spätestens jetzt klar sein musste, dass sich vorher weniger als nichts auf ihrem Konto befunden hatte, war ihr plötzlich ganz egal.

Er lachte und senkte den Kopf. Dann tippte er mit einem Finger gegen seine Schläfe. »Eine simple Entscheidung«, sagte er leise.

Sie schnappte nach Luft. »Oh mein Gott«, raunte sie. »Kann ich das auch?« Konnte sie sich einfach reich machen? Sich grenzenlos Geld aufs Konto zaubern? Nur durch eine Entscheidung? Auf einmal stockte sie. *Natürlich* konnte sie das auch. Sie hatte doch diesen Splitter im Körper!

Nikolas seufzte. »Wann verstehst du, dass es nicht der Splitter ist, der dich dazu befähigt? Diese Fähigkeit hast du von Natur aus. Sie wurde nur verstärkt.«

Das konnte sie ihm immer noch nicht glauben. Allerdings hatte Nikolas diese Fähigkeit offenbar auch. Und er hatte keinen Splitter im Körper, soviel sie wusste.

»Nein, habe ich nicht«, sagte er schmunzelnd. »Und brauche ich auch nicht. Genauso wenig wie du.«

»Hm«, machte sie. Also konnte sie ihr Konto auch ohne den Splitter aufstocken? Brauchte sie ihn gar nicht?

»Es wird nicht so schnell passieren, wie *mit* dem Splitter«, räumte Nikolas ein. »Aber es wird passieren. Früher oder später.«

»Bei dir ging das aber gerade *ziemlich* schnell«, stellte sie fest.

Er schmunzelte. »Weil ich darin geübt bin, Lucy.«

Erstaunt sah sie ihm in das hübsche Gesicht. Konnte das wirklich wahr sein? Konnte sie ihre Lebensumstände verändern, indem sie es einfach so entschied? Und darin konnte sie sich eventuell so sehr trainieren, dass es irgendwann so schnell ging wie bei ihm? Sie war fassungslos über diese Erkenntnis.

Die angenehme Stimme einer Frau schallte nun aus den Lautsprechern über den Bahnsteig und kündigte ein Fahrtziel an. Kurz darauf fuhr auf dem gegenüberliegenden Gleis ein Zug ein. Während die Leute einstiegen und der Zug wieder abfuhr, sah Nikolas immer wieder Lucy an.

Sie wurde zunehmend nervöser und hoffte, dass er nicht in ihren Gedanken herum stöberte. Dabei fiel ihr auf einmal auf, dass sie *seine* Gedanken gar nicht mehr hören konnte. Überrascht sah sie ihn an.

»Tut mir leid. Ich habe sie abgeschottet«, gestand er.

»Hey, das ist gemein!«, stieß sie empört hervor. »*Meine*

Gedanken kriegst du nach wie vor ungefiltert mit.«

Er grinste.»Das muss ich auch«, sagte er.»Ich muss doch eingreifen, wenn du irgendwelche Katastrophengedanken denkst.«

Sie schnaubte empört.»Ich denke schon an keine Katastrophen.« Okay, das war vermutlich die dümmste Aussage ihres Lebens. Sie war die Queen der Katastrophengedanken.

Er lachte wieder.»Seit einer Stunde kannst du Gedanken hören und bist schon sauer, wenn du sie *nicht* mehr hörst«, sagte er amüsiert.»Es gefällt dir scheinbar.«

»Ich bin eben für Fairness«, entgegnete sie stur.»Wenn du *meine* hörst, will ich auch *deine* hören können.«

Er grinste.»Sei nicht sauer. Meine Gefühle nimmst du ja weiterhin deutlich wahr, oder?« Dabei zwinkerte er flirtend.

Sie senkte verlegen den Kopf und versuchte, ihre heißen Ohren unter ihrem dunklen Haar zu verbergen. Jetzt flirtete er auch noch mit ihr! Wollte er ihr völlig den Verstand ausknipsen? Ihm musste doch klar sein, dass sie auch ohne sein koboldhaftes Grinsen und seine unverschämt hübschen Augen schon völlig überfordert war.

Sein Grinsen wurde immer breiter.

Glücklicherweise fuhr in diesem Moment der Zug auf dem Gleis ein und hielt mit einem lauten Zischen. Nikolas nahm ihre Hand und stieg mit ihr ein. Dann suchten sie sich ein leeres Abteil und schlossen die Tür. Als sich Lucy hingesetzt hatte, blieb er noch einen Moment stehen und starrte geistesabwesend auf die Abteiltür.

Lucy folgte seinem Blick, konnte aber weder im Gang noch an der Tür etwas Interessantes entdecken.»Was ist denn?«

Er reagierte nicht. Erst nach einem weiteren ewigen Moment schien er aus seiner Trance zu erwachen und setzte sich schließlich hin. »Ich wollte nur sehen, ob uns jemand gefolgt ist.«

Lucy sah erneut die Tür an. »Das kannst du an der Tür erkennen?«

Er lachte herzhaft, wobei Lucys Herz einen heftigen Satz machte. »Nein. Ich habe nachgefühlt«, erklärte er und machte es sich auf dem Sitz bequem.

»So etwas kann man fühlen?«

Er nickte. »Ja, es ist deine Intuition. Du kannst auf sie zugreifen und nachfühlen. Und dann schickt sie dir ein Gefühl. Eine Ahnung oder ein klares Bild.«

Lucy erinnerte sich an den heutigen Morgen. Sie hatte ganz deutlich gespürt, dass sie in Gefahr gewesen war. Noch bevor sie diese Männer entdeckt hatte, die sie jetzt jagten. Das war wohl ihre Intuition gewesen, dachte sie. Offenbar hatte sich auch diese verstärkt.

»Das nächste Mal solltest du auf dieses Gefühl hören«, sagte er zu ihr. »Deine Intuition lügt dich nie an.«

Der Zug setzte sich jetzt langsam in Bewegung und fuhr aus dem Bahnhof. Lucy sah eine Weile aus dem Fenster. Sie war lange nicht mehr Zug gefahren. Das letzte Mal war sie verreist, als sie noch die Grundschule besucht hatte. Seit dem hatten ihre Eltern nie mehr das Geld gehabt, um mit ihr irgendwohin zu fahren. Oder sie mit der Schulklasse irgendwohin fahren zu lassen. Und seit sie eigenständig lebte, führte sie diese Armutstradition zuverlässig weiter. Nicht mit Absicht natürlich. Sie war die Armut einfach gewöhnt. Sie war es gewöhnt, nur von Reisen zu träumen, anstatt sie zu machen. Sich die Reiseverbindungen im Internet anzusehen und die Seite, nachdem sie die Preise der Fahrkarten anzeigte, wütend wegzuklicken, weil sie sie nicht bezahlen konnte. Als sie Nikolas wieder ansah, fühlte sie sich schon wieder ertappt. Er blickte sie direkt an. So als habe er jedes Wort mit angehört. Beschämt senkte sie den Kopf.

»Möglicherweise«, sagte er jetzt, »hast du dieses alte Leben einfach satt gehabt.«

Sie stutzte. Woher wusste er *das* jetzt schon wieder?

»Du hast dir wahrscheinlich so sehr ein anderes Leben gewünscht, dass der Splitter ausgerechnet dich getroffen hat«, fuhr er fort und grinste dabei. Er wirkte ein wenig, als würde er sich damit auch selbst erklären wollen, warum das alles passiert war. »Möglicherweise hast du die Veränderung sogar beschlossen. Entscheidungen, auch wenn sie unbewusst getroffen werden«, sagte er, »beeinflussen *immer* unser Leben. Irgendetwas wird dann passieren, das diese Veränderung einleitet. Das Leben reagiert darauf. Das war schon immer so.«

Es war erstaunlich, wie präzise er ihre Gedanken deuten und Schlüsse daraus ziehen konnte. Wenn das wirklich stimmte, dachte sie, dann hatte ihr Frust gestern morgen und ihre emotionale Entscheidung, ein anderes Leben leben zu können, dazu geführt, dass der Splitter *sie* getroffen hatte. Sie. Nicht einen der anderen Menschen auf der Tribüne. Sondern sie. Hatte sie sich das also tatsächlich selbst erschaffen? Sie konnte es kaum glauben. Hatte man solch einen Einfluss auf das Leben? Das bedeutete aber, dass sie auch ohne diesen Splitter schon etwas in ihrem Leben bewirkt hatte. Und zwar rasend schnell. So wie der Splitter sie von der Tribüne geschossen hatte, musste sie sogar einen heftigen Einfluss auf das Leben gehabt haben.

»Emotionen«, sagte er und betonte das Wort mit aller Deutlichkeit, »haben eine durchschlagende Kraft.« Er klang, als wüsste er genau, wovon er sprach.

Sie ließ sich erstaunt nach hinten fallen und sah hinaus. Ihr gesamtes Weltbild geriet ins Wanken. Alles, was sie bisher für real gehalten hatte, stürzte ein wie ein Kartenhaus. Und das fühlte sich merkwürdig an. Sie verlor irgendwie den Halt. Und ihr wurde gerade bewusst, dass sie den Splitter wahrscheinlich wirklich nicht brauchte, um sich ein schönes Leben zu erschaffen. Sie streichelte über die Narbe, die gerade ein wenig anfing, zu jucken. Vielleicht musste sie Nikolas gar nicht überreden, ihr den Splitter zu überlassen. Oder ihn ihr vielleicht noch ein bisschen länger auszuleihen. Vielleicht war sie wirklich in der Lage, ihr Leben auch ohne diesen Splitter zu ändern. Trotzdem wollte sie seine Kraft nutzen, solange es ging. Irgendwie war es ihr ganz recht, dass die Zugfahrt mehrere Stunden dauern würde. So hatte sie genug Zeit, ihr Leben in Ordnung zu bringen, bevor sie ihr den Splitter wieder abnehmen würden. Außerdem – und sie versuchte, nicht allzu deutlich daran zu denken – mochte sie Nikolas' Gesellschaft. Irgendwie wollte sie gar nicht, dass der Zug jemals ankam. Denn sie hatte das Gefühl, zum ersten Mal das Leben zu verstehen. Und das Leben zum ersten Mal wirklich zu *spüren*. Sie empfand eine Lebendigkeit wie noch nie zuvor.

Vielleicht lag es auch ein wenig an der ganzen Aufregung und an dem Adrenalin. Ihr Leben war bisher nie wirklich aufregend gewesen. Eher trist und langweilig, grau und traurig. Durchsetzt mit dem Pech, das sie für sich gepachtet hatte. Aufregung und Spannung hatte sie bisher nur bei Filmabenden mit Miriam erlebt. Jetzt passierte endlich mal etwas Anderes in ihrem Leben, als der sich immer wiederholende alte Trott. Vielleicht war es ein wenig makaber, sich angesichts der Umstände lebendig zu fühlen. Schließlich war sie offenbar in ernsthafter Gefahr. Aber in solch ruhigen Momenten wie diesen, in denen ihr Nikolas entspannt gegenüber saß und sie in Ruhe über alles nachdenken konnte, fühlte sie sich endlich mal, als sei sie tatsächlich am Leben – und nicht schon halb tot, eingesperrt in einem begrenzten Körper und einem begrenzten Leben, das sie nicht leben konnte.

Vielleicht lag es aber auch einfach daran, dass sie langsam erkannte, dass sie ihrem Leben nie wirklich machtlos ausgeliefert gewesen war. Dass sie es ändern konnte. Diese Erkenntnis – auch wenn sie es nur langsam wagte, zu ihrem Verstand vorzudringen – war berauschend. Kontrolle über sein Leben zu haben, war etwas, das Lucy nicht kannte. Ja, auch das trug womöglich dazu bei, dass sie sich so lebendig fühlte. So voller Leben.

Und ein wenig lag es auch an Nikolas. Sie sprachen während der Fahrt über all diese Fähigkeiten, die für Nikolas ganz normal waren, für sie aber völliges Neuland. Sie sprachen über Telepathie, Psychokinese, außersinnliche Wahrnehmung und die Macht der Gedanken und Gefühle. Sie sprachen darüber, dass all das ganz normal war. Und Lucy hörte gespannt zu, was er zu sagen hatte. Er zeigte ihr sogar kleine Kunststücke, um sie davon zu überzeugen, dass der Geist über die Materie herrschte und nicht umgekehrt. In seiner Hand hielt er ein paar Münzen aus ihrem Portemonnaie und ließ sie dann in der Luft herum tanzen, um es ihr zu beweisen. Es war so einfach für ihn. So normal. Doch für sie eröffnete sich gerade eine ganz neue Welt. Auch das trug zu dem Gefühl der Lebendigkeit bei.

Sie genoss die Stunden, die sie mit ihm verbrachte. Sie genoss sie viel zu sehr. So verrückt diese Begegnung mit ihm auch begonnen hatte, so dankbar war sie jetzt dafür. Sie fühlte sich wohl in seiner Nähe. Geborgen. Und lebendig. Er gab ihr das Gefühl, mächtig zu sein. Stark. Und bedeutend. Ein Gefühl, das sie noch nie in ihrem Leben gespürt hatte.

12

DER INNERE KAMPF

Nikolas packte ein paar belegte Brötchen in eine Tüte und hielt einen kurzen Moment inne, um nachzufühlen, ob mit Lucy noch alles in Ordnung war. Er spürte es nicht mehr sehr deutlich, aber er vermutete, dass sie immer noch schlief. Nachdem sie sich im Speisewagen die Bäuche vollgeschlagen hatten, war sie einfach eingeschlafen. Ihr beim Essen zuzusehen, war ihm eine helle Freude gewesen. Er hatte noch nie jemanden so viel essen sehen. Und so viel Verschiedenes durcheinander. Sie hatte jeden Bissen so sehr genossen, dass sich ihre Glücksgefühle wie ein helles Leuchten in ihrem Gesicht abgezeichnet hatten. Danach hatte er sie beim Schlafen beobachtet und ihren verwirrten Träumen gelauscht. Den Bildern zugesehen, wie sie versuchten, sich für Lucy zu einer verständlichen und logischen Abfolge zusammenzufügen. Er hatte den Widerstand ihres Verstandes spüren können, der sich von all den neuen Ereignissen in ihrem eingefahrenen Leben bedroht fühlte und versuchte, eine rationale Erklärung zu finden. Sie wehrte sich immer noch gegen die Wirklichkeit. Und gegen ihre eigene Natur. Gegen die Macht, die sie besaß. Auch ohne diesen

Kristall. Er wünschte sich zutiefst, ihr irgendwie begreiflich machen zu können, wer sie war. Dass es *ihre* Kräfte gewesen waren, die sie so erschreckt hatten. Nicht die des Kristalls. Der Splitter in ihrer Hand hatte sie nur geweckt. Und viel zu sehr verstärkt natürlich.

Rasch zog er die Tüte zu und nahm sich noch zwei Becher Kaffee. Es dauerte zwar noch eine Weile, aber wenn sie in München ankamen, mussten sie sich beeilen. Er spürte mittlerweile sehr deutlich, dass sie nach Friedrichshafen weiterfahren mussten. Eine Stadt am Bodensee. Dort befand sich der dritte Splitter. Doch er wusste auch, dass sie noch auf Schwierigkeiten stoßen würden. Er konnte es deutlich spüren. Es war schon merkwürdig genug, dass es während der Fahrt keine Zwischenfälle gegeben hatte. Diese Leute vom Militär hatten nicht gerade wie Amateure ausgesehen. Sie mussten mittlerweile genau wissen, dass sich Lucy und Nikolas in diesem Zug befanden. Er war sich sicher, dass sie in München schon auf sie warteten.

Er schickte in Gedanken noch einmal eine Nachricht zu seinen Kollegen, die sich – so hoffte er – noch in der Stadt befanden und machte sich dann wieder auf den Weg zu Lucy. Er wollte ihr noch so viel beibringen, bevor er sie wieder in ihr altes Leben zurückschicken musste. Sie sollte lernen, dass sie auch ohne fremde Hilfe in der Lage war, die Wirklichkeit zu beeinflussen. Dass sie sich auch ohne Kristall von allen Krankheiten heilen konnte und alles haben konnte, was sie sich wünschte. Die Tatsache, dass sie daran noch nicht so recht glauben konnte, tat ihm erschreckend weh.

Als er die Tür zwischen zwei Waggons öffnete und den Gang betrat, gab es plötzlich einen heftigen Ruck und ein ohrenbetäubendes Quietschen hallte schrill durch die Waggons und Abteile. Er verlor das Gleichgewicht, stolperte und fiel direkt in den Kaffee, der sich auf dem Boden ergoss. Die Brötchentüte flog den Gang hinunter. Dann durchzog ihn ein kaltes, unangenehmes Gefühl, das ihm wie ein Seil die Brust zuschnürte. Gefahr! Und Angst. Seine Intuition schlug ihm so heftig um die Ohren, dass er plötzlich wieder ganz klare Bilder sehen konnte. Er sah in Gedanken ein Konvoi von schwarzen Autos. Direkt neben dem Zug, der jetzt mit mehreren Rucks zum Stehen kam. Zu früh. Der nächste Bahnhof war noch weit entfernt.

Nikolas sprang sofort auf und lief durch die Gänge. Er verschwendete keine Zeit damit, in Lucys und seinem Abteil nachzusehen, ob es ihr gut ging. Er wusste, dass sie nicht mehr dort war. Er rauschte so schnell an den Leuten vorbei, die mit erstaunten Gesichtern in den Gängen standen, dass er einige von ihnen hart anrempelte. Er hörte ihre empörten und verwirrten Gedanken über ihn und die schwarzen Autos vor dem Zug auf der Landstraße. Und als er sie sich fragen hörte, was die Leute dort mit dem Mädchen anstellten, stieß er einen wütenden Schrei aus.

Während er aus dem Zug sprang, sah er sie schon wegfahren. So schnell, dass er sie nie im Leben hätte einholen können. Egal wie schnell er war. Aber er lief trotzdem. Er spürte, wie das Adrenalin in seinem Körper explodierte und das Blut in seine Arme und Beine gepumpt wurde. Seine Muskeln spannten sich an und ließen ihn über die Straße fliegen. Aber sie waren schneller. Verzweifelt versuchte er, mit seinen Gedanken die Motoren der Wagen abzuwürgen, aber seine Angst, seine verfluchte Angst war ihm im Weg.

Und die Erinnerung an ein früheres Ereignis jagte ihm einen altbekannten Schmerz durch die Glieder und lähmte seine Fähigkeiten. Er war nicht in der Lage, einen Gedanken in seinem Kopf festzuhalten, um ihn zu manifestieren. Sie jagten sich gegenseitig davon, zerstörten sich, schwächten sich. Und was zurückblieb, war nur die Angst. Die Angst, sie zu verlieren.

Als sie so weit weg waren, dass er sie kaum noch sehen konnte, fiel er auf die Knie und stützte sich mit den Fäusten auf dem steinigen Boden ab. Er spürte die kleinen, spitzen Steine nicht, die sich in seine Haut drückten. Er spürte nur die Wut in seinem Bauch. Sie bebte und vibrierte so stark, dass er die Kontrolle über sie verlor. Schon wieder. Aus dem Augenwinkel sah er, wie das Licht in den Zugabteilen anfing zu flackern. Vor ihm zerbröselten die Steine durch die zerstörerische Kraft seiner Gefühle zu Sand und die Ähren in den Feldern am Wegesrand bogen sich von ihm weg, als rolle eine schwere, bleierne Kugel darüber.

»VERDAMMT!«, schrie er. Warum hatte er das nicht kommen sehen? Warum hatte er nicht früher gespürt, dass sie bereits im Zug gewesen waren? Sie hatten sicher nur darauf gewartet, dass er das Abteil verließ, um sich Lucy zu schnappen. Wie hatte er nur so dumm sein können?

Er senkte den Kopf. Tränen traten ihm in die Augen. Seine Kräfte wurden immer schwächer. Diese Welt hatte ihn schon fest in ihren dunklen Klauen. Er war so wütend auf sich, dass die Kraft seiner Emotionen sogar im Boden bebte. Es dröhnte und rüttelte unter ihm.

Als er dann aber die erschrockenen und ängstlichen Gefühle der Menschen im Zug spürte, versuchte er, sich zusammenzureißen. Er musste einen klaren Kopf bewahren. Nur so konnte er Lucy helfen. Er atmete mehrmals tief ein, richtete sich auf und entspannte sich. Gegen die Realität anzukämpfen war aussichtslos. Das war es immer. Quidea hatte ihm beigebracht, die Wirklichkeit so anzunehmen, wie sie war. Egal wie schmerzhaft oder angsteinflößend sie sich zeigte. Er hatte gelernt, sie nicht zu bewerten. Sie nicht als etwas Gutes oder Schlechtes zu betrachten, sondern einfach als etwas, das da war. Nur dann konnte man sie verändern. Ein Widerstand gegen die Realität bewirkte nur Chaos, wie er in diesem Moment wieder deutlich sehen konnte. Er musste es akzeptieren. Lucy war weg. Das war die Realität. Sich innerlich mit Wut, Angst und Hass dagegen aufzulehnen, würde nur alles schlimmer machen. Also schloss er die Augen, akzeptierte die Wirklichkeit genau so, wie sie war und konzentrierte sich auf seine Fähigkeiten. Speziell auf seine Intuition. Einen Moment lang, viel zu lange, spürte er gar nichts. Als sich dann aber endlich die Akzeptanz über die Situation und der Frieden, den sie mit sich brachte, in ihm ausbreitete, konnte er endlich wieder etwas wahrnehmen.

Er hob den Kopf und blickte ruhig in ihre Richtung. Sie fuhren nach München. Das konnte er jetzt klar sehen. Dort würden sie in einem Hotel übernachten und sie am nächsten Tag zu einer Zentrale fahren, um … Experimente mit ihr zu machen. Ihm wurde übel, als er die Bilder sah. Sie wollten ihre Fähigkeiten austesten, um herauszufinden, welche Macht der Kristall besaß. Und dann würden sie sich den Splitter, den sie Lucy entreißen würden, selbst einverleiben. Und für ihre Zwecke nutzen. Erneut kochte Wut in ihm hoch.

Er versuchte, dem Drang zu widerstehen, gegen die Bilder anzukämpfen und fühlte nach, ob Lucy bis dahin in Sicherheit war. Als er ein beruhigendes Gefühl in seinem Brustkorb spürte, ging er gefasst zum Zug zurück und stieg ein. Die Lichter waren wieder an und die Motoren röhrten bereits. Zurück in seinem Abteil versuchte er zu Lucys Gedanken vorzudringen. Und er hoffte, dass sie ihn trotz ihrer Angst hören konnte.

13

GEFANGEN

Der Mann in der Offiziersuniform, der ihr direkt gegenüber saß, steckte sich grinsend eine Zigarre in den Mund und zündete sie paffend an. Dann schlug er ein langes, dünnes Bein über das andere und lehnte sich seufzend zurück. »So«, sagte er. Seine Stimme war dünn und kalt. »Lucy Meier.« Dann grinste er wieder. »Es ist mir eine Ehre. Wo hat dich der Splitter noch gleich getroffen?«

Sie erstarrte und versuchte, nicht auf ihre Hand zu sehen und sie auch nicht auffällig zu bewegen. Sein Gesicht verfinsterte sich, als sie ihm keine Antwort gab. Der Rauch füllte rasch den winzigen Raum des Wagens aus und kroch ihr beißend in Nase und Augen.

Auf einmal lehnte er sich vor und griff unsanft nach ihrer Hand mit dem Mal. Er hielt sie ganz fest und guckte ihr dabei wütend ins Gesicht. »Denkst du, wir haben nicht schon längst herausgefunden, was passiert ist?«, sprach er in überheblichem Ton. Der Mann, der neben ihr saß, drückte ihr währenddessen die Waffe gegen die Rippen. »Ich weiß alles über dich«, fuhr der Offizier fort. »Alles über dein armseliges, kleines Leben. Und alles über diesen Unfall.«

Sie sah ihn erschrocken an.

Er ließ sie jetzt wieder los und lehnte sich zurück. »Offenbar hat dir der Splitter – was das angeht – einen kleinen Gefallen getan.« Er betrachtete sie abschätzend. »Aber sei versichert, dass das nur ein vorübergehendes Phänomen ist. Ein kleiner Trost, bevor er dich vernichtet.«

Lucy erschrak und wich ängstlich mit dem Körper zurück, wobei ihr der Mann neben ihr die Waffe fester in die Rippen drückte.

»Ganz ruhig«, sagte der Lange mit der Zigarre zu ihm. »Sie wird keine Dummheiten machen, nicht wahr?«

Lucy versuchte, ruhig zu atmen, aber ihr Herz hämmerte vor Angst so wild gegen ihre Brust, dass es fast weh tat. Sie befürchtete, ohnmächtig zu werden, wenn sie sich nicht beruhigte. Das passierte ihr häufiger, wenn sie aufgeregt war. Zumindest *war* ihr das häufiger passiert. Bevor sich dieser Splitter in ihre Hand gebohrt hatte.

»Schließlich will sie ja nicht, dass sich ihr Gehirn in Suppe verwandelt.«

Sie blickte ihm verständnislos in das hagere Gesicht.

»Das wird nämlich passieren, wenn du den Splitter zu oft nutzt«, tönte er überzeugt.

Lucy schluckte und atmete tief ein. Ein erneuter, vergeblicher Versuch, sich zu beruhigen. Außerdem kratzte ihr der Rauch im Hals, so dass sie kurz husten musste.

Der Offizier lachte. »Das hat dir dein kleiner Freund wohl nicht erzählt, was? Nun, ich will dich aufklären, Süße«, sagte er, zog genüsslich mit geschlossenen Augen an seiner Zigarre und blies ihr dann den Rauch schadenfroh ins Gesicht. »Das Ding, das sich in deinem Körper befindet, ist ein winziges Stück eines sehr gefährlichen, energetisch aufgeladenen

Kristalls. Er verändert die Funktionalität deines Körpers für eine Weile.« Er hielt einen Moment inne, als würde er warten wollen, bis die Worte zu ihrem Verstand vorgedrungen waren. Dann fuhr er fort:»Aber je länger er sich in deinem Körper befindet, umso mehr nutzen sich diese Körperfunktionen ab und verschleißen. Insbesondere dein Gehirn. Schließlich nutzt du den Splitter ja hauptsächlich mit deinem Kopf, nicht wahr?«

Lucy erschrak innerlich, ließ sich aber nichts anmerken. Zumindest hoffte sie, dass man ihr die Panik, die in ihr aufstieg, nicht ansah. *Ruhig bleiben*, sagte sie innerlich zu sich. Wenn sie jetzt zu sehr in Panik geriet, würde vielleicht wieder irgendetwas kaputt gehen. Vielleicht sogar der Motor des Wagens. Nicht dass sie dann noch einen Unfall bauten. Sie versuchte, diesen Gedanken *nicht* zu beschließen und redete innerlich mit dem Kristall. *Das war keine Entscheidung!*, sagte sie zu ihrer Hand. Sie wusste nicht, wie sie sonst verhindern sollte, dass genau das gleich eintreten würde!

»Die Sache mit den Gedanken ist dir hoffentlich klar. Dass du damit die Wirklichkeit beeinflusst«, sagte der Mann jetzt. Er sah sie prüfend an und ließ seine Hand mit der Zigarre auf dem Knie ruhen. »Telekinese, außersinnliche Wahrnehmung«, zählte er auf und machte dabei eine kreisende Handbewegung. »Schon mal was davon gehört?«

Lucy nickte bestürzt. War sie die Einzige auf dieser Welt, die solcherlei Fähigkeiten bis vor wenigen Stunden noch für Blödsinn gehalten hatte? Sogar das Militär wusste davon. Und glaubte ganz offensichtlich daran.

Plötzlich lachte er dünn und nahm noch einen Zug. »Gut. Dann pass' jetzt schön auf, Kleine. Je öfter du den Kristall für irgendwelche realitätsverändernden Spielchen nutzt, umso schneller verwandelt er dein Gehirn zu Brei. Also halte dich zurück.«

Lucy sah unsicher zu dem Mann neben ihr. Als sie merkte, dass er sie nur dumm anglotzte und sie aus seinem Kopf keine Information darüber ablesen konnte, ob das, was der Offizier da sagte, der Wahrheit entsprach, drehte sie sich wieder um und nickte.

»Sehr schön. Dann lass mal hören, was du damit schon alles angestellt hast.« Er grinste amüsiert und blickte sie voller freudiger Erwartung an. »Bis auf den kleinen Sprint, den du hingelegt hast, um uns zu entkommen.«

Sie schwieg. Wenn sie ihnen erzählte, dass sie Nikolas' Uniform einen neuen Stil verpasst hatte, würden sie sie nur auslachen. Warum hatte sie den Kristall nicht für etwas Nützlicheres verwendet, wenn sie schon ihr Gehirn damit zermatschte? Als sich das Ärgernis darüber gerade in ihr ausbreiten wollte, hörte sie plötzlich eine Stimme in ihrem Kopf.

Nikolas?, dachte sie und starrte dabei auf ihre Beine, damit niemand etwas merkte. Hörte sie ihn wirklich oder war das nur Wunschdenken? Oder war ihr Gehirn vielleicht schon längst Matsch?

Gott, bin ich froh, dass du mich hören kannst.

Lucys Herz frohlockte. Sie ertappte sich dabei, wie sie anfing zu lächeln, zog ihre Mundwinkel aber schnell wieder hinunter und guckte ängstlich.

Der Mann neben ihr schnauzte sie jetzt an. »Antworte gefälligst!«

Lucy sah auf und blickte in das finstere Gesicht des

Offiziers. Offenbar machte sie ihn mit ihrem Schweigen wütend, also beschloss sie, irgendetwas zu sagen, um ihn zu beruhigen. »Nichts Besonderes. Ich habe ein paar Klamotten zerfetzt«, berichtete sie.

Jetzt lachte er und schmiss den Kopf dabei in den Nacken.

Geht es dir gut?, fragte Nikolas sie in Gedanken.

Geht so. Der eine qualmt mich mit seiner Zigarre zu und der andere drückt mir 'ne Pistole zwischen die Rippen. Was soll ich tun?

Tu am besten, was sie sagen. Es wird dir nichts passieren. Sie bringen dich nach München in ein Hotel.

WAS?? Sofort schossen ihr fürchterliche Bilder durch den Kopf, was ihr dort alles passieren könnte. Allein mit wildfremden Männern. In einem *Hotel!*

Wie kannst du mir das so gelassen an den Kopf knallen?, schimpfte sie und rang ängstlich nach Luft.

Beruhige dich. Ich sagte doch, es wird dir nichts passieren. Sie tun dir dort nichts.

Als der Offizier damit fertig war, sie auszulachen, betrachtete er sie von oben bis unten und grinste schmutzig. Ihr wurde sofort übel.

Wenn du nicht sofort kommst und mich hier 'raus holst, hasse ich dich für den Rest meines Lebens!

Er lachte kurz über ihren Wutausbruch. *Bleib ganz ruhig*, sagte er dann wieder. *Ich hole dich da raus.*

Seine Stimme klang so warm und beruhigend. Und sie spürte, wie ihr Herz frohlockte, als er lachte und wurde dabei wütend. Sie befand sich hier in einer höchst bedenklichen Situation und alles, was ihrem Herzen einfiel, war Freude. Freude über seine wunderschöne Stimme und sein Lachen.

Verdammt, warum verliebte sie sich ausgerechnet *jetzt* in ihn? Plötzlich wurde sie rot und biss sich auf die Lippe. Eine unangenehme, schwere Stille legte sich für eine kleine Ewigkeit zwischen ihre Köpfe. Nikolas sagte nichts mehr. Er *dachte* nichts mehr. Dann spürte sie ihn aber lächeln. Wie konnte sie so etwas spüren?

Ich hole dich. Hab' keine Angst, sagte er dann in Gedanken. Und dabei klang er fest entschlossen und sicher.

Sie beruhigte sich, starrte aber verkrampft auf ihre Hose und hoffte, dass der bösartige Raucher sie nicht mehr ansah. Und auch nicht ihren hochroten Kopf bemerkte. *Ich habe aber Angst,* dachte sie dann und kratzte sich dabei erneut an ihrer Hand. Sie juckte schon wieder. *Was soll ich denn jetzt denken? Ich will nicht, dass mein Gehirn zu Matsch wird.*

Einen Moment lang war es wieder still. *Was?,* fragte Nikolas.

Sie schickte Nikolas die Informationen, die sie von dem – leider immer noch glotzenden – Offizier erhalten hatte und hielt ihm anschließend vor, ihr nichts davon gesagt zu haben.

Dieser Schwätzer!, schimpfte Nikolas. *Glaub ihm kein Wort! Er will dir nur Angst machen, damit du ihm nichts tust. Er weiß ganz genau, welche Macht du besitzt. Er hat Angst vor dir!*

Lucy atmete erleichtert auf. *Also stimmt das nicht? Mein Gehirn wird nicht zu Brei, wenn ich den Kristall benutze?*

Nikolas seufzte und ihr Herz machte wieder einen glücklichen Hopser. *Noch einmal,* dachte er, *es ist deine von Geburt an natürliche Fähigkeit, mit deinen Gedanken die Wirklichkeit zu beeinflussen. Der Splitter hat damit nichts zu tun. Er hat diese Fähigkeit nur verstärkt. Das ist alles. Der Splitter selbst hat keine Fähigkeiten oder besonderen Kräfte. Und er kann deinem Gehirn auch nicht schaden.*

Lucy entspannte sich und sah zu dem hinterhältigen Offizier auf. Am liebsten hätte sie ihm jetzt die Krätze an den Hals gedacht oder irgendeine andere gemeine Krankheit, die zu seiner fiesen Visage passte.

Jetzt werd' bitte nicht bösartig, dachte Nikolas amüsiert.

Er hat's nicht anders verdient, entgegnete sie.

Ich weiß. Wieder lachte er.

Und wieder war sie glücklich über sein Lachen.

Doch plötzlich fing der Offizier an, zu husten. Er würgte, so als habe er sich übelst verschluckt und hustete so stark, dass seine Lunge ein dröhnendes Geräusch von sich gab.

Lucy sah ihn erschrocken an. *Oh oh,* dachte sie. Was hatte sie getan? Hatte sie ihn etwa gerade krank gedacht? Ging das etwa so schnell? Mussten Krankheiten nicht erst mal *entstehen*?

Er drückte seine Zigarre im Aschenbecher aus und befahl seinem Soldaten, das Fenster zu öffnen. Dieser tat wie ihm geheißen und sofort drang frische Luft in den kleinen Raum.

Lucy atmete auf.

Doch der Offizier hustete immer noch. Es wurde sogar schlimmer.

Lucy, dachte Nikolas. Seine Stimme klang auf einmal besorgt. *Versuche, deine Gedanken zu kontrollieren. Du bringst ihn um.*

Lucy erschrak. Also war das wirklich *sie* gewesen? Erschrocken sah sie den Mann an, der gerade offenbar an seiner eigenen Spucke zu ersticken drohte. Konnte sie einen Menschen einfach so umbringen? Mit einem einzigen Gedanken?

Mit einer einzigen Entscheidung, verbesserte Nikolas sie ernst. *Und jetzt mach es rückgängig!*

Sie konnte nicht glauben, dass *sie* das gerade getan hatte. Doch Nikolas klang besorgt. Und er schien nicht zu wollen, dass dieser Mann starb. Was vermutlich moralisch gesehen auch richtig war. Man durfte doch einen Menschen nicht einfach so umbringen. Auch wenn er einen gerade entführt hatte. Oder?

Es geht mir nicht um ihn, Lucy!, sagte Nikolas jetzt in ihrem Kopf.

Der Fahrer drehte sich nach hinten, um nachzusehen, was da los war. »Alles okay, Boss?«, fragte er.

Der Offizier röchelte. Und Lucy wünschte sich, dass er einfach umfiel. Dann würden sie anhalten und sie konnte aus dem Auto springen und weg laufen. Sie war doch schnell! Neuerdings.

Lucy, wenn er die Vermutung hegt, dass du ihm das gerade angetan hast, dann wird er dich sofort außer Gefecht setzen!, rief Nikolas in ihren Kopf hinein.

Außer Gefecht setzen?, dachte sie voller Schrecken.

Ja, wie sollte er sich sonst vor dir schützen können? Er muss deine Gedanken ausschalten, um zu verhindern, dass du ihm etwas antust. Und das kann er nur, indem er dich bewusstlos schlägt. Das war auch unser Auftrag gewesen, gestand Nikolas.

Lucy glaubte, sich verhört zu haben. *Bitte was??*

Wir sollten dein Bewusstsein ausschalten, dir den Splitter entfernen und wieder verschwinden. Du hättest gar nichts davon mitbekommen, dass wir überhaupt da gewesen sind, berichtete er.

Sie konnte nicht fassen, was er ihr da sagte. *Ihr wolltet mich bewusstlos schlagen??*

133

Nicht schlagen!, rief Nikolas in ihren Kopf hinein. *Wir haben andere Möglichkeiten. Es ging einfach nur darum, dich und alle anderen Menschen vor deinen erwachenden Kräften zu schützen. Aber ich habe es nicht getan, wie du weißt.*

Der Offizier hustete immer schlimmer. Er bekam kaum noch Luft.

Dein Vorteil ist seine Überheblichkeit. Er ahnt nicht, dass es so leicht für dich ist, auf die Realität einzuwirken. Er glaubt, dir überlegen zu sein, sagte Nikolas zu ihr. *Setz' das nicht aufs Spiel!*

Der halb Erstickte hob jetzt den Kopf und sah sie wütend an. Offenbar war es schon zu spät. »Was hast du getan?«, röchelte er. Ihm liefen Tränen aus den Augen, so sehr hustete er.

Mach es rückgängig!, rief Nikolas.

»Gar nichts«, sagte sie sofort und versuchte im selben Moment, die Entscheidung zu treffen, dass es ihm wieder gut ging.

Plötzlich klingelte ein Handy. Der Offizier zog sein Telefon aus der Tasche und ging hustend ran. »Was … ist?«

Einen Moment lang war es still. Lucy hörte nur eine leise Stimme am anderen Ende reden. Dann legte er einfach wieder auf. Und plötzlich war das Husten fort. Er räusperte sich ein paar Mal und atmete dann tief ein. Daraufhin betrachtete er Lucy noch einmal skeptisch. Dann sagte er: »Nun, dein Freund wird am Münchner Bahnhof abgefangen und aus dem Verkehr gezogen. Wir können uns also in Ruhe dem Kristall widmen, ohne dass er uns noch in die Quere kommt.« Er lehnte sich wieder zurück, beäugte sie dabei aber noch etwas skeptisch.

Lucy atmete erleichtert auf. Er hatte es wohl nicht mitbekommen.

Auch Nikolas schien erleichtert zu sein. Er stieß die Luft aus, als sei er gerade noch einer Katastrophe entgangen.

Doch Lucy leitete ihm jetzt die Worte weiter, die der Offizier gerade zu ihr gesagt hatte. *Hast du das mitgekriegt?*

Ja, mach dir keine Sorgen, dachte Nikolas.

Pass bitte auf dich auf. Vielleicht hätte sie ihn doch ersticken lassen sollen, dachte sie sich gerade. Vielleicht sollte sie sie *alle* ersticken lassen. Sie wollte nicht, dass sie Nikolas etwas antaten.

Ich passe auf, Lucy. Keine Sorge.

Die haben Waffen.

Lucy. Du sollst auf deine Gedanken achten.

Oh, ja entschuldige.

Lucy versuchte, die Angst, die sie um ihn hatte, zu verdrängen und positiv zu denken. Sie redete sich ein, dass alles gut werden und sie heil aus der Sache herauskommen würden. Aber sie glaubte sich kein Wort. Je mehr sie versuchte, die angstvollen Gedanken zu verdrängen, umso stärker und bissiger wurden sie. Plötzlich schossen ihr furchterregende Bilder durch den Kopf. Sie sah, wie Nikolas von ihnen angegriffen wurde. Mit den verschiedensten Waffen. Sie sah Gewehre, Elektroschocker, Schlagstöcke …

Lucy!

Verdammt, wieso war sie nur so eine Katastrophen-Tante? Wieso hatte sie sich ihr Leben lang darauf trainiert, Katastrophenszenarien durchzuspielen? Sie schob die Bilder panisch beiseite und versuchte dann, sich auszumalen, wie er glücklich und frei durch die Straßen schlenderte, weil niemand hinter ihm her war. Aber dieser zugegeben ziemlich alberne Gedanke wurde von ihrer Angst geradezu zertrümmert. Vielleicht sollte sie die Typen doch ersticken lassen. Bevor sie Nikolas irgendetwas antun konnten.

Lucy, dachte Nikolas eindringlich. *Du willst diese Männer nicht umbringen. Und das ist auch nicht nötig. Es wird alles gut.*

Lucy versuchte, ihm zu glauben. Aber war es nicht besser, mögliche Gefahren aus dem Weg zu räumen, bevor sie einem passierten? Konnte er denn so genau wissen, dass alles gut werden würde? In ihrem Kopf legten sich erneut Horrorszenarien zurecht und gleichzeitig formten sich Strategien, wie sie diese abwenden könnte. Ihre alten Denkmuster. So hatte sie bisher ihr Leben gelebt und *überlebt.* Hätte sie so manche Katastrophe nicht schon im Vorfeld durchdacht, hätte sie sie womöglich nicht überstanden. Sie *musste* sich vorbereiten. Sonst war sie manchen Situationen einfach ausgeliefert. Und das wollte sie nicht. *Ich könnte ihre Waffen zerbröseln,* dachte sie. *So wie du.*

Lucy, das sind drei Männer! Mach keinen Blödsinn!

Ja, vermutlich hatte er recht. Wenn sie es schaffte, auch nur eine Waffe zu zerbröseln und es ihnen auffiel, würden sie sie womöglich sofort K.O. schlagen, damit sie keinen weiteren Blödsinn machen konnte. Sie war nicht geübt darin, Waffen zu zerbröseln. Und dabei schnell zu sein. Aber vielleicht konnte sie es trotzdem schaffen. Ein wenig brach in ihr der Größenwahn durch. Es war so leicht gewesen, den Offizier fast zum Ersticken zu bringen. So unglaublich leicht. Sie war zwar erschrocken darüber, dass sie diesen Hustenanfall mit nur einem kleinen Gedanken bewirkt hatte, aber andererseits zündete diese Erkenntnis ein Gefühl in ihr an, das sie noch nie gespürt hatte. Sie war nicht mehr machtlos. Nicht mehr ausgeliefert. Sie konnte jemanden zum Ersticken bringen! Mit nur einer kleinen Entscheidung. Wenn man es genau nahm, war sie gerade also ziemlich … *gefährlich.* Und das fühlte sich irgendwie gut an. Wie leicht war es wohl für sie, den Wagen anzuhalten? Oder vielleicht konnte sie sie alle drei blind machen. Dann würden sie sie nicht sehen, wenn sie weg lief. Oder sie könnte ihre Gehirne zu Brei...

Plötzlich, als ihr die Idee mit den Gehirnen kam, kam ihr ein anderer Gedanke. Wenn sich ihre Fähigkeit, die Wirklichkeit zu beeinflussen, durch den Kristall so sehr verstärkt hatte, dann hatte sie schon lange vor ihrer Attacke auf den Offizier etwas Fürchterliches erschaffen. Sie dachte an ihr Gehirn und wie es sich zu Brei verwandelte, weil sie sich diesen dummen Gedanken von dem fiesen Offizier hatte einreden lassen. Sie hatte sich zwar nicht dafür entschieden, aber sie hatte den Gedanken als *wahr* anerkannt. Zumindest für einen kurzen Moment.

Lucy, verdammt! Hör auf!

Wahrscheinlich war das auch seine Absicht gewesen. Er wollte, dass sie sich selbst umbrachte. Dann musste *er* das nicht mehr tun. Und sie würde ihm nicht mehr schaden können. Wie clever. Panik stieg in ihr auf. Eine Angst, die sie so noch nie gespürt hatte. Todesangst. Sie verlor völlig die Kontrolle über ihre Gedanken. Plötzlich bekam sie Kopfschmerzen.

LUCY!

Sie stockte und lauschte in ihren Kopf hinein. Ihr Herz hämmerte wie ein Holzhammer gegen ihre Rippen und Schweiß trat ihr auf die Stirn. In ihren Ohren rauschte es.

Jetzt hör mir zu und denke an nichts Anderes, als an meine Stimme, verstanden?!, forderte Nikolas sie auf. *Mit deinem Gehirn ist alles in Ordnung, hörst du mich? Dein Gehirn ist vollkommen gesund. Wie dein ganzer Körper. Erinnere dich, der Kristall hat dein Energiefeld erhöht und deinem Körper die notwendige Energie gegeben, um sich selbst zu heilen. Dein Körper heilt sich immer selbst. Er ist darauf programmiert.*

Lucy nickte innerlich und stellte sich vor, wie die Energie des Kristalls alles wieder in Ordnung brachte, was sie mit ihren Gedanken eventuell versehentlich mit ihrem Körper angerichtet hatte. Mit ihrem Gehirn. Sie überließ einfach alles dem Kristall und entspannte sich. Dann verflogen die Kopfschmerzen glücklicherweise und ihr Herz beruhigte sich.

Hör mir einfach nur zu und entspanne dich, ja?

Sie nickte wieder und lauschte erschöpft seiner Stimme.

Du musst lernen, deine Gedanken zu kontrollieren. Ich verstehe, dass dich die Macht, die du gerade hast, ein wenig berauscht. Aber du hast sie noch nicht unter Kontrolle. Glaub mir, du musst vorsichtig sein!

Sie nahm einen tiefen Atemzug. Ja, das leuchtete ihr ein. Sie war es nicht gewöhnt, diese Macht zu nutzen. Ein falscher Gedanke, eine dumme Schlussfolgerung oder eine kleine Entscheidung und sie brachte womöglich Dinge in Gang, die sie später bereute. *Ich versuch's*, dachte sie.

Nikolas fuhr fort: *Zunächst einmal solltest du lernen, dass du negative Gedanken nicht verdrängen kannst. Sobald du anfängst, einen Gedanken zu verdrängen oder ihn mit positiven Gedanken zu überspielen, wird er stärker. Weil du gegen ihn kämpfst. Das, wogegen du kämpfst, wird stärker, Lucy. Das wird immer so sein.*

Das ist, als würdest du Feuer mit Feuer bekämpfen. Es funktioniert nicht.

Okay, dachte sie und versuchte, sich zu entspannen. Die Gedanken, die in ihr aufstiegen, ließ sie einfach kommen. Aber sie versetzten ihr immer noch einen unangenehmen Schrecken.

Gedanken an sich sind zunächst einmal nichts Schlimmes, fuhr er fort. *Ob sie negativ sind oder positiv, liegt nur an unserer Bewertung.* Er dachte an seinen eigenen Wutausbruch, als er sie hatte wegfahren sehen und an die Angst, die ihn gepackt und gedroht hatte, ihn innerlich zu zerfressen. Die Erinnerung an seine Vergangenheit und der Schmerz, der damit verbunden war. Er wusste, wie schwer es sein konnte, seine Gefühle einfach zu akzeptieren und sie nicht als etwas Negatives zu bewerten. Vor Allem, wenn man es anders gelernt hatte. *Versuche, sie einfach zu akzeptieren und nicht zu bewerten. Lass sie einfach da sein und nimm sie an, dann verschwinden sie meist von selbst. Du weißt, wenn du sie nicht als wahr anerkennst oder dich für sie entscheidest, sind es einfach nur Gedanken.*

Sie schickte ihm ein bejahendes Nicken und versuchte, die Situation so zu akzeptieren, wie sie war. Sie saß in einem Auto mit bewaffneten Irren, die ihr ihren geliebten Kristall entreißen wollten und Nikolas saß im Zug und fuhr in Kürze in den Bahnhof ein, in dem womöglich eine ganze Armee wartete, um ihn abzufangen. Er hatte recht. Es nützte überhaupt nichts, innerlich gegen diese Situation anzukämpfen oder sie abzulehnen. Sich darüber aufzuregen oder Angst zu bekommen. Es änderte nichts an der Realität. Das, was wirklich etwas ändern konnte, waren positive

Entscheidungen. Also tat sie, was er sagte und akzeptierte. Sie akzeptierte einfach alles. Ihre Gefühle mitsamt den schrecklichen Bildern. Und dann entschied sie sich dafür, dass alles gut werden würde. Wie, das wusste sie nicht. Aber ihr Entschluss stand fest. Alles würde gut werden. Irgendwie. Punkt. Das war eine Entscheidung, mit der sie nichts Schlimmes anrichten konnte, dachte sie sich.

Ich bin stolz auf dich, dachte Nikolas jetzt.

Danke, dachte Lucy glücklich. Sie hatte gerade noch die Kurve gekriegt. Auch wenn es berauschend war, eine solche Macht zu besitzen, dass man die Realität mit nur einem Gedanken verändern konnte, war es doch erschreckend. Denn es konnte sich viel zu schnell ein wirklich schädlicher Gedanke einschleichen. Ganz besonders bei Lucy.

14

VERBÜNDETER

Nikolas fuhr nicht bis nach München durch. Er stieg vorher aus und sah sich am Bahnhof nach einer Karte und nach Zugverbindungen um. Sobald er Lucy wieder befreit hatte, mussten sie so schnell wie möglich weiter. Der Splitter durfte nicht länger als unbedingt nötig in ihrem Körper bleiben. Er konnte nur erahnen, wie weit sich ihre Kräfte über Nacht noch entwickeln würden. Sicherheitshalber würde er den Offizier und die Soldaten die ganze Nacht beschäftigen. Damit Lucy nicht vor lauter Angst doch noch etwas Dummes tat. Er musste diese Leute von ihr weg locken. Und er wusste auch schon, wie er das anstellen konnte.

Als er vor der Anzeigentafel im Bahnhof stand und sich die Verbindungen ansah, spürte er jemanden hinter sich, der ihn beobachtete. Jemand verfolgte ihn. Offenbar war einer dieser Typen im Zug geblieben, um ihn im Auge zu behalten. *Natürlich*, dachte er. Das hätte er sich denken können. Nikolas tat so, als hätte er nichts bemerkt und ging durch den Bahnhof. Es war spät am Abend und die Einkaufsstraße im Bahnhof war noch voller Menschen. Doch er spürte deutlich die Präsenz seines Verfolgers. Auch als er schon draußen war. Er ging rasch über eine Straße und bog dann links ab. Dort befand sich ein Parkhaus. *Perfekt*, dachte er. Dort würde er nicht allzu viel Aufsehen erregen, wenn er sich den Kerl vorknöpfte. Er ging gerade so schnell, dass der Unbekannte ihm leicht folgen, aber einen gewissen Abstand wahren konnte. Erst als er im Parkhaus war und sich nicht mehr im Blickfeld seines Verfolgers befand, rannte er los und versteckte sich hinter einem Betonpfeiler.

Es war ruhig im Parkhaus. Es befanden sich nicht mehr viele Autos hier. Die meisten Leute waren schon nach Hause gefahren. Und die, die in der Stadt unterwegs waren, ausgingen oder feierten, ließen ihr Auto an der Straße stehen und nicht in einem Parkhaus. Das kam Nikolas sehr gelegen. Er und seine Leute hatten schon genug Aufsehen in dieser Welt erregt. Es musste nicht noch mehr werden.

Jetzt hörte er Schritte. Sofort bündelte er seine Kräfte und ballte seine Hände zu Fäusten. Es fiel ihm jedoch bereits sehr schwer.

Er lugte ein wenig um die Ecke und sah den Mann durch das Parkhaus gehen. Er schlich. In seiner Hand hielt er eine Schusswaffe und streckte sie in jede Ecke, die er absuchte. Er trug keine Uniform, sondern Jeans. Und er wirkte ängstlich. Nikolas lauschte in seinen Kopf und hörte, wie sich immer wieder eine Warnung in seinen Gedanken abspielte. Jemand hatte sie ihm zig mal vorgebetet. *Geh niemals zu nah ran. Er darf dich nicht sehen. Lumenier sind gefährlich.*

Nikolas runzelte irritiert die Stirn. Wenn er nicht gesehen werden wollte, warum ging er dann so offen durch das Parkhaus? Entweder war er ein totaler Amateur oder er hatte etwas vor.

Plötzlich öffnete sich der Fahrstuhl und eine weitere Person betrat die Ebene des Parkhauses. Es war eine Frau. Sie kramte gerade ihre Schlüssel aus ihrer Handtasche, als der Mann mit der Waffe direkt auf sie zu lief und sie packte. Sie schrie auf, doch der Mann hielt ihr sofort den Mund zu und hielt ihr die Waffe an die Schläfe. »Halt die Klappe!«, sagte er zu ihr.

Nikolas seufzte und verdrehte die Augen. Wieso konnte nicht einfach mal etwas glatt gehen? Seit er hier war, ging einfach alles schief. *Diese verdammte Welt*, dachte er.

»Ich weiß, dass du hier bist!«, rief der Mann durch das Parkhaus. »Komm raus!«

Nikolas trat langsam hinter dem Pfeiler hervor und hob die Hände. Als der Mann ihn sah, richtete er nervös die Waffe auf ihn und rief: »Komm' nicht näher!«

Nikolas blieb stehen und sah die Frau an. Sie weinte vor Angst. Ihr Wimmern hallte durch das ganze Parkhaus. »Ihnen wird nichts passieren«, sagte er beruhigend zu ihr.

Der Mann hielt ihr jetzt wieder die Waffe an die Schläfe. »Woher willst du das wissen?«, schrie er. »Ich bringe sie um, wenn du mir zu nahe kommst!« Er war nervös. Sehr sehr nervös.

Nikolas seufzte. »Okay. Was willst du?«

»Ich sollte dich nur beobachten«, sagte der Mann, »und Meldung machen, wenn du aus dem Zug steigst.«

Er schwitzte. Und sein Herz raste. Das konnte Nikolas spüren. Offenbar hatte ihm jemand Nikolas als eine Art Monster beschrieben. Er hatte fürchterliche Angst vor ihm. Nikolas sah an ihm hinunter. Es steckte ein Funkgerät in einer Halterung an seinem Gürtel. Und in seiner Hosentasche befand sich ein Handy. »Wer hat dich beauftragt?«, fragte er und durchsuchte dabei seine Gedanken. Dabei sah er einen uniformierten Mann namens Marius, der ihm Geld gegeben hatte. Er war also nur ein kleiner Gehilfe, dachte sich Nikolas. Doch er schien schon länger dabei zu sein. Nikolas sah, wie er sich oft mit den Soldaten getroffen und diverse kleine Aufgaben erledigt hatte.

Er antwortete nicht auf Nikolas' Frage. Stattdessen sagte er: »Ich weiß, du willst diesen Splitter. *Alle* wollen diesen verdammten Splitter!«

Nikolas kam interessiert näher und versuchte, in seinen Gedanken herauszufinden, wie er von dem Splitter erfahren hatte.

Doch der Mann schrie sofort: »Bleib stehen, verdammt!«

Die Frau erschrak und schrie kurz auf. »Bitte«, wimmerte sie, »lassen Sie mich gehen. Ich weiß doch gar nicht, was...«

»Halt die Klappe!«, schrie er die Frau wieder an.

Er wirkte verzweifelt. Nikolas spürte einen tiefen Schmerz in ihm, der ihn geradezu in den Wahnsinn trieb.

»Am Anfang«, fuhr der Mann mit zitternder Stimme fort, »war es mir egal. Ich hatte keine Ahnung, was das für ein Splitter war, den Marius haben wollte. Aber«, plötzlich traten ihm beim Reden Tränen in die Augen, »dann habe ich gesehen, was der Splitter mit der Frau gemacht hat. Er kann heilen, oder?! Er kann heilen!«

Nikolas verstand. Darum ging es ihm also.

»Meine Frau«, sagte der Mann, »ist schwer krank. Ich brauche diesen Splitter. Ich brauche ihn!«

»Okay, lassen Sie die Frau los und dann reden wir«, sagte Nikolas beruhigend.

Der Mann lachte. »Hältst du mich für so blöd?«, rief er. »Ich will einen Deal! Ich helfe dir, das Mädchen zu befreien und du überlässt mir den Splitter für eine Weile.«

»Ich brauche deine Hilfe nicht«, sagte Nikolas trocken.

Der Mann überlegte kurz und wischte sich mit dem Handrücken eine Träne aus dem Augenwinkel. »Ich kenne alle Posten!«, sagte er hoffnungsvoll. »Ich weiß, wo sie auf dich lauern. Und ich weiß, wie viele Leute im Hotel sind. Sie haben Waffen, gegen die du nichts ausrichten kannst! Du *brauchst* meine Hilfe!«

Nikolas spürte seine Verzweiflung bis ins Mark. Und erneut wurde ihm das Leid in dieser Welt schmerzhaft bewusst. Das Leid, das sie selbst beenden konnten – jedoch nicht wussten wie. Er tat ihm leid. Sie alle taten ihm leid. Doch er konnte ihm nicht helfen. Selbst wenn er es wollte. Der Splitter musste zurück nach Lumenia. Und zwar schnell.

»Dieser Splitter«, erklärte Nikolas, »kann nicht heilen. Er hat keine besonderen Fähigkeiten oder Kräfte.«

»Blödsinn!«, schrie der Mann und richtete die Waffe wieder auf Nikolas. »Dieser Typ«, sagte er dann, »einer von deinen Leuten hat damit eine ganze Straße in Schutt und Asche gelegt! *Natürlich* hat er Kräfte! Sonst wären nicht alle hinter ihm her!«

Nikolas sah ihn interessiert an. Wovon redete er da? Er versuchte, etwas aus seinen Gedanken aufzuschnappen, doch sie drangen nur noch in Bruchstücken zu ihm vor. Er sah eine zertrümmerte Straße. Der Asphalt war aufgerissen, die Laternen umgeknickt wie Streichhölzer und die Scheiben mehrerer Gebäude zersprungen. Das musste die Explosion gewesen sein, die er gehört hatte. Sie hatte auch diesen Mann erfasst. Er sah, wie die Welle ihn umriss und er sich wieder aufrappelte. Dann sah er aus einiger Entfernung Alea und Mine. Und noch einen Gardisten in einer blauen Uniform. Als dieser sich umdrehte, erschrak Nikolas. »Oh Gott«, raunte er. »Du bist Taro begegnet?!« Warum zum Teufel war Taro hier? Quidea hatte ihm untersagt, sich an dieser Mission zu beteiligen. Und zwar aus gutem Grund.

Der Mann guckte irritiert. »Wem?«

Verdammt, dachte Nikolas. Er war es also gewesen, der die Explosion ausgelöst hatte. Typisch. Es war ein Wunder, dass die Stadt noch stand. Und dieser Mann hier konnte froh sein, dass er diese Begegnung überlebt hatte. Die ganze Sache spitzte sich immer weiter zu und geriet immer mehr außer Kontrolle. Besonders jetzt, wo Taro mitmischte. Er musste die Mission beenden. Bevor noch größere Katastrophen passierten. Nikolas verließ die Geduld. Er ließ die Waffe des Mannes zerfallen und kam dann direkt auf ihn zu.

Der Mann sah irritiert die Krümel in seiner Hand an und erschrak, als Nikolas auf ihn zu eilte. »Komm' mir nicht zu nah'!«, rief er.

Nikolas streckte den Arm nach ihm aus und packte ihn am Kragen, woraufhin er die Frau los ließ. Sie lief schnell weg und rief um Hilfe. Nikolas stierte dem Mann derweil in die Augen und lähmte dabei seine Muskeln. Es war leicht für ihn, den Körper eines Menschen zu beeinflussen. In Lumenia war dies verboten. Aber in dieser Welt galt diese Regel nicht.

»Was … hast du … getan?«, hauchte der Mann ängstlich. Er versuchte, seine Arme zu heben, um sich zu wehren. Aber er schaffte es nicht.

Nikolas durchsuchte derweil seine Gedanken, um alles

über diesen Marius herauszufinden.

»Er ... hat mich gewarnt. Lumenier ... sind gefährlich«, sagte er jetzt mit schwacher Stimme.

Nikolas sah ihn mitfühlend an. Er hatte wirklich furchtbare Angst vor ihm. »Nicht wir sind es, die gefährlich sind«, sagte er dann zu ihm. »*Ihr* seid es.« Er durchsuchte seine Gedanken, brachte alles in Erfahrung, was dieser Kerl wusste und war schließlich enttäuscht über die geringe Menge an Informationen. Es waren wirklich nicht viele. Er wusste kaum etwas. Nur, dass Marius offenbar eine Art Armee zusammen gestellt hatte, um an die Splitter heran zu kommen. Und dass er genau über Lumenia Bescheid wusste und welche Fähigkeiten die Lumenier besaßen. Woher er das alles wusste, war Nikolas ein Rätsel. Lumenia war ein Jahrtausende altes und gut gehütetes Geheimnis. Niemand in dieser Welt wusste davon. Absolut niemand. Es gab also nur eine Erklärung hierfür: Dieser Marius musste die Informationen von einem Lumenier erhalten haben. Und er musste dringend herausfinden, von wem. Als Nikolas alle Informationen hatte, die er brauchte, ließ er ihn los. Er hatte bereits einen Plan. Dann fragte er: »Wo finde ich deine Frau?«

Hoffnung flammte in den Augen des Mannes auf. Doch im nächsten Moment war er wieder voller Angst. »Tu ihr nichts«, bat er.

Nikolas verdrehte wieder die Augen. Als würde er einer kranken Frau etwas antun. Um Himmels Willen! »Ich kann ihr keinen Splitter geben«, sagte er, »aber etwas Anderes, das ihr hilft. Ich habe nur nicht viel Zeit.«

Wieder traten dem Mann Tränen in die Augen. Er teilte

ihm sofort das Krankenhaus mit, in dem seine Frau lag und wie ihr Name war. Nikolas war seine letzte Hoffnung. Sie lag bereits im Sterben. Dann bot er ihm wieder seine Hilfe an. »Ich kann sie von dir weg locken!«, sagte er glücklich. »Ich mache eine falsche Meldung.«

»Nein«, sagte Nikolas. Er wusste genau, was er heute Nacht zu tun hatte. Er brauchte mehr Informationen. Und er würde sich so viele von diesen Leuten schnappen wie nur möglich, um zu erfahren, was hier eigentlich vor sich ging. »Ich komme ein anderes Mal auf dich zurück. Schick sie direkt auf meine Fährte.«

Der Mann sah ihn verständnislos an.

»Tu genau das, was deine Aufgabe war. Schick sie zu mir.« So war es am Besten. Auf diese Weise konnte er ihre Gedanken ausspionieren und sie gleichzeitig von Lucy fern halten. Keiner von diesen Leuten sollte heute Nacht in diesem Hotel sein, dachte er. Zu Lucys Schutz und zur Sicherheit all der Soldaten. Denn sie waren auf einer Mission, deren Gefahr sie nicht einmal ansatzweise begreifen konnten.

15

ENTFACHT

Die Fahrt dauerte noch eine Weile. Lucy übte sich währenddessen in Gedankenkontrolle und war so damit beschäftigt, dass die Zeit wie im Flug verging. Sie hielten direkt vor dem Hotel. Der Mann mit der Waffe zerrte Lucy aus dem Auto und zog sie unauffällig durch die Halle. Seine Pistole hatte er im Jackett versteckt. Der rauchende Offizier ging voraus, holte sich mehrere Schlüssel von der Rezeption und stieg mit ihnen in den Fahrstuhl. Als sie nach oben fuhren, hörte Lucy plötzlich Gedankenfetzen.

... *machen. Werden 'rausfinden, was sie kann. ... aus ihr herausprügeln ... sehen, was die Experimente ergeben.*

Sie riss die Augen entsetzt auf und starrte auf seinen stoppeligen Hinterkopf. Experimente? Was um Himmels Willen hatten sie mit ihr vor?

... *der kleine Lumenier nicht mehr in die Quere ... seine Macht brechen.*

Lucy stockte der Atem. Sie drückte sich gegen den Spiegel hinter sich und hörte ihn in ihrem Kopf gehässig lachen. Dann ertönte die brummige Stimme des anderen Mannes. Seine Gedanken waren klarer.

Kann es kaum erwarten, Lumenia zu sehen.

Sie spürte eine tiefe Ehrfurcht von ihm ausgehen, während er das Wort Lumenia dachte. Sie hatte keine Ahnung, was es bedeutete, aber offenbar hatte es etwas mit Nikolas zu tun.

Hoffe, er zeigt uns den Weg, bevor wir ihn mit seinen eigenen Waffen töten.

Angst. Schon wieder. Sie explodierte geradezu in ihrem Brustkorb und kroch zäh wie Kaugummi durch ihre Glieder. Wie gelähmt stand sie da und presste sich gegen den Spiegel. Dann hörte sie ein leises Kratzen hinter sich. Sie drehte sich unauffällig um und sah, dass der Spiegel mehrere Risse bekam. Sie zogen sich bis nach oben unter die Decke. Sie erschrak und drehte sich schnell wieder um. Tat sie das gerade? Verlor sie wieder die Kontrolle über ihre Gedanken? Oder waren es ihre Gefühle? Sie hoffte, dass die beiden Männer es nicht merkten.

Dann öffnete sich glücklicherweise die Fahrstuhltür und ein langer Gang kam zum Vorschein. Der Mann mit der brummigen Stimme riss an ihr, so dass sie in den Flur stolperte und fast hinfiel. Wut stieg in ihr hoch. Und sie überdeckte sofort das Gefühl der Angst. Ihre Wut war so stark, dass sie unangenehm in ihrem Bauch kribbelte und in ihren Muskeln zuckte. Sie wollte raus. Und Lucy konnte sie kaum zurück halten. Es war seltsam. So starke Gefühle hatte sie nicht einmal in ihren schlimmsten Momenten gefühlt. Verstärkte der Kristall etwa auch ihre Emotionen? Es fühlte sich irgendwie so an. Sie ballte die Hände zu Fäusten und biss die Zähne zusammen, während sie sie durch den Flur schubsten.

Dann begann das Licht über ihnen zu flackern. Und eine

der Glühbirnen zersprang. Lucy erschrak. Und Marius blieb stehen und sah sich nervös um. »Das ist unmöglich. Ist der Bengel etwa schon hier?« Schnell zog er sein Handy aus der Hosentasche und wählte eine Nummer. Es dauerte einen Moment, bis jemand ran ging. »Wo ist er??«, rief er dann ins Telefon.

Lucy hörte die Stimme am anderen Ende so deutlich wie die von Marius. Ihr Gehörsinn war plötzlich wahnsinnig geschärft.

Der Mann sagte: »Ich habe ihn in einem Parkhaus gesehen. Vermutlich wird er mit einem Auto weiter nach München fahren.«

Marius sah Lucy an. Dann ließ er den Blick auf ihre Hand sinken und betrachtete die Narbe. Und Lucy hörte sofort, was in ihm vor ging. Er vermutete einen Zusammenhang zwischen ihr und dem flackernden Licht. Sie geriet in Panik. Sie konnte es nicht aufhalten.

»Er hat mich erwischt«, sagte der Mann dann am anderen Ende des Telefons. »Und ich soll dir eine Nachricht überbringen.«

Marius löste jetzt den Blick von Lucy und war vollständig von ihr abgelenkt, als er das hörte. »Was für eine Nachricht?«

»Er sagte, du bist ihm nicht gewachsen und würdest ihn nicht einmal kriegen, wenn er direkt vor dir stehen würde.«

Lucy spürte, wie die Wut in Marius explodierte. Er lief hochrot an und brummte mit zusammen gebissenen Zähnen: »Dieser kleine, abartige...«

Lucy sah ihn erstaunt an. Es war verblüffend, wie gereizt er auf diese Provokation reagierte. Und sie vermutete, dass Nikolas genau das damit bezweckt hatte.

151

Marius öffnete jetzt eines der Zimmer und schubste Lucy hinein. Dann schloss er die Tür ab und lief über den Flur. Dabei rief er in sein Telefon: »Alle Soldaten mir nach! Wir kriegen diesen kleinen Bastard!«

Lucy stand in dem dunklen Zimmer und sah die Tür an, unter der das immer noch flackernde Licht aus dem Korridor hindurch drang. Und dann musste sie grinsen. Nikolas war clever. Er hatte ihn von ihr weg gelockt. Ihn von ihr abgelenkt. Sie hoffte nur, dass ihm bei dieser Aktion nichts passieren würde. Sie atmete tief durch und versuchte, die Angst vollkommen anzunehmen. So wie Nikolas es ihr beigebracht hatte. Dabei spürte sie, wie sich die Angst im selben Moment verflüchtigte. Es war erstaunlich, wie schnell sich ein negatives Gefühl auflösen konnte, wenn man es akzeptierte. Nikolas hatte recht gehabt. Es war fast *zu* einfach. Sie hätte nie geglaubt, dass so etwas möglich war! Wenn sie Nikolas nicht begegnet wäre, hätte sie sich nicht vorstellen können, dass sie auch nur den geringsten Einfluss auf ihre Gefühle nehmen konnte. Sie hatte immer geglaubt, dass sie einfach nur *passierten*. Genauso wie ihre Gedanken. Aber dass es ihr sogar in einer *solchen* Situation gelang, sie zu beeinflussen, war wirklich erstaunlich. Auch wenn es womöglich an dem Kristall lag, dass es ihr so leicht fiel, ihre Angst in Nichts aufzulösen, war sie fast berauscht von dieser Fähigkeit. Die Kontrolle über ihre Gefühle zu haben, gab ihr das Gefühl, auch Kontrolle über ihr Leben zu haben.

Das Licht im Korridor hatte jetzt aufgehört zu flackern. Und deshalb suchte sie jetzt erst einmal den Lichtschalter. Sie tastete die Wände ab, fand ihn jedoch nicht, sondern stieß gegen einen Gegenstand, der umfiel und auf dem Boden zersprang. »Mist«, flüsterte sie und ging durch ein paar Scherben. »Licht«, murmelte sie und tastete weiter die Wände ab, »Wo ist das blöde Licht?«

Plötzlich schaltete sich das Licht von allein an. Sie blieb stehen und sah erschrocken auf. Doch es war niemand in dem Hotelzimmer zu sehen. Sie drehte sich um und entdeckte den Lichtschalter dann direkt neben der Zimmertür. Er hatte sich von allein umgelegt. Ihr Mund blieb offen stehen. »Krass«, flüsterte sie. Jetzt wurden ihre Gedanken schon wahr, nur weil sie sie ein paar Mal wiederholte. War das normal?

Schnell ging sie durch das Zimmer und schob die Gardine zur Seite, um aus dem Fenster zu sehen. Sie befand sich im fünften oder sechsten Stock. Zu hoch, um hinunter zu klettern, dachte sie sich. Dann sah sie, wie Soldaten aus dem Gebäude kamen und sich auf dem Parkplatz mit Marius trafen. Dort stiegen sie in mehrere Wagen ein und fuhren davon. Heute Nacht hatte sie womöglich ihre Ruhe vor ihnen. Doch irgendwie wollte sie Nikolas helfen. Sie überlegte, was sie tun konnte, um sie davon abzuhalten, ihn zu finden. Vielleicht konnte sie ihre Funkgeräte kaputt machen, dachte sie. Dann konnten sie sich nicht mehr untereinander absprechen. Aber dann musste sie auch ihre Handys zerstören. Konnte sie das aus dieser Entfernung? Sie waren ja schon weg gefahren.

Nachdenklich ging sie durch den Raum. Und plötzlich spürte sie wieder das Surren und Brummen in ihrem Bauch. Es war dieses seltsame Gefühl, als würde ein Motor in ihr anspringen. Und dieses Mal war es viel stärker. Es bebte regelrecht. Sie spürte, wie dieses Gefühl durch ihren ganzen

Körper zog. Durch ihre Arme und Beine, durch ihren Brustkorb und sogar durch ihren Kopf. Ihr wurde heiß. Schweißperlen traten ihr auf die Stirn und ihr Herz schlug schneller. Sie rang nach Luft und stürmte ins Badezimmer, um sich kaltes Wasser ins Gesicht zu spritzen. Doch als sie nach dem Wasserhahn greifen wollte, flog der Seifenspender zur Seite, der auf dem Waschbecken stand. Er schlug gegen die Wand und fiel in die Duschwanne. Sie hatte ihn nicht einmal berührt. Vorsichtig bewegte sie ihre Hand noch einmal zum Wasserhahn und noch bevor sie ihn berühren konnte, drehte er sich auf und eiskaltes Wasser kam heraus.

Erstaunt sah sie den Wasserhahn an. Dann hielt sie ihre Handgelenke darunter und nahm schließlich eine Ladung Wasser, um sie sich ins Gesicht zu werfen. Es erfrischte sie sofort. Sie seufzte und stützte sich einen Moment am Waschbecken ab, um mehrmals tief durchzuatmen. *Ganz ruhig bleiben*, sagte sie innerlich zu sich. *Ganz ruhig.*

Doch das Gefühl wurde immer stärker. Es bebte in ihrem ganzen Körper. Und mehr und mehr fühlte es sich an, wie … Ekstase. Eine brennende, feurige Ekstase. Sie kribbelte unter ihrer Haut, durchströmte ihre Organe und triggerte so sehr ihre Gefühle, dass sie aufstöhnte. Sie fasste sich an den heißen Kopf. »Jetzt dreh' bloß nicht durch«, flüsterte sie.

Sie kratzte sich erneut die Hand, da sie schon wieder anfing zu jucken und erschrak plötzlich. Der Splitter unter der Haut leuchtete auf einmal! Er leuchtete durch ihre Haut hindurch! Sie richtete sich erschrocken auf und hielt sich die Hand vom Körper weg. »Was zur Hölle...«, murmelte sie. Und dann begann das Licht wieder zu flackern. Sie spürte, wie sich die Luft auflud. Sie konnte die aufgeladene Luft regelrecht schmecken. Es knisterte um sie herum. Und kleine Lichtfunken tanzten um ihren Körper herum. Es fing wieder genauso an wie im OP.

Nikolas?, sagte sie in Gedanken und hoffte, dass er sie hören konnte. Sie wusste ja, dass er sich jetzt auf andere Dinge konzentrieren musste, aber ... *Irgendetwas passiert mit mir!*, fuhr sie fort und betrachtete die flackernde Leuchtstoffröhre über dem Spiegel. Sie befürchtete, dass sie gleich platzte, also trat sie ein paar Schritte zurück.

Und dann spürte sie, wie sich etwas in ihr ausdehnte. Ihr Bewusstsein schoss regelrecht aus ihr hinaus. Sie hatte das Gefühl, als sei eine Art Gummi in ihr gerissen, das sie in ihrem Körper gehalten hatte. Und jetzt schoss ihr Bewusstsein über ihren Körper hinaus, dehnte sich auf das gesamte Gebäude aus, auf die Umgebung, die Stadt, das Land ... Sie hielt sich den Kopf fest. Es fühlte sich an, als würde sie sich völlig verlieren. Alles schoss in ihren Kopf hinein. Einfach alles! Sie spürte die ganze Welt in sich. Sie konnte spüren und sehen, was außerhalb des Gebäudes geschah. Sie konnte sogar sehen, wo sich Marius' Leute befanden, wo sie nach Nikolas suchten und was sie untereinander besprachen. Sie konnte auch Nikolas sehen. Ihr Herz frohlockte, als sie sein Gesicht sah. Es ging ihm gut. Er ging gerade auf ein Krankenhaus zu. Und sie wusste sogar, was er dort vorhatte. Sie spürte einfach alles. Wie war das möglich? Wie konnte sie hier im Badezimmer stehen und alles fühlen, was da draußen passierte? Es war, als finde die Welt in ihrem Inneren statt und nicht dort draußen.

Als die Gegenstände um sie herum anfingen zu wabern, als bestünden sie aus Wackelpudding, wurde ihr jedoch schwindelig. Das Waschbecken, die Dusche, die Wände ... alles sah auf einmal aus, als bestünde es aus einer weichen, fließenden Masse. Irgendwie sah es pixelig aus. Wie ein unscharfes Fernsehbild. Nur, dass sich die Pixel bewegten, waberten und hin und her flossen. Nichts sah mehr fest aus. Sie erinnerte sich, dass genauso die OP-Lampe ausgesehen hatte.

Sie streckte die Hand aus und berührte das Waschbecken. Und als sie ihre Finger hindurch stecken konnte, als bestünde es aus Sand, geriet sie so sehr in Panik, dass ihr schwarz vor Augen wurde. Sie taumelte rückwärts, stieß gegen den Schrank und verlor schließlich das Bewusstsein. Sie spürte nur noch, wie ihr Körper zu Boden fiel und sie mit dem Kopf auf den Fliesen aufschlug. Und es hörte sich an, als würde dabei ein lauter Donnerschlag durch die ganze Welt hallen.

16

nichts ist unmöglich

Ein Donnern zog durch München in dieser Nacht. Ein seltsames Donnern, das überall zu spüren war. Im Boden, in der Luft, im Wasser. Alles donnerte für einen kurzen Moment. Die Menschen kamen irritiert nach draußen. Manche standen auf ihren Balkonen und sahen in den Himmel. Doch es war kein Gewitter zu sehen. Nicht einmal in weiter Entfernung. Aber die Luft war irgendwie elektrisch geladen. So als würde sie jeden Moment Funken sprühen. Einfach so. Die Menschen spürten, dass etwas in der Luft lag. Sie konnten es nur nicht benennen.

Eine Frau, die im Krankenhaus lag, hatte das Donnern ebenfalls gespürt. Sie lag wach. Schon seit Stunden. Die Schmerzen waren heute unerträglich. Und die Schmerzmittel halfen kaum noch. Deshalb war sie froh über die Ablenkung gewesen. So konnte sie darüber nachdenken, wo das Donnern hergekommen war. Sie sinnierte über ein Erdbeben. Oder ein Kraftwerk, das in die Luft geflogen war. Vielleicht war auch unterirdisch etwas explodiert. Oder aber es rührte von einem seltenen und ungewöhnlichen Wetterphänomen. Davon hatte es in letzter Zeit viele gegeben. Sie hatte das

Donnern im Boden gespürt. Aber auch in der Luft. Als habe die Luft gezittert. Sie konnte es sich nicht erklären. Doch es war besser, darüber nachzudenken, als über ihre Schmerzen und die wenige Zeit, die ihr noch blieb. Sie würde diese Welt bald verlassen. Das wusste sie. Und über die Welt nachzudenken und was in ihr vor sich ging, lenkte sie von ihrer Angst vor dem Tod ab.

Es hatte sie schon immer interessiert, was um sie herum geschah. In der Welt, in der Politik, in der Gesellschaft und in jedem einzelnen Menschen. Ja, ihr brennendes Interesse, die Hintergründe für alles zu erfahren, war schon früh in ihr ausgeprägt gewesen. Sie interessierte sich für das Verhalten von Menschen, für Gesetze, für gesellschaftliche Wandlungen. Und auch für die Erde, die Natur und die Tierwelt. Und sie hatte sich immer dafür eingesetzt, dass sich das, was in der Welt geschah, in eine positive Richtung entwickelte. Deshalb war sie Anwältin geworden. Und Bürgerrechtlerin. Tierschützerin. Umweltaktivistin. Und Denkmalschützerin. Sie war vieles gewesen in ihrem Leben. Und sie hatte vieles getan, um etwas zu ändern. Doch ihr Kampf um eine bessere Welt hatte sie hierher gebracht. Er hatte sie verzehrt. Denn sie hatte immer öfter das Gefühl gehabt, gegen Windmühlen zu kämpfen. Gegen etwas, das nicht besiegt werden konnte.

Jetzt war ihr Kampf bald endgültig vorbei. Sie hatte ihn verloren. Doch ihr Interesse flammte immer noch auf und wollte sie dazu zwingen, aufzustehen und nachzusehen, was da draußen vor sich ging. Aber sie konnte nicht. Ihr Körper war ein einziger, großer und nicht enden wollender Schmerz.

Sie drehte den Kopf und sah aus dem Fenster. Die

Vorhänge waren nicht ganz zu gezogen, so dass sie die Lichter der Straßenlaternen sehen konnte. Sie hatten sich wieder beruhigt. Vorhin, als das Donnern zu spüren gewesen war, hatten die Laternen unruhig geflackert. Es musste etwas gewesen sein, dass das Stromnetz für einen kurzen Moment gestört hatte. Vielleicht doch eine Explosion, dachte sie. Sie spürte eine seltsame Energie in der Luft. Als sei sie mit einer eigentümlichen Kraft geschwängert, die sich nur langsam verflüchtigte. Irgendetwas war da draußen gerade passiert. Sie hoffte, dass nicht vielleicht ein Atomkraftwerk explodiert war. Dann war sowieso alles vorbei in diesem Land. Es war ohnehin in einem schlechten Zustand. So wie die ganze Welt. Sie fragte sich, ob man die Menschen überhaupt noch retten konnte. Sie hatte lange zugesehen, wie sie sich selbst zerstörten. Doch jetzt, wo sie an der Schwelle des Todes stand, regte es sie nicht mehr auf. Es war wohl unvermeidlich.

Seufzend drehte sie den Kopf wieder und sah zur Tür. Ein paar Schwestern liefen durch den Gang. Manchmal sah eine Schwester in den Raum hinein und verschwand dann wieder. Doch jetzt hörte sie jemanden sprechen. Es hörte sich an, wie die Stimme ihres Mannes. Sie versuchte, den Kopf zu heben, schaffte es aber nicht. Dann hörte sie noch eine andere Männerstimme. Die Schwestern sagten irgendetwas zu ihnen, aber sie konnte es nicht verstehen. Einen Augenblick später kam jemand herein.

»Philipp?«, hauchte sie. Sah sie da ihren Mann? Oder halluzinierte sie wieder?

Er kam zu ihr, stellte sich an ihr Bett und nahm ihre Hand. Nein, sie halluzinierte nicht. Ihr Mann war da. Glücklich lächelte sie ihn an. Aber warum kam er mitten in der Nacht?

»Luisa, meine Liebe«, sagte er, beugte sich zu ihr hinunter und gab ihr einen sanften Kuss. »Entschuldige, wenn ich dich geweckt habe.« Dann richtete er sich wieder auf.

»Hast du nicht«, flüsterte sie. Sie hatte kaum mehr Kraft, zu sprechen. Dennoch fragte sie ihn: »Was geht da draußen vor sich?«

»Gar nichts«, antwortete er. »Es ist alles in Ordnung.«

Sie wusste, dass das nicht die Wahrheit war. Aber er wollte sie wohl nicht beunruhigen. Also beließ sie es dabei. Es war ohnehin nicht mehr wichtig.

»Ich habe jemanden für dich mitgebracht«, sagte Philipp jetzt und deutete auf die Tür.

Noch jemand kam herein. Ein junger Mann. Er sah ungewöhnlich aus. Sehr gutaussehend, doch irgendwie eigentümlich. Als sei er nicht von dieser Welt. Seine Haltung war selbstbewusst, ja geradezu majestätisch und seine Kleidung sah außergewöhnlich aus. Sein ärmelloses Oberteil war zwar zerrissen, schien aber aus einem hochwertigen, schimmernden Stoff zu sein. Auch seine Hose war aus diesem Stoff. Es sah ein wenig so aus, als sei dies früher mal eine Uniform gewesen. Beide Teile waren farblich aufeinander abgestimmt und an seiner Hosentasche schimmerte ein kleines Wappen. Sie sah wieder zu seinem Gesicht auf, in dessen Ausdruck sie eine seltsame Mischung aus Weisheit und Schmerz ablesen konnte. Er kam zu ihr, stellte sich an die andere Seite des Bettes und sah sie mit seinen hellblauen Augen an.

»Das ist Nikolas«, sagte Philipp zu seiner Frau. »Er wird dir helfen.«

Luisa blickte von einem zum anderen. Was meinte er? Wie wollte er ihr denn helfen? Der junge Mann sah sie lange an. So als betrachte er in Ruhe ihr Gesicht und ihre Gedanken. Sie erwiderte seinen Blick, betrachtete ihn ebenfalls interessiert und wartete. Und als er dann lächelte, hatte sie das Gefühl, er wüsste genau, was in ihr vorging.

»Du irrst dich«, sagte er auf einmal zu ihr. »Du hast den Kampf nicht verloren.«

Sie runzelte die Stirn und sah ihn irritiert an. Woher um Himmels Willen wusste er, was sie vor wenigen Minuten gedacht hatte?

»Du hast ihn nur losgelassen«, fügte er noch an.

Sie blickte ihm in die weisen Augen und betrachtete sein wissendes Lächeln. Wer war dieser Mann? »Weil«, hauchte sie dann, »es zu spät ist«, reagierte sie auf seine Worte. Zu spät, um noch um irgendetwas zu kämpfen. Um ihren Körper oder um diese Welt.

»Nein«, antwortete er. »Weil es Zeit ist, Teil der Lösung zu sein.«

Wieder sah sie ihn irritiert an. Warum sagte er solch merkwürdige Dinge zu ihr? Sie wandte ihren Kopf zu ihrem Mann um, den Nikolas' Worte jedoch nicht zu überraschen schienen. Dann hörte sie plötzlich ein Handy klingeln.

Philipp zog sein Mobiltelefon aus der Tasche, sah aufs Display und brummte. Dann sah er Nikolas an. »Das ist Marius. Soll ich ihn wirklich in die Innenstadt schicken?«

Nikolas nickte ihm zu. »Ja, ich brauche nicht lange.«

Philipp verließ jetzt das Zimmer, um zu telefonieren. Und Nikolas widmete sich wieder Luisa. Sie wollte ihn fragen, wie er ihre Gedanken hatte erfahren können. Und sie wollte ihn fragen, was er mit seinen Worten gemeint hatte. Aber sie war so schwach. Sie brachte kein Wort mehr heraus. Sie atmete schwer und sah ihn an. Wer auch immer er war und wie auch immer er ihr helfen wollte, es gab nichts mehr zu tun. Ihr zu helfen war unmöglich.

Er lächelte wieder. »Nichts ist unmöglich, Luisa. Gar nichts.« Dann nahm er ihre Hand und berührte mit der anderen Hand ihren kahlen Kopf. »Das wird sich jetzt ein bisschen seltsam anfühlen«, teilte er ihr mit. »Aber hab keine Angst. Es wird dir gleich besser gehen.« Dann schloss er die Augen.

Plötzlich spürte Luisa eine durchdringe Wärme von seinen Händen ausgehen, die ihr in den Körper floss und darin vibrierte wie Strom. Und als sie den Blick senkte, sah sie, dass aus seiner Hand, die er auf ihre linke Hand gelegt hatte, warmes Licht strömte. Ihr Herz schlug schneller. Ein Kribbeln zog jetzt durch ihren ganzen Körper und wurde allmählich zu einem Pulsieren und dann zu einem Beben. Auf einmal strömte eine unbändige Kraft durch ihre Glieder, durch ihre Adern, ihre Organe, ihre Knochen. Sie schnappte nach Luft und atmete hastig ein und aus.

Nikolas' Augen waren immer noch geschlossen. Er saß ganz ruhig da, vollkommen entspannt, als würde er meditieren. Doch in ihr bebte eine Kraft, die sie unruhig aufstöhnen ließ. Sie zog ihre Beine an und stellte ihre Füße auf. Sie war überrascht, dass sie dazu überhaupt in der Lage war. Sie hatte sich schon seit einer Weile kaum noch rühren können. Dann spürte sie, wie sich die Schmerzen verflüchtigten. Sie lösten sich einfach auf. Von Sekunde zu Sekunde mehr. Auch ihr Geist, der von den vielen

Medikamenten ganz vernebelt und langsam war, klärte sich plötzlich. Ihre Gedanken wurden klarer, schneller und präziser. Die Schwäche in ihren Gliedern löste sich gänzlich auf und als die Kraft, die durch ihren Körper pulsierte, fast unerträglich wurde, riss sie den Oberkörper hoch.

Nikolas ließ sie jetzt los. Sie atmete ein paar Mal tief ein, spürte nach, wo ihre Schmerzen waren und fand sie nicht mehr. Ihr Körper fühlte sich ruhig an. Entspannt. Gesund. Frei. Es fühlte sich an, als habe sich ein Schleier aus Schmerz und Leid, der jahrelang auf ihr gelegen hatte, einfach gelichtet. Ein Schleier, den sie schon ihr Leben lang gepeinigt hatte. Ihr körperliches Leid war nur ein Spiegel ihres seelischen Leids gewesen. Das erkannte sie plötzlich so deutlich, dass ihr der Mund offen stehen blieb. Auf einmal war alles so klar. Ihr ganzes Leben lag so klar vor ihren Augen. Ein Erkenntnisstrom drang durch ihr ganzes Sein. Fassungslos drehte sie den Kopf zu ihm um und blickte ihm in das lächelnde Gesicht. »Was«, hauchte sie, »haben Sie gemacht?«

Nikolas antwortete jedoch nicht darauf. Er sagte nur: »Lassen Sie sich keine Medikamente mehr geben. Die brauchen Sie nicht mehr.« Und dann ging er wortlos zur Tür.

In diesem Moment kam Philipp herein. Er legte gerade auf und steckte sich das Handy in die Tasche, als er seine Frau aufrecht im Bett sitzen sah. Er erschrak und lief sofort zu ihr. »Luisa!«, rief er erstaunt und betastete ihren Körper.

Sie nahm seine Hände und beruhigte ihn mit den Worten: »Alles gut, Schatz. Mir geht es gut.« Sie konnte selbst nicht glauben, was sie da sagte. »Mir geht es auf einmal *wirklich* gut.« Und ihre Worte waren sogar untertrieben. So gut war es ihr noch nie gegangen.

Philipp sah Nikolas erstaunt an. Seine Augen waren weit aufgerissen. »Wie um Himmels Willen hast du das gemacht?«

Auch darauf antwortete Nikolas nicht. »Die Ärzte werden es als Spontanheilung deklarieren«, sagte er nur. »Und etwas Anderes sollten sie auch nicht erfahren.« Dann verließ er den Raum.

Philipp kam ihm hinterher gelaufen. »Wie«, sagte er immer noch erschrocken, »kann ich dir dafür jemals danken??«

Nikolas drehte sich zu ihm um und überlegte einen Moment. Er konnte ihm womöglich bei einer Sache sehr nützlich sein. Nicht sofort. Aber später vielleicht. »In ein paar Monaten könnte ich deine Hilfe gebrauchen«, sagte er.

Philipp nickte energisch. »Natürlich! Alles! Ich tue alles!«

Nikolas spürte seine Dankbarkeit bis ins Mark. Seine Gefühle überrollten ihn geradezu. Er liebte seine Frau. Er liebte sie unendlich. Und es hätte ihn umgebracht, sie zu verlieren. Es brachte ihn schon seit Monaten fast um den Verstand, sie sterben zu sehen. Er war unendlich dankbar. Und er würde alles tun, um sich zu revanchieren. Nikolas drehte sich wortlos um und ging wieder. Er musste sich beeilen. Marius war sicher schon an dem Ort, den Philipp ihm genannt hatte.

»Es ist nicht der Kristall, oder?«, rief Philipp ihm noch hinterher.

Nikolas stand schon am Fahrstuhl und wandte sich noch einmal um.

»Die Kraft«, sagte er dann. »Sie kommt nicht von dem Kristall. Sondern von euch.«

Nikolas sah ihn überrascht an. Er war clever. Cleverer als Marius. Er glaubte immer noch, dass der Kristall eine Macht besaß, die Menschen nicht von sich aus aufbringen konnten. Philipp hingegen hatte es durchschaut. Nikolas schmunzelte. »Sie ist auch in euch«, sagte er zu ihm. »Ihr habt es nur vergessen.«

17

Falle

Es war noch kühl. Und die Luft war frisch und unverbraucht. Langsam ging hinter den Häusern der Stadt die Sonne auf und schickte ihre orange-gelben Strahlen direkt in das Fenster, hinter dem sich Lucy befand. Zumindest glaubte er, dass sie sich dort befand. Auch wenn seine Kräfte nur noch auf ein Minimum begrenzt waren und er ihre zarte Stimme, seit er aus dem Zug gestiegen war, nicht mehr hatte hören können; er hatte das unbestimmte Gefühl, dass sie dort war. Und dass es ihr gut ging. Diesem Gefühl, selbst wenn es schwach war, hatte er gelernt zu vertrauen. Er zog der Wache, die er gerade überwältigt hatte, das Handy aus der Anzugtasche und schmiss es hinter sich ins Gebüsch. So wie er es bei all den anderen Wachen getan hatte, die rings um das Hotel herum verteilt waren, um nach ihm Ausschau zu halten. Dann sah er sich noch einmal um. Es war keiner mehr übrig.

Ein schwacher Versuch, mich aufzuhalten, dachte er und ging mit festen Schritten schnurstracks auf das Hotel zu. Während er sich dem Eingang näherte, sammelte er noch einmal all seine Kräfte und ballte sie in seiner Mitte zu einem gewaltigen Energieball. Es war nicht mehr viel davon da. Er hatte viel von seiner Kraft aufgewendet, um Philipps Frau zu heilen. Außerdem sank seine Energie in dieser Welt immer weiter ab, weshalb es ihm zunehmend schwerer fiel, seine Fähigkeiten zu nutzen. Ihm war mittlerweile klar, dass er es mit diesem niedrigen Energieniveau nicht nach Lumenia zurück schaffen würde. Es war zu spät. Doch er versuchte, die Traurigkeit darüber, nicht allzu stark durchkommen zu lassen. Er musste sich konzentrieren. Schließlich hatte er noch eine Aufgabe zu erledigen. Er würde alles, was von seiner Kraft noch übrig war, brauchen um Lucy da herauszuholen. Und mit dem Rest würde er diesem Scheusal von Offizier eins überbraten. Das versprach er nicht nur Lucy, sondern auch sich selbst. Er hatte all seine Gedanken mit anhören müssen, als er sich von ihm die ganze Nacht durch die Stadt hatte jagen lassen. Allerdings hatte er nicht herausfinden können, woher er seine Informationen hatte. Teile seiner Gedanken und Erinnerungen waren wie ausgelöscht gewesen. Wie schwarze Flecken auf einem Gemälde. Es war ihm unheimlich schwer gefallen, seine Gedankenfetzen zusammen zu setzen. Vermutlich stimmte irgendetwas mit seinem Gehirn nicht, dachte Nikolas. Oder aber jemand hatte darin herum gepfuscht und seine Erinnerungen gelöscht. So wie all den Soldaten, die er heute Nacht belauscht hatte. Hier ging etwas vor sich, das womöglich viel größer war, als er es sich vorstellen konnte.

Doch Nikolas konzentrierte sich jetzt lieber auf Lucy. Er hoffte, dass er ihr eine einigermaßen ruhige Nacht verschafft hatte, in der sie schlafen und sich ausruhen konnte, bevor sie ihre Reise fortsetzten. Wenn sie überhaupt ein Auge zugetan hatte. Er wusste nicht, ob ihre Intuition mittlerweile so ausgeprägt war, dass sie eine Gefahr spürte, lange bevor sie sich anbahnte. Wenn dem so war, dann hatte sie gewusst, dass es eine ruhige Nacht für sie werden würde. Dass ihr nichts geschehen und er sie am nächsten Morgen holen würde. Er konnte es kaum erwarten, ihr Gesicht zu sehen. Ihr erleichtertes Lächeln und ihre funkelnden Augen, wenn sie ihn sah. Dieser Gedanke verstärkte den Energieball in seinem Bauch noch einmal um das Doppelte.

Als er die Halle betrat und hindurch eilte, wollte der Rezeptionist ihn gerade zu sich rufen und nach seinem Namen fragen. Aber dann hielt er inne. Nikolas suggerierte ihm in Gedanken, ein angesehener und bekannter Hotelgast zu sein und freien Zugang zu allen Bereichen zu haben. Er schluckte es glücklicherweise und widmete sich dann wieder beruhigt seinem Computer, während Nikolas in den Fahrstuhl stieg und intuitiv ein Stockwerk wählte. Er hoffte, dass es das richtige war.

Es geht mir gut. Es geht mir gut. Lucy schickte diese Gedanken immer wieder zu Nikolas. *Und ja, ich habe geschlafen.* Sie verschwieg ihm allerdings, dass sie die Nacht auf dem Badezimmerboden verbracht hatte. Als sie heute morgen aufgewacht war, war sie noch allein gewesen. Und die seltsamen Symptome hatten sich in Luft aufgelöst – wofür sie dankbar war. Sie hatte nicht einmal Kopfschmerzen, nachdem sie gestern so hart auf die Fließen aufgeschlagen war. Stattdessen hatten die Fließen einen riesigen Riss gehabt. Aber ihr Kopf war unversehrt. Oder vielleicht doch nicht? Seit sie aufgewacht war, schien sie in einer Art Trance zu schweben. Sie war vollkommen ruhig. Als habe sie eine Packung Valium geschluckt. Vielleicht hatte ihr Kopf doch etwas abbekommen und sie wusste es nur nicht.

Nikolas schien sie jedenfalls nicht zu hören. Sie konnte seine Sorgen spüren. Warum machte er sich Sorgen, wenn er doch genau wusste, dass ihr nichts passieren würde? Das hatte er ihr doch versichert. Irgendetwas schien mit ihm nicht in Ordnung zu sein. Sie spürte seine aufgewühlten Gefühle. Sie konnte ganz deutlich spüren, dass sie von ihm kamen. Sie trugen seine Persönlichkeit in sich. Es war wie eine persönliche Note. Wie ein ganz persönlicher Duft, den jemand an sich trug und der einem vertraut war. So waren ihr auch seine Gedanken vertraut. Diese persönliche Note schwang mit all seinen Emotionen und Gedanken mit. Sie fühlte, dass er sich Sorgen machte. Sie fühlte es ganz genau. Und da war noch etwas Anderes. Es war die Traurigkeit, die sie zu Anfang bei ihm gespürt hatte. Diese tiefe Traurigkeit, die sie mit hinunter gerissen hatte. Jetzt fühlte sie sich sogar noch schlimmer an.

Marius stand vor ihr und grinste bösartig, nachdem er herzhaft über seine eigenen Worte gelacht hatte. Marius – so hatte sich der schlaksige, große Offizier vorgestellt, als er an diesem Morgen ihr Zimmer betreten hatte, um ihr mitzuteilen, dass Nikolas direkt in eine Falle lief. Der Soldat, der hinter ihm neben der Tür stand, hatte ebenfalls über seinen Kommentar gelacht und lehnte sich nun amüsiert gegen die Wand. Lucy jedoch war vollkommen entspannt und ruhig. Ihre Angst war völlig verflogen. Sie war sich nicht sicher, wieso. Entweder lag es an einer Gehirnerschütterung, oder vielleicht daran, dass sie die Ängste angenommen und akzeptiert hatte. Sie quälten sie jetzt nicht mehr.

Vielleicht aber – und diese Variante gefiel ihr erschreckenderweise am Besten – lag es auch einfach daran, dass sie diese Typen jederzeit ersticken lassen konnte, wenn sie es wollte. Dieses Wissen hatte eine unerhörte Ruhe in ihr ausgelöst. Und eine berauschende Selbstsicherheit. Vielleicht fühlte sie sich auch ein bisschen überlegen. Es war ein Gefühl, das sie noch nie in ihrem Leben gefühlt hatte. Es war das absolute Gegenteil von jenen Gefühlen, die bisher immer ihr Leben bestimmt hatten: Leid. Ausgeliefertsein. Machtlosigkeit. Das war ihr Leben gewesen. Doch auf einmal konnte sie mit nur einer Entscheidung die Realität verbiegen. Ja, irgendwie war das berauschend. Sie musste sich vor nichts mehr fürchten, weil sie Marius und diesen Soldaten mit ihren Gedanken einfach aus dem Fenster segeln lassen konnte.

Okay, sie hatte diese Kräfte noch nicht sehr oft ausprobiert. Vielleicht waren sie ja begrenzt. Das wusste sie nicht mit Sicherheit. Aber wenn sie jemanden ersticken lassen konnte, was war dann alles möglich? Wozu war sie fähig? Sie hätte es gern ausprobiert, aber es blieb eine restliche Unsicherheit. Sie wollte lieber kein Risiko eingehen und sich und Nikolas damit vielleicht sogar in Gefahr bringen. Also vertraute sie ihm einfach, dass er kommen und sie holen würde. Doch sie schickte Nikolas einen warnenden Gedanken. *Falle! Falle! Falle! Bitte pass auf.*

»Dir ist wahrscheinlich gar nicht klar, wer dein kleiner Freund ist, nicht wahr?«, tönte Marius.

Glücklicherweise war er die Nacht über nicht da gewesen.

170

So hatte sie sich sein Geschwätz nicht anhören müssen. Doch jetzt ging er ihr damit ziemlich auf die Nerven. »Mir ist egal, wer er ist«, entgegnete sie mit ruhiger Stimme und einem Selbstbewusstsein, das sie von sich nicht kannte. Ihr war, als veränderte dieser Kristall nicht nur ihren Körper, sondern auch ihre Persönlichkeit. Sie fühlte sich größer als er. Und das, obwohl er mindestens zwei Meter lang war. Ja, sie wurde wahrscheinlich wirklich gerade ein wenig größenwahnsinnig.

»Oh, dann interessiert es dich also nicht, dass er aus einer Anstalt geflohen ist und als sehr gefährlich gilt.«

Lucy musste spontan lachen, verkniff es sich aber und biss sich auf die Lippe. Sie spürte diese lächerliche Lüge bis ins Mark. Nicht nur, weil sie jeden seiner Gedanken hören konnte. Auch wenn sie nur in Bruchstücken zu ihr vordrangen. Sondern, weil sie mittlerweile seine Angst spürte. Er fürchtete sich tatsächlich vor ihr. Davor, was sie mit der Kraft dieses Kristalls tun konnte. Außerdem hatte sie mittlerweile in Erfahrung gebracht, dass Nikolas ein Gardist war. Welcher Garde er angehörte, war ihr nicht klar, aber er war ganz sicher nicht gefährlich. Höchstens für Marius.

Der Offizier spazierte lässig vor ihr auf und ab und zog nun ein pistolenartiges Gerät aus seiner Tasche. Lucy zuckte zusammen und trat ein paar Schritte zurück.

»Keine Angst, Kleine. Ich sehe keine Notwendigkeit darin, dich damit zu betäuben. Du bist auch so sehr gefügig.« Dabei grinste er wieder schmutzig und sah sie von oben bis unten an. »Diese Waffe ist für *ihn* bestimmt«, fuhr er fort. Er wiegte die Pistole bedrohlich hin und her und lachte wieder. »Sie wurde mit einer hochentwickelten Technologie programmiert und ist absolut energiesicher.«

Sie sah ihn ein weiteres Mal verständnislos an.

Er verdrehte überheblich die Augen, als er sagte: »Das bedeutet, dass keine Energie, egal in welcher Form, auf sie einwirken kann«, erklärte er mit so langsamen Worten, als sei sie zurückgeblieben. »Er wird sie mir mit seinen ach so tollen Fähigkeiten also weder aus der Hand reißen noch zu Staub zerfallen lassen können.«

Lucy betrachtete die Waffe in seiner knochigen Hand. Sie versuchte, sich in Gedanken vorzustellen, wie sie einfach in ihre Einzelteile zerfiel, so wie sie es gesehen hatte, als einer von seinen Leuten eine Waffe auf die Frau gerichtet hatte, die wohl zu Nikolas' Gruppe gehörte. Aber es fühlte sich an, als prallten ihre Gedanken an einer Wand ab. Es entstand erneut das surrende Gefühl in ihrem Unterleib. Es kroch ihr erneut die Wirbelsäule hinauf und kribbelte heiß in ihrem Brustkorb. Aber ihre Gedanken prallten immer noch gegen eine Wand.

Plötzlich fing der Offizier lauthals an zu lachen. »Versuchst du etwa gerade dein Glück?« Er lachte weiter und schmiss den Kopf nach hinten. »Du willst also wirklich eine Matschbirne haben, ja? Und das für einen entflohenen Irren.«

Sie betrachtete weiter verzweifelt die Waffe und verlor langsam die Hoffnung, dass sie überhaupt irgendwelche Fähigkeiten besaß, die ihr oder Nikolas irgendwie nützlich sein konnten. Dann entdeckte sie, dass der Mann neben der Tür die gleiche Waffe in der Hand hielt.

»Gleich wird er hier auftauchen«, sagte Marius und warf einen Blick auf seine Armbanduhr. »Und dann wartet eine nette Überraschung auf ihn.«

Lucy sah ihn entsetzt an und schickte verzweifelt Gedanken zu Nikolas. *Komm nicht her! Bleib weg! Es ist eine Falle!*

»Er kommt nicht her«, sagte sie ängstlich und versuchte nachzuspüren, wo er sich befand.

»Oh doch, er kommt«, erwiderte Marius selbstsicher. »Er ist schon längst hier. Seit fünf Minuten habe ich kein Signal mehr von meinen Wachen erhalten. Wahrscheinlich liegen sie draußen im Gebüsch. Es läuft alles nach Plan.«

Bleib weg! Bleib weg!

Und dann spürte sie ihn. Seine Gegenwart zog ihr so deutlich durch die Sinne, wie die Sonnenstrahlen von draußen in den Raum drangen und ihn mit ihrem gold-roten Licht erfüllten. Genauso erfüllte seine Präsenz ihren Geist und ihren ganzen Körper. Er war hier. Jetzt. Sie konnte nicht vermeiden, dass seine Gegenwart einen Sturm an Glücksgefühlen in ihr auslöste. Die Vorstellung, ihn jeden Augenblick wiederzusehen, versetzte sie in einen berauschten Zustand, obgleich sie sich über die Gefahr im Klaren war. Wie konnte sie in solch einem Moment glücklich sein?

Plötzlich sprang die Tür auf und knallte mit einem lauten Rums gegen die Wand. Das Schloss sprang heraus und flog dem Mann an der Tür gegen das Bein. Er ging in die Knie und humpelte rückwärts in den Raum, wobei er ängstlich Nikolas betrachtete und zitternd die Waffe auf ihn richtete.

Lucys Herz machte einen Satz, als sie ihn sah. Er stand bedrohlich in der Tür. Seine Hände waren zu Fäusten geballt und sein Gesicht spiegelte eine seltsame Mischung aus Zorn und Gelassenheit wider. Marius richtete seine Waffe ebenfalls auf ihn und rief:»Jetzt!« Dann stürmte aus den Nachbarzimmern eine ganze Armee von Soldaten. Sie versammelten sich in dem Zimmer, hielten alle ihre energiesicheren Waffen in den Händen und zeigten damit auf Nikolas' Brust.

Lucy erstarrte und rang panisch nach Luft. Wieder boxte ihr die Angst in den Magen und fraß sich durch ihren Körper. Die Ruhe war dahin. Es war alles wie vorher. Ihre Selbstsicherheit war fort. Genauso wie ihr Größenwahn und ihre Überlegenheit. Alles war mit einem Schlag verschwunden. Was sollte sie jetzt tun? Wie konnte sie ihm helfen? Warum war er überhaupt hergekommen?

Nikolas stand unbeeindruckt da und sah Marius beherrscht an.

Doch dieser schüttelte sich vor lachen und vergaß dabei fast, die Waffe auf ihn gerichtet zu halten.»Bist du mir in die Falle getappt, du kleiner Idiot!«, rief er lachend.

Lucy wandte sich zu Nikolas um und stutzte überrascht, als sie ihn selbstsicher grinsen sah. Er sah aus wie ein zu groß geratener, frecher Junge, der jemandem eine Falle gestellt hatte und voller Freude erwartete, wie sie im nächsten Moment zuschnappte. Hatten sie die Rollen getauscht? Lucy blickte verstört von einem zum anderen. Sie grinsten beide. Marius allerdings machte ein eher verwirrtes Gesicht. Seine Gedanken überschlugen sich.

… denkt der sich? … grinst so blöde? … wohl nicht aufgefallen … Waffen auf seinen lockigen Schädel zeigen … außerirdischer Bastard … keine Ahnung, wer ich bin.

Lucy sah Marius entgeistert an. Außerirdisch? Hatte sie sich verhört?

»Hast du wirklich geglaubt, mir wäre auch nur ein einziger deiner Gedanken entgangen, Marius?«, sagte Nikolas mit fester Stimme.

Woher kennt dieser verdammte Lumenier meinen Namen?

Lucy spürte Ehrfurcht von Marius ausgehen und staunendes Entsetzen. Er bewunderte ihn! Er bewunderte ihn zutiefst. Das konnte sie deutlich fühlen. Und sie konnte seine Bewunderung mehr als nachvollziehen. Nikolas stand in der Tür wie ein Felsen. Vollkommen furchtlos und selbstbewusst. Von ihm ging eine Kraft und eine Selbstsicherheit aus, die den ganzen Raum ausfüllte und selbst die bewaffneten Soldaten zu verunsichern schien. Sie sahen sich alle verwirrt an, richteten aber weiterhin konfus die Waffen auf ihn.

»Du hältst lieber den Rand, Junge! Hier sind mindestens 20 Waffen auf dich gerichtet!«, prahlte Marius. »Und du wirst gegen keine etwas ausrichten können.«

Nikolas Grinsen wurde breiter. Ihm entfloh ein stummes, kurzes Lachen. Dann sah er Lucy an und zwinkerte ihr zu, wobei sie augenblicklich innerlich vor Glück zersprang.

Öffne bitte mit deinen Gedanken das Fenster. Ich kümmere mich um den Rest, dachte er ihr entgegen und wandte sich wieder zu Marius um, der plötzlich nervös schien und die beiden betrachtete, als habe er etwas verpasst. Das hatte er auch.

Lucy richtete ihre Aufmerksamkeit auf den Fenstergriff und beschloss mit ganzer Kraft, dass er sich lautlos öffnete. Sie sah aus dem Augenwinkel, dass er tatsächlich leise nach oben schwebte und in der richtigen Position stehenblieb. Sie jubelte innerlich! Dann sah sie sich um. Keiner der Soldaten hatte etwas bemerkt. Sie waren viel zu beschäftigt damit, Nikolas im Auge zu behalten. Sie ließ das Fenster in ihren

Gedanken ganz langsam aufgehen und freute sich maßlos, als es genau das tat, was sie sich in ihren Gedanken vorstellte. Es fühlte sich großartig an, wenn etwas in der Realität genauso geschah, wie man es wollte. Es war so unglaublich befriedigend. Sie war über dieses kleine Fenster-Kunststück so glücklich, dass sie über das ganze Gesicht strahlte.

»Gib es auf, Marius. Du wirst den Weg nach Lumenia niemals finden«, sagte Nikolas jetzt in asketischem Tonfall.

»Da wäre ich mir nicht so sicher«, tönte Marius aufgeblasen und festigte den Griff um seine Waffe. »Du wirst uns den Weg schon zeigen, ob du es willst oder nicht.« Und dann schrie er so laut »Feuer!«, dass Lucy vor Schreck zusammenfuhr.

»NEIN!«, schrie sie dann wütend. Doch anstatt Schüsse zu hören, hörte sie nur ein Klackern in den zahlreichen Waffen. Es löste sich kein einziger Schuss. Dann rieselten die Waffen wie Staub zu Boden. Und mit ihnen kippten auch die Männer um. Sie verloren einfach das Bewusstsein und fielen um. Manche stießen gegeneinander. Andere krachten in die Einrichtungsgegenstände. Und einen Moment später lagen sie alle ohnmächtig auf dem Boden im Staub ihrer Waffen. Lucy sah sich erschrocken um. Und dann blickte sie zu Nikolas auf. Was war gerade passiert? Was hatte er getan?

Nikolas hatte derweil seinen Arm ausgestreckt und deutete mit geballter Faust auf Marius, der entsetzt und unbewaffnet vor ihm stand. Seine Augen waren so weit aufgerissen, dass es aussah, als würden sie vor Staunen hervorquellen. Doch dann wurde er wieder wütend. »Du kannst mir nichts tun«, sagte Marius selbstsicher zu Nikolas. »Du tust *niemals* jemandem etwas, nicht wahr? Keinem von meinen Leuten hast du je wirkliches Leid zugefügt. Es geht ihnen allen gut. Viel zu gut. Was willst du tun?« Er lachte leise, verzog aber sein Gesicht dabei zu einem herablassenden Ausdruck. »Willst du mir auch deine Energie durch den Körper jagen? Glaubst du, mich damit aufhalten zu können?«

Lucy beobachtete, wie sich Nikolas' Gesichtszüge immer mehr entspannten. »Bisher hat es gut funktioniert, oder nicht?«, sagte er ruhig. »Aber bei dir lasse ich mir vielleicht etwas Anderes einfallen.«

»Das kannst du nicht«, hauchte Marius. »Du bist Lumenier. Lumenier tun niemandem etwas. Du bluffst.«

»Ich war nicht immer Lumenier«, entgegnete er drohend.

Dann spürte Lucy erneut ein warmes Surren auf der Haut. Es erfüllte blitzschnell den ganzen Raum und wurde immer stärker. Bald brummte es in ihrem ganzen Körper und löste erneut ein warmes Strömen in ihrem Bauch aus, das nach oben stieg und sich dann in ihr ausbreitete wie eine Flutwelle aus Starkstrom. Dieses Mal war das Gefühl viel stärker. Es stieg ihr zu Kopf und schien ihr den Geist zu vernebeln, denn plötzlich wurde sie innerlich wieder ganz ruhig und entspannt. Ihre Gedanken verstummten und machten Platz für eine unendliche Weite und Leere in ihrem Kopf. Wie berauscht stand sie da und beobachtete in vollkommener Gelassenheit und emotionsloser Unberührtheit, wie Nikolas seine Hand öffnete und erneut etwas aus seiner Handfläche schoss, das absolut nichts mit einer Waffe gemein hatte. Es war ein hell gleißender Ball aus regenbogenfarbener, deutlich sichtbar vibrierender Energie. Wie ein Geschoss stieß dieser leuchtende Ball aus seiner Hand hervor, traf Marius auf der

Brust und schleuderte ihn quer durch den Raum. Dann knallte er stöhnend mit dem Rücken gegen die Wand und sackte in sich zusammen. Das Licht, das ihn getroffen hatte, drang währenddessen in seinen Körper ein und verschwand darin.

Als Nikolas den Arm wieder senkte, hörten sie, wie weitere Soldaten durch den Flur liefen. Nikolas stürzte ohne zu zögern auf Lucy zu, legte seinen Arm um ihre Taille, hob sie hoch und sprang mit ihr aus dem geöffneten Fenster.

18

Nikolas

Sie hätte geschrien, wenn sie bei klarem Verstand gewesen wäre. Laut geschrien. Sie waren aus dem sechsten Stockwerk gefallen und gefährlich schnell auf den Asphalt zugestürzt. Aber Lucy hatte nicht einmal den Ansatz von Angst in sich gespürt. Sie hatte gelassen beobachtet, wie sie ungebremst auf den Boden zugerast waren, während sie sich an Nikolas festgehalten und seine warme, schützende Hand an ihrer Taille gespürt hatte. Doch bevor sie unten aufgeschlagen waren, schien sie plötzlich eine weiche Wolke aus Watte umgeben zu haben, die sie abrupt abgebremst hatte. Die letzten Zentimeter waren sie langsam auf den Boden hinab geschwebt.

Lucy blieb keine Gelegenheit, sich darüber zu wundern. Sie liefen sofort los. Als sie dann nach einem kurzen Sprint den Bahnhof erreichten, kam Lucy langsam wieder zur Besinnung. Der tranceähnliche Zustand in ihrem Kopf verflüchtigte sich allmählich, während sie erneut Fahrkarten kauften. Dann betrachteten sie gemeinsam das Abfahrtsschild und hetzten durch den Münchner Bahnhof, um den Zug noch zu kriegen. Offenbar wusste Nikolas dieses

Mal genau, wohin sie mussten.

Die Fahrt würde dieses Mal nicht so lange dauern. Zumindest nicht so lange wie die Zugfahrt zuvor, was Lucy ein wenig beunruhigte. Sie wusste, dass ihre Reise mit Nikolas bald endete und sie war sich nicht sicher, ob sie ihn dann jemals wiedersehen würde. Sie wusste nur, dass alles *irgendwie* gutgehen würde. Das hatte sie beschlossen. Aber das beruhigte sie momentan nicht wirklich, denn sie konnte mit diesem Gefühl keine Bilder verbinden, die ihr die zukünftigen Ereignisse aufzeigten. Und ob diese Ereignisse mit oder ohne Nikolas stattfinden würden. Sie spürte einfach nur die Gewissheit, dass diese verrückte Geschichte ein gutes Ende nehmen würde.

Seit sie aus dem Fenster gesprungen waren, hatten sie kaum ein Wort miteinander gewechselt. Sie waren die ganze Zeit gelaufen. Offenbar hörte diese Hetzjagd erst auf, wenn Nikolas ihr den Kristall aus dem Körper geholt hatte und alles wieder so war wie früher. Am Bahnsteig angekommen, verschnauften sie erst einmal kurz. Der Zug war noch nicht da.

»Also fliegen kannst du auch«, sagte Lucy, um ihn endlich auf den waghalsigen Sprung aus dem Hochhaus anzusprechen. Dabei lachte sie. Ob sie mehr über die Absurdität ihrer Worte lachte oder einfach aus Verzweiflung, weil ihr Verstand nicht mehr mitkam, war ihr nicht klar. Sie gab es auf. Wie es aussah, war das, was sie ihr Leben lang als normal und realistisch bezeichnet hatte, nur Einbildung gewesen.

Nikolas grinste nur stumm und hielt nach dem Zug Ausschau.

»Und wie konntest du seine Waffen zerbröseln? Die waren doch energiesicher.« Ihr Kopf protestierte nicht einmal mehr gegen *diese* Worte.

Jetzt lachte er und sah sie an. »Das war ich nicht, Lucy.«

Sie sah ihn erstaunt an.

»Ich hatte es zunächst vor«, erklärte er dann. »Aber es war nicht nötig. Du bist schneller gewesen.«

Ihr blieb der Mund offen stehen. *Sie* hatte die Waffen zerfallen lassen? Die energiesicheren Waffen, an die sie zuvor mit ihren Gedanken gar nicht heran gekommen war? Wie hatte sie das gemacht?

Wieder lachte er. »Die waren nicht energiesicher. *Nichts* ist energiesicher.«

»Und woher weißt du das?«, fragte sie.

»Weil alles aus Energie *besteht*.« Dabei sprach er das *besteht* ganz langsam und deutlich aus. »Man kann Energie nicht aussperren, wenn selbst das, was man vor ihr schützen will aus ihr besteht. Sie ist die Grundsubstanz und verbindet alles miteinander.«

»Aber ich habe vorher schon versucht, sie ihm kaputtzumachen. Es hat sich angefühlt, als würde ich mit meinen Gedanken gegen eine Wand rennen«, berichtete sie.

»Die Substanz dieser Waffen war energetisch mit einer Information aufgeladen, die sie vor Fremdeinflüssen schützen sollte, ja. Aber Informationen lassen sich umprogrammieren. Genauso wie Überzeugungen.« Dabei tippte er schmunzelnd mit dem Zeigefinger sanft gegen ihre Stirn. »Es ist nichts weiter als ein Programm. Und du hast es gelöscht.« Dann senkte er den Blick auf ihre Hand. »Unbewusst wahrscheinlich.«

181

Lucy machte große Augen.

»Eigentlich hättest du die Waffen die ganze Zeit schon zerstören können. Aber er hat es mal wieder geschafft, dir etwas einzureden. Und du hast ihm geglaubt«, sagte er schmunzelnd.

Lucy schnaubte empört. »Dieser gemeine...« Doch als sie noch einmal über Nikolas' Worte nachdachte, fiel ihr die letzte Nacht ein. »Alles besteht aus Energie?«, sagte sie dann. Sie erinnerte sich daran, wie die Gegenstände ausgesehen hatten. Wie ein waberndes, fließendes Irgendwas. Sie hatte geglaubt, sich das alles nur eingebildet zu haben. Aber jetzt war sie sich nicht mehr so sicher.

Nikolas sah sie erstaunt an, als er in ihren Gedanken sah, wie sie durch das Waschbecken hindurch gegriffen hatte. Erst jetzt sah er, was sie in der letzten Nacht durchgemacht hatte. Ihre Fähigkeiten hatten sich verstärkt. So sehr, dass die Materie sich für sie aufgelöst hatte. »Mein Gott«, raunte er. Wieso hatte er das nicht gespürt?

»Ist schon gut«, sagte sie zu ihm. »Es hat mich erschreckt. Aber jetzt geht es wieder.« Doch dann hakte sie noch einmal nach: »Die Materie hat sich aufgelöst?«

Nikolas nickte. Sein Blick war immer noch erstaunt. »Weil nichts wirklich aus Materie besteht«, erklärte er. »Alles besteht aus Energie und Information. Das ist Physik. Haben das eure Wissenschaftler nicht auch schon längst herausgefunden?«

Sie blinzelte. Materie existierte nicht? »Äh, nicht dass ich wüsste«, sagte sie. Wenn sich die Materie für sie aufgelöst hatte, warum war sie dann mit dem Kopf auf die sehr materiellen und harten Fließen aufgeschlagen? Es hatte gerumst wie ein Erdbeben.

Nikolas' Blicke wurde immer erstaunter und erschrockener, während er sie beobachtete und ihre Gedanken las. Er hatte nicht erwartet, dass das Donnern letzte Nacht womöglich von ihr ausgegangen war. Eher hatte er geglaubt, Taro habe wieder sein Unwesen getrieben. Lucy sah ihn erschrocken an. »Du hast das auch gespürt??«, fragte sie entrückt.

Er nickte. »Es hat die ganze Stadt erschüttert.«

Ihr blieb der Mund offen stehen. Was passierte bloß mit ihr? Und wer war eigentlich Taro?

Jetzt kam bereits der Zug. »Nicht so wichtig«, sagte er und blickte starr über den Bahnsteig. Er versuchte nachzuspüren, ob sie in Sicherheit waren, aber dann bekam sein Gesicht einen gequälten Ausdruck. Seine Intuition war fort. Er sah Lucy an. »Könntest du … ich weiß nicht, ob…«

Lucy blickte ihn überrascht an und hörte in ihrem Kopf, wie er verzweifelt versuchte, Zugang zu seiner Intuition zu finden. Doch er schaffte es nicht. Was war los mit ihm? Konnten sich diese Art von Fähigkeiten verbrauchen? Sie schloss sofort die Augen, während der Zug vor ihnen hielt und versuchte für ihn nachzufühlen, ob sich ihre Verfolger irgendwo in der Nähe befanden. Sie tat es genauso, wie gestern Abend. Und dann sah sie plötzlich ein so klares Bild vor sich, dass sie innerlich erschrak. Sie konnte den Bahnhof von außen betrachten! Aus der Vogelperspektive! Und sie konnte das ganze Gebäude mit ihren Gefühlen scannen. Es war plötzlich so einfach, ihre Intuition zu nutzen. Ihr Gefühl zu befragen und die Antwort zu verstehen. Sie kam so klar und deutlich, dass sie nicht den geringsten Zweifel spürte. Es war so kinderleicht. »Es ist niemand hier«, sagte sie fasziniert. Dann sah sie aus einiger Entfernung Soldaten auf das Gebäude zu laufen. »Aber sie kommen.«

Danke, hörte sie in Gedanken von Nikolas, als er mit ihr in den Zug stieg. Sie suchten sich schnell ein Abteil und noch ehe sie sich gesetzt hatten, fuhren sie schon los.

Lucy konnte genau fühlen, dass die Soldaten es nicht mehr in den Zug geschafft hatten. »Alles gut«, sagte sie begeistert. »Sie haben es nicht geschafft. Wir waren zu schnell.« Sie war völlig berauscht von ihrer Fähigkeit und wollte gerade versuchen nachzufühlen, ob Marius immer noch in dem Hotelzimmer lag, als sie erneut Nikolas' gequältes Gesicht bemerkte. Es tat ihr fast körperlich weh, ihn so zu sehen. Sie konzentrierte sich auf ihn und seine Gedanken und sah sofort Bilder vor sich aufblitzen. Da waren zwei junge Männer, die lachend ihre Arme auf seine Schultern legten. Sie trugen dieselben Uniformen wie er. Dann flitzten Bilder von einem seltsamen Ort vor ihrem geistigen Auge vorbei. Ungewöhnliche Gebäude, eine riesige Kristallkugel, ein Zimmer mit Blick auf eine Stadt voller runder Türme und bunter Dächer. Dann war da eine Frau. Sie hatte langes, rotes Haar und war bildschön. Es war die Frau, die sie in der Innenstadt gesehen hatte. Die Frau, die von einem ihrer Verfolger mit einer Waffe bedroht worden war. Lucy riss die Verbindung zu seinen Gedanken sofort ab und starrte aus dem Fenster. Die Eifersucht traf sie wie ein Messer. Überall am Körper.

Jetzt blickte Nikolas sie irritiert an. Sie bemerkte, wie er sie anstarrte und als er nichts sagte, erwiderte sie schließlich seinen Blick und versuchte, gleichgültig zu wirken. Und an nichts zu denken. Was ihr unsagbar schwer fiel.

»Was ist mit dir?«, fragte er.

»Nichts.« Sie klang albern. Wie ein beleidigter Teenager.

Er sah sie lange an und kniff immer wieder leicht die Augen zusammen, als würde er sich anstrengen müssen, in ihren Kopf zu sehen. Dann hörte sie ihn in Gedanken fluchen und erkannte endlich, was ihn quälte. Er konnte sie nicht mehr hören. »Du hörst meine Gedanken nicht mehr?«, fragte sie bestürzt. »Wie ist das passiert?«

Er senkte den Kopf und atmete tief ein. »Es ist dieser Ort. Je länger ich hier bin, umso mehr schwinden meine Kräfte.« Er sah sie prüfend an und seufzte erleichtert, als sie nicht die Stirn kraus zog, so wie sie es immer machte, wenn sie sich veräppelt fühlte.

»Aber du hast doch eben…« Sie dachte an die Männer, die er überwältigt hatte und den riesigen Ball Energie, den er auf Marius abgefeuert hatte.

»Die Männer hast du überwältigt.«

Sie erschrak. »WAS?«

»Im Gegensatz zu dir«, sagte er und versuchte dabei zu lächeln, aber es zeigte sich nur ein gequältes Zucken in seinem Mundwinkel, »sinkt mein Energieniveau immer weiter ab.«

»Aber wieso?«, fragte sie bestürzt.

Du würdest mir nicht glauben, dachte er und sah aus dem Fenster.

Jetzt wurde Lucy wütend. »Würdest du das mir überlassen? Schlimmer als – *Ich bin aus einer Irrenanstalt geflohen und erzähle überall, dass ich ein Außerirdischer bin* – kann's ja wohl nicht sein.«

Er lachte. »Was?«

»Das habe ich von dem fiesen Typen aufgeschnappt. Und, nein, ich habe ihm kein Wort geglaubt. Außerdem hat er dauernd irgendetwas von Lumenia gesagt. Ist das deine Heimat? Klingt irgendwie italienisch. Kommst du aus Italien? Gehörst du dort zu irgendeiner Garde?«

Er sah sie an und lachte dann. »Außerirdischer«, murmelte er und zog die Augenbrauen hoch. »Ich kann verstehen, warum er so denkt. Ein Ort, den man weder sehen noch erreichen kann, wirkt außerirdisch auf euch, nicht wahr?«

Jetzt runzelte sie doch die Stirn und er lachte wieder.

»Nein, ich komme nicht aus Italien und ja, ich bin ein Gardist. Ich gehöre zur Garde von...«, er hielt inne und bekam erneut einen gequälten Gesichtsausdruck, »...spielt keine Rolle. Ich werde nicht zurückkehren können. Ich bin schon zu lange hier.«

Lucy verstand nicht, was er meinte und seine Gedanken, die immer und immer wieder darum kreisten, wie seine Kräfte schwanden, gaben ihr auch nicht gerade Aufschluss darüber. »Und du kannst nicht zurück, weeeil...«, wollte sie es aus ihm herauslocken, aber er ging nicht darauf ein.

Eine Weile lang sagten sie nichts mehr und starrten bedrückt aus dem Fenster. Es hatte angefangen zu regnen und die Landschaft verwandelte sich immer mehr in ein blasses Bildnis, in dem man nur noch schwache Umrisse erkennen konnte. Währenddessen blitzten in Lucys Geist immer wieder Bilder von der Rothaarigen auf. Sie versuchte, diese Bilder aus ihrem Kopf zu verdrängen. Aber natürlich wurden sie dadurch nur noch stärker. Und deutlicher. Und viel farbenprächtiger. *Mist*, fluchte sie innerlich und guckte

Nikolas zerknirscht an. Er hatte recht, mit dem was er sagte. Gedanken wurden stärker, wenn man sie bekämpfte.

Auf einmal sah Nikolas sie wieder an. »Welcher meiner Gedanken hat dich verärgert?«

Sie stutzte. »Ich dachte, du kannst keine Gedanken mehr lesen?«

Er lächelte jetzt. »Aber dein Gesicht spricht Bände.«

Lucy senkte beschämt den Kopf und kratzte sich wieder das Mal an ihrer Hand. Das Jucken wurde immer stärker. »Ich bin nicht verärgert«, log sie. Sie war schockiert darüber, dass er offensichtlich gar keine besonderen Fähigkeiten brauchte, um sie zu durchschauen.

»Komm schon, Lucy. Diese Stille in meinem Kopf macht mich fertig. Ich bin es nicht gewöhnt, etwas nicht zu wissen. Bitte, sag es mir.«

Sein leidender Gesichtsausdruck ließ ihren Ärger sofort verrauchen. »Du weißt wirklich immer *alles*?«, fragte sie erstaunt.

»In letzter Zeit weniger.«

Sie schwieg einen Moment und suchte nach den richtigen Worten, aber alles was sie sich zurechtlegte, klang einfach nur peinlich und kindisch. »Ich habe deine Freunde gesehen. Oder waren es deine Brüder?«, begann sie. Ja, so ging es. So konnte sie leicht zu der Rothaarigen überleiten und herausfinden, wer sie war.

Nikolas' Blick verlor sich für einen kurzen Moment im Nichts. »Hilar und Paco«, sagte er dann. »Meine Freunde. Die Frau heißt Alea. Sie ist...«, er sah sie prüfend an und lächelte dann kaum merklich, »ebenfalls eine Freundin.«

Lucy ließ erleichtert die Schultern sinken und versuchte,

sich nichts anmerken zu lassen. *Also nur eine Freundin.* Sie hoffte, dass sie nicht mehr war. Obwohl sie dazu eigentlich gar kein Recht hatte. Was wusste sie denn schon über ihn? Er war ein Gardist in einem Land, das sie nicht kannte. In einem Land, das nicht gefunden werden konnte. Was auch immer das bedeutete. Erneut fragte sie ihn nach seiner Heimat und nach dem Grund, warum er nicht zurückkehren konnte. Und währenddessen kratzte sie sich immer wieder die Hand.

»Ich bin nicht von hier, Lucy. Dort wo ich herkomme, leben wir alle in demselben Zustand, in dem du dich zur Zeit befindest. Mit einem erhöhten Energieniveau und einem erweiterten Bewusstsein. Das erlaubt es uns, unsere natürlichen Fähigkeiten, die du gerade erst an dir entdeckst, zu nutzen. Für uns ist es vollkommen normal, Gedanken zu lesen, die Zukunft zu erspüren und die Wirklichkeit zu beeinflussen.« Er lehnte sich zurück und sah wieder bedrückt aus dem Fenster. »Als ich hierher geschickt wurde, habe ich gewusst, dass meine Energie absinken würde, je länger ich mich hier aufhalte. Und ich wusste auch, dass ich aus diesem Grund wahrscheinlich nicht würde zurückkehren können. Das alles war mir klar, als ich gegangen bin. Aber ich hatte noch Hoffnung, weil ich noch Herr meiner Kräfte war. Ich dachte, ich würde sie nicht *vollständig* verlieren.«

Lucy sah ihn mitfühlend an. Sie verstand zwar nicht, was für ein Land das sein sollte, in dem es nur Menschen mit übersinnlichen Fähigkeiten gab, aber darüber wollte sie auch lieber nicht zu sehr nachdenken. Sie verstand auch nicht, was plötzlich mit ihm geschehen war. Vor einer Weile hatte er noch wie Superman in der Hotelzimmertür gestanden und Marius bekämpft, als gäbe es nichts, das ihn aufhalten

188

konnte. Und jetzt saß er da, als hätte ihm jemand diese Fähigkeiten gestohlen.

»Ich verstehe dich nicht«, sagte sie jetzt enttäuscht. »Du hast mir doch beigebracht, dass man über seine Wirklichkeit selbst bestimmt. Dass man sie mit seinen Gedanken steuert. Es sind die Entscheidungen, die wir treffen. Das waren *deine* Worte!«

Jetzt sah er sie an und zog nachdenklich die Augenbrauen zusammen.

»Wer sagt denn, dass das, was du glaubst, richtig ist? Wer sagt, dass deine Energie absinken muss, wenn du hier bist? Vielleicht stimmt das gar nicht und du hast es dir nur eingeredet. Und jetzt glaubst du daran und machst es zu deiner Wirklichkeit. Hast du schon alles vergessen, was du mir erzählt hast? Oder war das alles Unsinn?«

Plötzlich zuckte er zusammen. *Vergessen,* hörte sie ihn denken. *Vergessen.*

Und dann spürte sie ihn in ein tiefes emotionales Loch stürzen, während immer wieder Bilder aus der Vergangenheit in seinem Kopf auftauchten. Bilder aus seiner Kindheit. Lucy sah ihn als Junge am Rande einer Klippe knien und die Hand nach seinem besten Freund ausstrecken, der sich an dem steilen Felsen festhielt und immer wieder abrutschte. Nikolas beugte sich gefährlich weit über den Abgrund und griff mit wütenden Schreien nach seiner Hand. Lucy konnte den betäubenden Schmerz seiner Gefühle spüren, die ihn in diesem Moment peinigten. Er war allein. Ganz allein. Seine Eltern hatten ihn schon lange verlassen. Er hatte ihnen nicht helfen können, als sie ihren Unfallverletzungen erlegen waren und ihn verlassen hatten, während er nicht einen Kratzer davongetragen hatte. Er hatte zusehen müssen, wie der Tod nach ihnen gegriffen hatte und sie ihm machtlos ausgeliefert waren. Machtlos. So machtlos, wie er der Situation ausgeliefert war. Das Gefühl der Machtlosigkeit fraß sich so tief in seine Seele, dass er es nicht einmal durch die zerstörerische Kraft seiner Wut, die er seit dem in sich aufgebaut hatte, ausmerzen konnte. Er hatte dieses Gefühl so sehr verabscheut, dass er beschlossen hatte, es mit dem Gegenteil zu zerstören. Er wollte mächtig sein. So mächtig, dass er alle Menschen, die ihm etwas bedeuteten, beschützen konnte. Und er wollte es so sehr, dass er bereit war, alles dafür aufs Spiel zu setzen. Sogar sein Leben.

Jetzt sah Lucy in seiner Erinnerung, wie sein bester Freund aus Kindertagen ihn ebenfalls zu verlassen drohte. Und erneut spürte er die Machtlosigkeit, wie sie ihn von innen zerfraß. Wut explodierte in ihm. In dem Kind, das vor Angst und Schmerz schrie. Dann beugte er sich so weit vor, dass er endlich die Hand seines Freundes erreichen konnte. Er zog ihn mit einer solchen Gewalt nach oben, dass der Junge im hohen Bogen über die Kante flog und auf sicherem Boden landete. Nikolas jedoch stürzte in den Abgrund.

Lucy hielt die Luft an, als sie die Bilder sah.

Er fiel tief. Und während er fiel, gab er den Kampf gegen die Machtlosigkeit endlich auf. Er wusste, dass es vorbei war. Dass in diesem Moment alles zu Ende war.

Lucy kamen die Tränen, als sie seine Gefühle spürte. Er hatte sich damals so machtlos gefühlt und fühlte sich jetzt genauso. Dem Verlust seiner Kräfte, die ihm so viel bedeuteten, vollkommen ausgeliefert. Es war ein entsetzliches Gefühl. Kalt und schwer. Es nahm selbst ihr die

Luft zum Atmen und kroch taub durch ihre Glieder.

»Hör jetzt auf!«, rief Lucy unter Tränen. »Du *bist* nicht machtlos. Das ist nicht wahr, hörst du?! Das ist nur dein Glaube. Dein Glaube macht dich machtlos. Dein Glaube lässt deine Kräfte schwinden, nicht diese Welt. Es ist dein Glaube, habe ich recht?«, fragte sie ihn verzweifelt. Er konnte doch jetzt nicht einfach seinen Glauben an sich verlieren! Er war doch hier der Starke! Er war derjenige, der sie beschützt hatte. Mit seinen Kräften. Er hatte ihr erklärt, wie sie sie nutzen konnte. Wie war es möglich, dass er sie plötzlich verlor?

In dem Moment hielt der Zug an. Lucy sah aus dem Fenster und stellte erschrocken fest, dass sie schon da waren. Waren wirklich drei Stunden vergangen? Hatte sie drei Stunden lang zugesehen, wie er in den Abgrund gestürzt war? Immer wieder? Nikolas blickte ebenfalls hinaus und betrachtete einen Moment lang benommen den Bahnsteig. Dann sprang er plötzlich auf und griff nach Lucys Hand.

»Komm schnell!«, rief er und lief mit ihr aus dem Zug. Als sie den Bahnsteig betraten, standen am Ausgang schon mehrere Soldaten, die ihre Blicke über den Bahnsteig schweifen ließen und nach ihnen Ausschau hielten.

Er sah Lucy an und schickte ihr in Gedanken eine Wegbeschreibung. Er zeigte ihr genau, wo sie lang musste und flüsterte dann: »Kannst du dir das merken?«

Lucy sah ihn an und nickte. Er war so blass, dass sie Angst hatte, er würde nicht einmal mehr einen Schritt mit ihr gehen können. Er wirkte krank. Und völlig fertig. »Du kommst doch mit?!«, fragte sie.

»Ich versuche es«, sagte er und rannte mit ihr los. Sie

sprangen vom Bahnsteig und liefen über die Gleise, kletterten über das Geländer und hörten hinter sich, wie die Soldaten nach ihnen riefen: »Stehen bleiben!«

Als sie den Bahnhofsplatz erreichten, stürmten noch mehr Soldaten auf sie zu. Dann ließ Nikolas sie los. »Lauf!«, rief er. »Lauf zum Ufer! Sie warten dort auf dich!«

Lucy drehte sich zu ihm um und sah, dass er stehen geblieben war. »Nein!«, schrie sie wütend. »Nein! Du kommst mit!«

»Lauf! Ich komme nach!«

Als dann mehrere Männer in schwarzen Anzügen auf sie zu stürmten, rannte sie doch wieder los. Sie flitzte in enormer Geschwindigkeit über den Platz. Als sie dann die Straße erreichte, hörte sie einen Schuss über den Platz schallen, blieb abrupt stehen und fuhr erschrocken herum. Dann sah sie, wie Nikolas in sich zusammensackte und Sekunden später regungslos am Boden lag. Entsetzen fuhr ihr durch die Knochen. Ein Entsetzen, das sie augenblicklich lähmte. Sie war bewegungsunfähig. Nicht mehr in der Lage zu laufen. Oder zu schreien oder zu weinen. Sie konnte nicht einmal mehr atmen. Jegliches Leben strömte ihr auf der Stelle aus dem Körper. Sie sah nur beiläufig, wie ihr die Männer immer näher kamen und ihre Waffen auf sie richteten. Ihr Blick haftete an Nikolas, der jetzt von einigen Soldaten in ein Auto gezerrt wurde. Sie war wie gelähmt. Sie schaffte es nicht, ihre Gedanken zu kontrollieren und einen Entschluss zu fassen, um ihm zu helfen. Ihr Kopf war leer. Wie ein Vakuum. Sie stand unter Schock.

Dann hörte sie jemanden hinter sich schreien. Es war eine Frau. Ihre Stimme gellte schrill über die Straße und übertönte sogar den rauschenden Verkehr. Lucy wollte sich nicht umdrehen. Sie wollte sterben. Sie wollte einfach umfallen und sterben. Plötzlich wurde ihr schwindelig.

»Ich sagte, Waffen weg!«, ertönte die schreiende Stimme hinter ihr erneut. Jetzt war sie näher.

Die Männer blieben stehen und blickten erschrocken in ihre Richtung. Als Lucy dann sah, wie ihre Waffen zu Staub zerfielen, drehte sie sich schließlich doch um und blickte direkt in das Gesicht einer rothaarigen Schönheit.

19

ANGST

Sie stellte sich nicht vor. Und das musste sie auch gar nicht. Lucy erkannte sie. Sie hatte sie viel zu oft in Nikolas' Gedanken gesehen. Sehen müssen. Sie war groß und schlank. Und ihre leuchtend grünen Augen wirkten fast hypnotisch. Lucy starrte sie mit offenem Mund an und merkte kaum, dass ihr die Tränen wie in Bächen über die Wangen liefen. Wie hatte das alles passieren können? Wie hatte sich ihr Leben so rasant auf den Kopf stellen können? Und wie war es möglich, dass ihr der Verlust eines Menschen, den sie gerade erst kennengelernt hatte, so sehr weh tat? Sie bekam kaum Luft. Und ihr Verstand war außer Stande, die Situation zu begreifen. Es war alles zu schnell gegangen. Gestern noch hatte sie nichts von seiner Existenz gewusst. Oder von all den Dingen, die er ihr beigebracht hatte. Sie hatte ihr trauriges, tristes Leben gelebt und keine Ahnung gehabt, dass es ihn gab. Und nun hatte sie ihn verloren. Noch ehe sie ihn richtig kennengelernt hatte. Sie stand regungslos da, ohne jede Fassung und völlig verstört. Ihr war schlecht. Ihr war so schlecht. Und in ihren Ohren begann es zu rauschen.

Alea sah sie nachdenklich an. Sie schien ihren Gedanken

zu lauschen und schwer über etwas nachzudenken. Dann streckte sie ihre Hand nach Lucy aus. »Er ist nur betäubt«, sagte sie beruhigend zu Lucy und griff vorsichtig nach ihrer Hand. »Er kommt da wieder raus.« Dann zog sie sie genauso mit sich, wie es zuvor Nikolas getan hatte. Gestern. Als er sie vor diesen Männern hatte beschützen wollen. Erst Sekunden später, als Lucy mit ihrem benebelten Kopf endlich begriff, dass sie in die falsche Richtung liefen, riss sie sich los und brüllte sie hysterisch an. »Wo willst du mit mir hin??«, schrie sie.

Erst jetzt sickerte ihr langsam die Realität ins Bewusstsein. Die einzelnen Ereignisse fügten sich zusammen wie ein Puzzle und ihr Verstand formte einen Hinweis, was nun zu tun war. »Wir müssen Nikolas helfen!!«

Alea sah sie stoisch an, blickte einmal kurz in Nikolas' Richtung – sie waren schon mit ihm weggefahren – und sah dann wieder Lucy an. »Zuerst muss ich dich hier weg bringen«, sagte sie nüchtern, nahm erneut ihre Hand und lief wieder los. Lucy hatte keine Wahl. Sie musste mit ihr mitlaufen. Sie war fast so stark wie Nikolas. Und gegen ihn hatte sie ebenfalls keine Chance gehabt, als er sie durch die Stadt gezerrt hatte.

»Wie kannst du ihn im Stich lassen? Er ist dein Freund! Er braucht unsere Hilfe!«, rief sie verzweifelt.

Doch als Alea nicht reagierte und einfach weiter lief, wurde Lucy ihre Macht wieder bewusst. Warum ließ sie sich von ihr mitnehmen? Sie konnte sich doch wehren! Sie riss sich los, woraufhin Alea fast hinfiel. In Lucy stieg die Wut an. »Wir holen ihn sofort da raus!«, rief sie wütend. Und das war keine Bitte. Es war ein Entschluss.

Alea sah sie an und hob beruhigend die Hände. Auch sie wirkte auf einmal, als habe sie Angst vor ihr. So wie Nikolas am Anfang. »Es ist äußerst wichtig«, sagte sie mit ruhiger Stimme, »dass wir dir den Splitter entfernen.«

Sie standen direkt am Bodensee. Die Boote wiegten gemächlich im Wasser und langsam kam die Sonne wieder durch. Lucy sah sich um. Das war genau der Ort, den Nikolas ihr in Gedanken beschrieben hatte. Er hatte gewusst, dass er es nicht schaffen würde. Vielleicht hätten sie es beide nicht geschafft, wenn er ihre Verfolger nicht aufgehalten hätte. Sie sah Alea mit Tränen in den Augen an. »Danach«, sagte sie. »Ihr könnt mir den Splitter danach heraus holen. Erst retten wir Nikolas.«

Jetzt wurde Aleas Blick sehr eindringlich und stechend. »Das ist zu gefährlich!«, sagte sie fest. »Nicht nur für dich, sondern für uns alle!« Dann sah sie an Lucy hinunter. Ihr Blick blieb einen Moment an ihrer Hand haften. Als sie ihr dann wieder in die Augen sah, wirkte sie noch eindringlicher. »Dir scheint nicht klar zu sein, was mit dir passiert. Wir müssen sofort gehen!«, sagte sie bestimmend.

Lucy schluckte und versuchte, einen tiefen Atemzug zu nehmen. Die Frau wirkte ziemlich einschüchternd. »Ich gehe nicht ohne Nikolas!«, sagte sie fest.

Alea seufzte, drehte sich kurz um und suchte das Ufer ab. Sie sah nervös aus. »Der kommt schon klar«, sagte sie beiläufig. Und als sie sie wieder ansah, fügte sie an: »Du glaubst, ihn zu kennen. Aber du weißt nicht, wozu er fähig ist. Die können ihm nichts.«

Jetzt wurde sie wütend. »Er kommt eben *nicht* klar!!«, schrie sie. »Er hat seinen Glauben an sich verloren. Er ist völlig fertig wegen dieser schrecklichen Geschichte aus seiner Kindheit. Er glaubt, keine Macht mehr zu haben. Er fühlt sich ausgeliefert und machtlos. Wir *müssen* ihm helfen!«

Jetzt bekam Aleas Gesicht einen entsetzten Ausdruck. Endlich schien sie den Ernst der Lage zu begreifen. Doch sie wirkte hin und her gerissen. Lucy lauschte ihren Gedanken. Sie hörte sie darüber nachdenken, ob sie Lucy sofort außer Gefecht setzen sollte oder noch warten sollte, bis ihre Kollegen hier waren. Sie wollte sie nicht bewusstlos zum Wasser tragen. Nicht bei all den Leuten hier. Sie musste es unbemerkt tun. Danach würde sie sich um Nikolas kümmern können. Oder aber sie rettete ihn mit Lucy zusammen. Die zweite Variante war ihr allerdings zu gefährlich. Sie wusste nicht, in welchem Ausmaß sich Lucys Fähigkeiten schon entwickelt hatten und ob sie die Kontrolle darüber hatte. Unbemerkt griff sie in eine kleine Tasche, die an ihrer Hüfte hing.

Lucy explodierte fast vor Wut. Sie wollte sie außer Gefecht setzen? Sie wollte sie jetzt tatsächlich betäuben? In diesem Moment riss Lucy mit nur einem Gedanken die Tasche von Aleas Hüfte. Sie flog quer über den Yachthafen und landete auf einem Boot. Und damit Alea nicht auf die Idee kam, sich die Tasche wieder zu holen, stellte sich Lucy vor, wie das Boot auseinanderfiel und im See versank. Als es dann genau das tat, was sie dachte, erschraken sie beide.

Alea sah sie mit großen Augen an. Ihr Erstaunen und Entsetzen waren ihr direkt vom Gesicht abzulesen. Sie konnte offenbar nicht fassen, wozu Lucy in der Lage war. Und jetzt begriff Lucy auch, wovor sie solche Angst hatte. Wovor sie alle Angst hatten! Es waren ihre Kräfte. Denn sie nahmen mittlerweile ein Ausmaß an, dass ihr auch selbst Angst einjagte. Wenn es jetzt schon so leicht für sie war, winzige Gedanken so schnell zu realisieren, musste sie extrem aufpassen, woran sie dachte. Sie schluckte. Sie hatte gerade im Bruchteil einer Sekunde entschieden, ein Boot sinken zu lassen. Ja, sie bekam wirklich gerade Angst vor ihren Gedanken. Doch Alea wurde auf einmal wütend. Sie deutete auf das untergehende, auseinander gefallene Boot und schrie sie an: »Hast du eine Ahnung, was da drin war?!«

»Du wolltest mich betäuben«, schnauzte Lucy zurück. »Wahrscheinlich eine Spritze oder so.«

Alea stutzte und sah sie überrascht an. Genauso überrascht wie Nikolas sie angesehen hatte, als er festgestellt hatte, dass sie seine Gedanken und Gefühle wahrnehmen konnte. »Nein, ein Portalschlüssel!«, rief Alea. Auf einmal wirkte sie verzweifelt.

Was war ein Portalschlüssel?, fragte sich Lucy. »Aber auch eine Spritze«, rechtfertigte sie sich dann etwas kleinlaut.

»Nein!«, gestand Alea. »Ich brauche keine dämliche Spritze, um dich außer Gefecht zu setzen!!«

Lucy guckte sie entsetzt an.

In dem Moment kamen erneut die Soldaten angelaufen. Alea schob Lucy genervt zur Seite und ging wutentbrannt auf die Soldaten zu. »Ihr geht mir langsam echt auf die Nerven!«, fluchte sie leise und machte eine Handbewegung, woraufhin den Männern die Waffen aus der Hand gerissen wurden. Dann sprang sie regelrecht auf sie zu und kämpfte mit ihnen wie ein weiblicher Super-Ninja. Sie war geschickt und sehr flink. Die Männer schlugen auf sie ein, trafen sie aber nicht. Sie wich aus wie ein flüchtiger Schatten und schlug mit der Handkante so schnell zu, dass einer nach dem anderen bewusstlos umfiel.

Lucy blickte die Männer mit offen stehendem Mund an. Jetzt war ich klar, was sie gemeint hatte. Sie brauchte tatsächlich keine Spritze.

Dann wollte Alea zu dem untergegangenen Boot gehen. Doch es ertönte plötzlich ein lautes Rauschen, das vom See her kam. Sie blieb stehen. Lucy ging zu ihr und sah, wie vor dem See plötzlich ein gleißend helles Licht aufzuckte. Nur ganz kurz. Wie das Blitzlicht einer Kamera. Und mitten darin erschienen zwei Männer. Sie tauchten einfach auf, als habe die Luft sie hervor gebracht! Die beiden trugen dieselben grünen Uniformen wie Nikolas, landeten leichtfüßig auf den nassen Steinen und liefen nun vom steinigen Ufer auf sie zu. Lucy traute ihren Augen nicht. War das gerade wirklich passiert?

»Was macht *ihr* denn hier?«, rief Alea empört.

Als die beiden näher kamen, erkannte Lucy ihre Gesichter. Es waren seine Freunde! Sie liefen an ihnen vorbei und winkten ihnen dabei schelmisch grinsend zu.

»Bring sie schon mal rüber. Wir kommen nach«, rief der Blonde mit den stoppeligen, aufgetürmten Haaren.

Alea schien sichtlich verstört. »Ich kann das Portal doch nicht ewig offen halten!«

Dann hielt der andere einen flachen Gegenstand in die Luft und winkte ihr damit zu. »Nicht nötig. Wir haben einen Schlüssel.«

Alea entgleisten die Gesichtszüge. »Er hat *euch* einen Schlüssel gegeben?«, rief sie wütend. »*Euch??* Ihr seid doch viel zu unzuverlässig!«

Als sie sie aber nicht mehr hören konnten, lief Alea ihnen hinterher und zog Lucy mit sich. »Wartet gefälligst!«

Lucy wusste nicht, welchem Gefühl oder welchem verwirrten Gedanken sie sich zuerst widmen sollte. Sie sah sich am Ufer um. Niemand von den wenigen Leuten hier schien bemerkt zu haben, dass die beiden gerade aus der Luft gefallen waren. Aus der Luft über dem See. Sie waren einfach aus dem Nichts gekommen. Und was zum Teufel meinten sie mit Portal? Und wofür brauchten sie den Schlüssel? Einen Schlüssel, der aussah wie ein Stück Glas, das in einen marmorierten Stein eingefasst war. Jedoch war sie froh, dass sie jetzt endlich in Nikolas' Richtung liefen.

Als die beiden Männer an einer Straße anhielten, drehte der Blonde sich um und sagte zu Alea: »Hattest du nicht den Befehl, sie zu Quidea zu bringen?« Dabei nickte er Lucy entgegen.

»Hört mal.« Alea ignorierte seine Worte und zog Lucy näher an sich heran. »Niko ist in Schwierigkeiten.«

»Wissen wir«, sagte der Blonde. »Die Satellitenbilder sind heute Nacht plötzlich wieder angesprungen.«

Alea wandte sich zu Lucy um und sah sie erstaunt an. »Du hast sie wieder anspringen lassen?«

Lucy sah sie verstört an. Wovon redete sie da?

»Wie auch immer«, sagte Alea dann und wandte sich wieder den beiden Männern zu. »Sie sagt, Nikolas hat seinen Glauben verloren.«

Jetzt drehten sie sich beide zu Lucy um und blickten ihr stoisch ins Gesicht. Sie bohrten ihre Blicke so tief in ihren Kopf, dass sie genau spüren konnte, wie sie dort nach Informationen suchten. In ihren Gesichtern spiegelte sich zwar ernsthafte Sorge wider, aber dennoch wirkten sie gelassen und ruhig. Viel zu gelassen, wie Lucy fand. »Wegen der Geschichte aus seiner Kindheit«, ergänzte Lucy, um ihnen den Ernst der Lage klarzumachen. Sie schickte ihnen Bilder von Nikolas, wie er im Zug gesessen und vollkommen das Vertrauen verloren hatte. Sie spürte erneut seine Emotionen und bemerkte im selben Moment, wie die beiden auf Grund der Intensität dieser Gefühle mit den Köpfen zurückwichen. Sie sahen sie noch eine ganze Weile an und durchforsteten ihre Gedanken, Erinnerungen und Gefühle, wobei ihre Gesichtsausdrücke von Entsetzen zu Verständnis, dann von Neugier zu Überraschung und von Erstaunen zu Freude wechselten. Offenbar betrachteten sie gerade die Ereignisse der letzten Tage in ihrem Kopf wie einen Kinofilm, spulten ihre Erinnerungen hin und her und suchten nach Hinweisen, als wollten sie möglichst schnell eine Detektivarbeit abschließen. Es hätte nur noch gefehlt, dass sie eine Tüte Popcorn aus ihrer Tasche gezogen und sich geistesabwesend die offen stehenden Münder vollgestopft hätten. Gab es einen Grund für ihre unerhörte Gelassenheit? Wussten sie vielleicht etwas, das sie nicht wusste?

Dann hob der große Blonde plötzlich die Hand und deutete damit auf Alea. »Ihr kennt euch ja bereits. Das hier ist Paco«, sagte er dann entspannt und schlug mit der flachen Hand auf die Schulter seines dunkelhaarigen Freundes. Dieser lächelte, deutete eine Verbeugung an und reichte Lucy dann die Hand. Er strahlte eine liebevolle Ruhe aus und wirkte im Gegensatz zu seinem Freund eher schüchtern. Aber das lag womöglich nur daran, dass er nicht so viel sagte. In seinen grau-braunen Augen erkannte sie das gleiche

Selbstbewusstsein wie in Nikolas.

»Und ich bin Hilar«, sagte der Große und verbeugte sich ebenfalls.

»Lucy«, sagte Lucy und gab ihm verständnislos die Hand. Machten sie sich gar keine Sorgen? Sie konnten sich doch später einander vorstellen. Dann sickerte ihr plötzlich das fürchterliche Jucken ihrer Hand ins Bewusstsein zurück. Sie hatte die ganze Zeit gar nicht mehr daran gedacht. Vielleicht hatte es auch nachgelassen. Aber jetzt juckte es so schrecklich, dass sie sich am liebsten die Hand aufgekratzt hätte.

»Wir sollten uns beeilen«, sagte Hilar jetzt. Er hielt immer noch ihre juckende Hand fest und betrachtete sie nachdenklich. »Der Kristall beginnt bereits, mit ihr zu verschmelzen.«

Lucy schnappte nach Luft. »Verschmelzen?«, rief sie erschrocken. »Was soll das heißen??«

»Mach dir mal keine Sorgen, Lucy. Wir holen dir das Ding schon rechtzeitig da raus«, sagte Paco mit beruhigender Stimme und lächelte sie dabei liebevoll an.

Lucy verstummte sofort und biss sich auf die Lippe. Sollte sie ihm sagen, dass sie das gar nicht wollte?

Jetzt sah er sie an und machte ein beunruhigtes Gesicht. »Du gibst ihn doch wieder her, oder?«, fragte er.

»Selbstverständlich«, sagte sie sofort. Er gehörte ja schließlich nicht ihr. Es wäre einfach nur schön gewesen, ihn zu behalten, dachte sie. Dann wechselte sie schnell das Thema. »Was passiert, wenn er mit mir verschmilzt?«, fragte sie nervös.

Alle drei zuckten mit den Schultern.

»Keine Ahnung«, sagte Hilar. »Aber wir sollten dieses Risiko lieber nicht eingehen. Außerdem brauchen wir den Splitter zurück. Quidea wird sauer, wenn Dickie sein fehlendes Stück nicht vollständig zurückbekommt.«

Lucy stutzte. *Dickie?*

»Das ist der Kristall«, erklärte Alea beiläufig, während sie beobachtete, wie Paco sich von ihnen entfernte und mitten auf der Straße stehenblieb. Als ein Auto direkt auf ihn zu rauschte, hob er den Arm und deutete mit der Handfläche direkt auf das Fahrzeug. Sofort würgte der Motor ab und das Auto kam unmittelbar vor seinen Füßen zum Stehen. Er ging zum Fahrer, lehnte sich zu ihm vor und redete mit ihm. Dann sahen sie zu, wie der Mann ausstieg, über die Straße ging und sich am Fahrbahnrand im Schneidersitz auf eine Wiese setzte. Hilar lachte lauthals los und Paco winkte die drei zufrieden grinsend zu sich. Lucy sah dem Mann auf der Wiese überrascht in das entspannte, lächelnde Gesicht, während sie an ihm vorbei ging.

»Was hast du gemacht?«, fragte sie, als sie bei Paco angekommen waren.

»Nichts weiter. Er wartet nur, bis wir ihm das Auto zurückbringen. Kannst du fahren?«, fragte er und hielt ihr die Fahrertür auf.

Alle drei sahen sie jetzt an und machten hilflose Gesichter.

Wollten sie sie jetzt veräppeln? Sollte das heißen, dass keiner von ihnen einen Führerschein hatte? »Ich … äh … ich habe mal einen Führerschein versucht und … bin durchgefallen«, stammelte sie und sah von einem zum anderen. *Und eine zweite Prüfung konnte ich mir nicht leisten,* hätte sie beinahe hinzugefügt, beließ es aber dabei. Sie hatten den Gedanken sowieso gehört. »Kann von euch denn keiner fahren?«

Als sie keine Antwort erhielt, stieg sie schließlich missmutig ein. Konnten Gardisten generell nicht Auto fahren? Oder hatte sie gerade die drei erwischt, die sich erfolgreich davor gedrückt hatten, einen Führerschein zu machen? Sie warf ihnen einen kurzen, irritierten Blick zu, als sie bemerkte, dass sie keinen Schimmer hatten, was sie mit den Gurten machen sollten. Oder es gab in ihrem Land keine Autos, sinnierte sie, drehte den Schlüssel im Zündschloss um und umfasste entschlossen das Lenkrad. Dann nahm sie einen tiefen Atemzug, dachte an Nikolas und trat schließlich unerschrocken kräftig auf das Gaspedal.

20

AM ENDE

Nikolas saß in einem fast leeren Raum auf einem Klappstuhl und starrte ins Nichts. Sein Körper fühlte sich immer noch taub an. Aber was noch viel schlimmer war, war die Taubheit in seinem Kopf. Die Leere und die Hoffnungslosigkeit. Immer wieder sah er ihr Gesicht vor sich. Ihre angsterfüllten Augen, als er sie angeschrien hatte, sie solle weglaufen. Er hasste sich dafür, dass er sein Versprechen ihr gegenüber nicht hatte halten können. Seine Worte klangen in seinen Ohren wie eine Lüge. Und dabei hatte er sich so gern selbst glauben wollen, als er ihr gesagt hatte, dass er nachkommen würde. Aber es war zu spät. Seine Kräfte hatten ihn verlassen. So wie sie alle Menschen in dieser Welt irgendwann verlassen hatten. In der Welt des Vergessens. Der Welt des Leids und der Traurigkeit. Sie hatte ihn wieder.

Sein Körper war so schlaff und energielos, dass er kaum die Kraft hatte zu atmen. Er fragte sich, warum er noch nicht seitlich vom Stuhl gekippt war. Und außerdem wunderte er sich, dass die Schusswunde so schnell verheilt war. Der

Betäubungspfeil war tief in sein Fleisch eingedrungen und das Gift zog immer noch durch seine Adern. Es machte ihn geradezu bewegungsunfähig. Aber die Wunde war verheilt. Vielleicht die letzte Auflehnung seines Körpers, dachte er. Er versuchte womöglich die übrigen Energien zu bündeln, um sich zu heilen. Wenn da überhaupt noch etwas übrig war. Als die Stahltür mit einem lauten Quietschen aufging, hob er nicht einmal den Kopf. Er starrte weiter in die Leere. Es war ihm egal, wer sich vor ihn an den Tisch setzen würde, um irgendetwas über Lumenia in Erfahrung zu bringen. Oder über ihn, den Kristall oder was auch immer. Er würde ihnen sowieso nichts sagen. Egal was sie mit ihm anstellten.

Ein Metallstuhl ratschte über den Steinboden und machte ein knacksendes Geräusch, als sich jemand darauf setzte. Dann klatschte eine Mappe auf den Tisch vor ihm und rutsche zu ihm hinüber. Nikolas starrte sie emotionslos an. Sie war nicht sonderlich dick. Vielleicht befanden sich fünf oder sechs Blätter zwischen den braunen Deckeln. Vielleicht ein paar Fotos. Was auch immer. Er konnte es nicht fühlen. Er konnte gar nichts mehr fühlen. Seine Intuition war verschwunden.

»Das ist alles, was wir über dich wissen, Nikolas Augustin Berger. Du wirst seit 16 Jahren für tot gehalten«, sagte eine rauchige, tiefe Stimme. Nikolas durchzuckte ein tiefer Schmerz, als er seinen richtigen Namen hörte. Er riss erneut die Wunden auf, die ihn in dieses Loch gestürzt hatten und erinnerte ihn an seine Machtlosigkeit. Ja, Nikolas Berger war machtlos gewesen. Machtlos gegen die Wirklichkeit. Und machtlos gegen das Leben. Genauso wie jetzt.

»Wir wissen, was vor 16 Jahren passiert ist. Und wir

wissen, dass du seit dem in Lumenia lebst. Wir wollen nur wissen wie du dort hin gelangt bist, Junge.«

Er klang fast väterlich. Aber auch das war ihm egal. Er hatte einen Vater. In Lumenia. Einen Vater, den er nie wiedersehen würde.

Der Mann lehnte sich jetzt in seinem knarzenden Stuhl zurück und seufzte schwer. »Du hast zwei Möglichkeiten«, sagte er ernst. »Entweder du sagst es uns freiwillig«, er hielt einen Moment inne und beobachtete seine Reaktion; als er sich aber nicht rührte, fuhr er fort, »oder wir müssen dich dazu zwingen.«

Nikolas zuckte nicht einmal mit der Wimper. Und ihm war auch nicht nach Lachen zumute, was angesichts dieser lächerlichen Drohung mehr als angebracht gewesen wäre. Glaubten sie wirklich, er würde auch nur eine Silbe sagen? Sie hatten kein Druckmittel in der Hand. Er hatte Alea auf Lucy zu rennen sehen, noch bevor sie sie selbst gesehen hatte. Sie war in Sicherheit. Und etwas Anderes gab es nicht. Er hatte weder Angst vor dem Tod noch vor dem Schmerz. Von beidem hatte er in seinem Leben schon reichlich gekostet.

Jetzt nahm der Mann die Mappe wieder an sich und blätterte sie auf. Plötzlich rutschte ein Foto über den Tisch und blieb direkt unter Nikolas' Nase liegen. Es war ein Foto von Lucy. Ein Passbild, auf dem sie versuchte, möglichst fröhlich auszusehen. Aber ihre roten, kranken Augen strahlten Traurigkeit und Schmerz aus. Sein Herz fing sofort an zu rasen, als er sie sah.

»Lucy Meier«, las der Mann aus der Mappe vor. »24 Jahre alt, alleinstehend. Ihre Krankengeschichte ist länger als mein verdammter Lebenslauf«, kommentierte er ein paar Blätter, die er nun zur Seite legte. »Abgeschlossene Schullaufbahn, anschließend Jobs, die sie zeitweise über Wasser hielten, eine verpatze Führerscheinprüfung, die sie von ihren Ersparnissen bezahlt hat.« Er hielt inne und sah Nikolas wieder einen Moment an. Doch er regte sich immer noch nicht. »Ihre Lieblingsfarbe ist gelb«, fuhr er ungeduldig fort, »sie liebt Hunde – vornehmlich Bernhardiner –, hat eine Schwäche für kitschige Liebesromane und verbringt ihre Freizeit damit, im Internet Reisen zu buchen, um sie dann wieder zu stornieren. Ihre finanziell notleidende Familie lebt in einem Ghetto, nicht weit von ihr entfernt. Ihre beste Freundin ist ein Sportass und nimmt regelmäßig an Turnieren teil.« Er holte tief Luft und schlug die Mappe wieder zu. »Das alles und noch viel mehr habe ich innerhalb von 24 Stunden über sie herausgefunden und ich brauche nur Minuten, um ihr dieses Leben vollständig zu zerstören.«

Stille. Eine unheimliche Stille legte sich nun zwischen die beiden. Nur die kleine Birne über dem Tisch, die ihr Licht schwach durch den Raum schickte, surrte wie eine kleine Fliege.

»Zeig mir den Weg nach Lumenia, oder ich werde eine Dampfwalze über ihr Leben rollen lassen, die alles unter sich begräbt, was ihr lieb und teuer ist.«

Jetzt endlich regte sich etwas. Langsam und mühevoll, fast in Zeitlupe, hob Nikolas den Kopf und peitschte ihm einen Blick entgegen, der ihn erschaudern ließ. Gleichzeitig atmete er jedoch auf. Er hatte ihn. Er hatte ihn genau da, wo er ihn haben wollte.

21

VERGANGENHEIT

»**W**o lang?«, fragte Lucy aufgeregt, als sie den Stadtrand erreichten.

»Rechts!«, sagten alle drei gleichzeitig.

Sie bog mit quietschenden Reifen in eine Seitenstraße ein und wischte sich dann ihre schweißnassen Hände abwechselnd an der Hose trocken.

»Und wo ist er?«

»In so einer Art Lagerhaus«, sagte Alea und starrte mit leerem Blick auf die Straße.

»Und geht es ihm gut?« Lucy hatte den Kontakt zu ihm verloren, seit sie gesehen hatte, wie er auf dem Bahnhofsplatz angeschossen worden war. Vielleicht lag es an ihren Gefühlen. Sie blockierten wahrscheinlich ihre Fähigkeiten. Aber sie fühlte sich auch nicht in der Lage daran etwas zu ändern. Sie hatte einfach fürchterliche Angst um ihn.

»Was machen sie mit ihm? Was ist, wenn wir nicht rechtzeitig da sind?«

»Beruhige dich«, sagte Alea. »Sie befragen ihn nur. Aber die Sache mit seiner Kindheit macht ihn wirklich fertig.«

Einen Moment lang sagte niemand etwas. Sie sahen alle aus den Fenstern und hingen ihren Gedanken nach. Dann ergriff Lucy wieder das Wort.

»Wie … konnte er das überleben?« Sie sah ihn erneut vor sich, wie er abrutschte und in die Tiefe stürzte, und zuckte bei dem Gedanken innerlich zusammen.

»Er ist nicht unten aufgekommen«, antwortete Alea gleichmütig.

Lucy wandte sich zu ihr um und starrte sie entgeistert an. »Wie bitte?«

»Er ist der erste Mensch, der es geschafft hat, aus eigener Kraft ein Portal zu öffnen«, erklärte Hilar und grinste sie stolz durch den Rückspiegel an.

Lucy begegnete seinem Spiegelbild mit Verständnislosigkeit. *Portal? Was redete er da?*

»Er wurde bestimmt schon mindestens tausendmal gefragt, wie er das gemacht hat«, knüpfte Alea an, »aber er sagt immer nur dasselbe.« Sie ließ einen Moment verstreichen und schien über die Worte nachzudenken, die sie gleich sagen würde. »Als er in die Tiefen stürzte, war es wie eine Erleuchtung für ihn. Er gab alles auf. Alle seine Kämpfe. Und davon hatte er reichlich, wie du weißt.« Sie sah Lucy an und lächelte wissend. »Der Kampf gegen die Machtlosigkeit, gegen das Ausgeliefertsein. Der Kampf gegen sich selbst, weil er nicht so war, wie er gern sein wollte.«

Lucy stockte der Atem. Diese Kämpfe kannte sie. Sie kannte sie nur zu gut. Sie hatte auch ihr Leben lang gegen sich selbst gekämpft. Gegen das, was sie war. Gegen das, *wie* sie war. Sie hasste ihre Machtlosigkeit ebenfalls und hatte sich auch schon immer ausgeliefert gefühlt. Als sei das Leben etwas, gegen das man nichts ausrichten konnte.

»Er gab diese Kämpfe auf, weil er wusste, dass sein Leben vorbei war, wenn er unten aufschlug. Sie waren sinnlos geworden, denn er begriff, dass sie ihm jetzt nicht mehr helfen konnten. Egal wie sehr er gegen die Tatsache ankämpfte, dass er gerade in den Tod stürzte; es änderte nichts. Das alles ging ihm in diesem Moment durch den Kopf. In Bruchteilen von Sekunden erkannte er das, was viele Menschen ihr ganzes Leben lang nicht verstehen.«

Lucy bekam eine Gänsehaut, während Alea erzählte. Zu hören, wie er das, was er ihr in den letzten beiden Tagen versucht hatte beizubringen, selbst erfahren und durchlebt hatte, ergriff sie zutiefst.

»Als er alles aufgab, konnte er selbst den Tod akzeptieren. Er bewertete ihn nicht mehr als etwas Schlechtes, sondern nahm ihn einfach hin. Aber dann«, Alea hielt erneut inne und lächelte belustigt, »kam sein störrischer Dickkopf durch«, beendete Hilar ihren Satz und lachte. Paco schaute schmunzelnd aus dem Fenster und nickte zustimmend. Lucy sah neugierig von einem zum anderen und hakte ungeduldig nach: »Was meint ihr damit? Was ist dann passiert?«

»Das Gefühl der Machtlosigkeit hatte sich in ihm aufgelöst, also konzentrierte er sich mit aller Macht auf das Gegenteil. Auf seine Kraft«, sagte Paco mit anerkennendem Tonfall. »Und irgendwie hat er es dann geschafft seine Energie so weit anzuheben, dass sich unter ihm ein Portal geöffnet hat.«

»Tja«, machte Alea und lachte kurz. »Und dann ist er einfach vom Himmel gefallen und mitten in Lumenia gelandet.«

Lucy runzelte die Stirn und sah sie skeptisch an.

»Er ist in ein Portal gefallen?«

Dann lachte sie erneut. »Ich weiß, das muss für dich ziemlich verrückt klingen. Aber lassen wir das erst einmal so stehen. Du wirst noch früh genug erfahren, was ich meine. Jetzt sollten wir uns erst einmal darauf konzentrieren, ihn aus diesem Loch herauszuholen. Ich bin nicht sicher, ob er es dieses Mal allein schafft. Kann einer von euch zu ihm vordringen?«

Sie sah die beiden Freunde auf der Rückbank an und schnaubte, als sie mit den Köpfen schüttelten. »Er hört uns nicht. Links, die Landstraße entlang, Lucy«, sagte Paco und deutete mit dem Finger auf ein Straßenschild.

»Was ist mit dir, Lucy? Durch den Kristall hast du vielleicht eher die Möglichkeit zu seinen Gedanken durchzukommen.«

Lucy schüttelte mit dem Kopf und biss die Zähne zusammen. Erneut breitete sich Angst und Verzweiflung in ihr aus. Sie konnte nicht einmal fühlen wo er war, geschweige denn seine Gedanken hören. Plötzlich fühlte sie sich von ihren Fähigkeiten genauso verlassen, wie er. War es immer so, wenn man Angst hatte?

»Die haben dich nicht verlassen, Lucy«, sagte Alea und formte mit ihren vollen Lippen ein verständnisvolles Lächeln. Sie strahlte eine perfekte, unerschütterliche Ruhe und Gelassenheit aus. »Du hast höchstens den Kontakt verloren«, fuhr sie fort. »Aber der lässt sich ganz leicht wieder herstellen. Nikolas hat dir sicher erklärt, wie du deine Gefühle unter Kontrolle bringst, oder?«

Lucy nickte. »Indem ich sie akzeptiere.«

»Genau. Angst ist kein Feind, Lucy. Kein Gefühl und kein Gedanke ist dir jemals feindlich gesonnen, also hast du auch keinen Grund, gegen sie zu kämpfen. Es ist nicht die Angst, die dich blockiert. Es ist der Kampf gegen sie.«

Sie hatte Recht. Ihre Gefühle und ihre Gedanken waren nie böse. Sie wollten ihr nur helfen. Lucy sah wieder auf die Straße und atmete tief durch. Dann entspannte sie sich innerlich und nahm all ihre Gefühle, all die Angst und Panik und die Verzweiflung und den Schmerz einfach hin. Sie akzeptierte sie und nahm auch die schrecklichen Bilder an, die immer wieder vor ihrem inneren Auge abspielten, wie Nikolas angeschossen in sich zusammensackte. Sie nahm sie aus tiefstem Herzen an, auch wenn sie ihr den Magen umdrehten. Sie wollten ihr mit all diesen Gefühlen nur zeigen, was für sie wichtig war. Was in ihrem Leben von Bedeutung war. Nein, sie waren nicht böse. Es war ihre Bewertung, die böse war. Ihr innerer Kampf dagegen. Es war weder schlecht noch gut, dass Nikolas angeschossen worden war. Es *war* einfach. Es war die Realität. Auch wenn sie weh tat, sie akzeptierte sie einfach.

Sofort spürte sie, wie sich alles in ihrem Körper entkrampfte. Sie atmete noch einmal tief ein und lehnte sich erleichtert zurück. Doch dann, nach ein paar Atemzügen, fing ihre Hand wieder fürchterlich an zu jucken. Sie kratzte sich das Mal und spürte, wie sich zu dem Jucken nun auch noch ein leichtes Stechen hinzu gesellte. Es zog ihr durch den Arm, bis in die Mitte ihrer Brust, wo sich plötzlich eine behagliche Wärme ausbreitete. Lucy seufzte leise und legte eine Hand auf ihre Brust. Dann fing es in ihrem Bauch erneut an zu surren und wieder stieg ihr dieses Gefühl so sehr zu Kopf, dass es ihr den Geist vernebelte und sie völlig ruhigstellte. Sie betrachtete rammdösig die Straße und hörte jetzt plötzlich wieder Stimmen in ihrem Kopf.

Der Kristall erweitert ihr Bewusstsein. Das war Pacos Stimme.

Ich weiß, dachte Alea und sah Lucy dabei an. *Ich kann es fühlen.*

Hammer!, dachte Hilar. *Fühlt sich heftig an. Mit dieser Energie könnte sie den Mond aus seiner Umlaufbahn schubsen.* Dann lachte er innerlich.

Das nützt aber alles nichts, wenn sie nicht an sich glaubt, dachte Paco.

Dann hörte sie wieder Aleas Stimme: *Wir müssen trotzdem vorsichtig sein. Mit dieser Kraft kann sie eine Menge anrichten.*

Aber sie scheint es ziemlich gut unter Kontrolle zu haben, erwiderte Hilar und klang dabei überrascht. *Das hätte ich nicht erwartet. Ich dachte, wir müssten sie ausknipsen.*

Lucy reagierte nicht auf ihr Gespräch. Sie hörte es nur beiläufig, wie ein Raunen in ihrem Hinterkopf. Sie war viel zu beschäftigt damit, dem Gefühl zu folgen, das sich jetzt in ihr ausbreitete. Ein wissendes Gefühl. War ihre Intuition zurück? So schnell? Sie fuhr jetzt in ein Industriegebiet und wusste plötzlich genau, wo sie hin musste. Und sie spürte auch Nikolas wieder. Sie spürte ihn so deutlich wie zuvor in dem Hotelzimmer. Seine Präsenz zog ihr wie ein Sonnenaufgang durch das Bewusstsein. So warm und angenehm. Sofort traten ihr Tränen in die Augen vor Glück. Sie atmete tief und erleichtert ein und sah Alea glücklich an. Diese lächelte und klopfte ihr anerkennend auf das Knie.

»Gut gemacht«, sagte sie. »Kannst du ihn jetzt hören?«

Lucy lauschte in sich hinein und suchte nach seiner Stimme. Und dann hörte sie endlich wieder ihren vertrauten, klaren Klang. Sofort stiegen Glücksgefühle in ihr auf, doch als sie hörte, was er dachte, flauten sie im selben Augenblick wieder ab.

»Er glaubt immer noch, dass dieser Ort ihm seine Kraft genommen hat«, sagte sie enttäuscht und machte ein unglückliches Gesicht.

»Ich weiß«, entgegnete Alea. »Kannst du mit ihm sprechen?«

Lucy rief in Gedanken mehrmals seinen Namen und wartete einen Augenblick. Aber er reagierte nicht. Sie schüttelte den Kopf und sah Alea hilflos an.

»Warum glaubt er das bloß? Das kann doch nicht wahr sein, oder? Ein Ort kann einem doch nicht die Energie rauben?!«

Hilar lehnte sich nun vor und stützte sich auf ihrem und Aleas Sitz ab. »Es ist schon richtig, dass die Energie in deiner Welt um einiges niedriger ist, als bei uns«, erklärte er. »Wenn wir uns zu sehr auf dieses Energieniveau einlassen, sinkt unsere Kraft mit ab. Aber es muss nicht so sein.«

»Er glaubt aber daran«, fügte Alea hinzu. »Weil er seit seiner Kindheit Angst vor dieser Welt hat. Er hat hier nur Schmerz und Leid erfahren. Es ist ganz natürlich, dass er glaubt, sie würde ihm seine Kräfte rauben und ihn wieder machtlos machen. So wie früher.«

»Aber er war doch nie machtlos!«, entgegnete Lucy verzweifelt.

»Im Grunde weiß er das auch«, brummte Hilar und stieß ein tiefes, grummelndes Seufzen aus. »Jemand müsste ihm mal gehörig den Kopf waschen und ihm wieder klarmachen, wer er eigentlich ist.«

Er klang wütend. Und Lucy konnte auch verstehen, warum. Er machte sich Sorgen. Genauso wie sie.

Sie trat jetzt fester auf das Gaspedal und versuchte weiterhin ihn zu erreichen. Unaufhörlich rief sie seinen Namen. Sie musste ihm helfen sich zu erinnern. An seine Geschichte und an seine Kraft. Und sie würde so lange an der Barriere rütteln, die er sich aufgebaut hatte, bis sie in sich zusammenfiel.

22

ERIИИERUИG

Sie sind gleich hier«, sagte der Soldat, der in der Tür stand.

Der Alte nickte und entgegnete dann: »Erregt nicht zu viel Aufsehen, wenn ihr sie aufhaltet. Keine Zeugen.« Dann gab er ihm mit einer winkenden Handbewegung zu verstehen, dass er wieder verschwinden sollte. Als er die Tür wieder geschlossen hatte, stand er auf und ging mit langsamen, schlurfenden Schritten zu Nikolas hinüber.

Er saß immer noch schwach und kraftlos auf dem Stuhl. Jedoch fraß sich seit einer Weile eine Wut durch seinen Körper, die ihn innerlich erbeben ließ. Und trotzdem hatte er nicht die Kraft, auch nur seinen kleinen Finger zu rühren, um dieser Bestie neben ihm den Hals umzudrehen.

»Sie kommt her, Junge«, sagte der Mann.

Nikolas biss die Zähne zusammen und starrte schäumend vor Wut auf den Tisch.

»Sie kommt deinetwegen.« Jetzt wurde seine Stimme schwer und bissig. Er beugte sich zu ihm vor und sprach direkt an seinem Ohr weiter. »Und du lässt sie direkt ins Messer laufen. Weil du zu stolz bist, dir einzugestehen, dass du verloren hast!« Die letzten Worte hatte er ihm wütend ins Ohr gebrüllt. Er richtete sich auf und sah Nikolas herablassend an. »Dir ist hoffentlich klar, dass wir sie ausschalten werden, bevor sie auch nur auf die Idee kommen kann, irgendetwas zu unternehmen. Sie hat schon genug Schaden angerichtet.« Er seufzte und ging wieder durch den Raum. »Marius hatte offenbar nicht den Schneid dazu. Er hätte sie schon im Hotel ausschalten sollen. Aber *wir* lassen uns hier nicht an der Nase herum führen.«

Nikolas sah auf. Er hatte heute Nacht, als sie ihn durch die ganze Stadt gejagt hatten, einiges herausfinden können über die Beweggründe und Ziele dieser Leute. Zwar nicht genug, um zu erfahren, wie sie von den Splittern und Lumenia hatten erfahren können, doch eines wusste er nun ganz genau: Der Drahtzieher dieser ganzen Aktionen war Marius. Nun dämmerte ihm aber langsam, dass die Leute, die zu Marius' perfidem Plan gehörten, offenbar teilweise unterschiedliche Ziele hatten. Nicht nur der Mann gestern in dem Parkhaus hatte eigene Ziele verfolgt. Sondern auch dieser Mann hier. Er fragte sich gerade, ob der Plan, Experimente mit Lucy zu machen, nur Marius' ganz eigenes Ziel gewesen war und dieser Typ hier einfach nur den Splitter wollte. Wenn dem so war, dann war ihm Lucys Leben völlig egal. Marius hingegen nicht. Doch eines hatten sie gemeinsam. Sie wollten beide nach Lumenia. Womöglich ebenfalls aus unterschiedlichen Gründen. Langsam erwachte in ihm eine Neugier, was Marius tatsächlich im Schilde führte. Und was er diesen Leuten womöglich erzählt hatte, um sie für seinen Plan zu gewinnen. Denn das waren offenbar zwei ganz unterschiedliche Dinge.

»Wir wissen, wie man mit Leuten wir dir umgeht«, sagte der Mann jetzt. »Übersinnliche.« Er spuckte das Wort geradezu aus. »Solche haben wir hier zu Hauf. Das ist uns also nicht neu.«

Nikolas runzelte die Stirn. Was sagte er da?

»Wenn man euch betäubt, seid ihr zu *gar nichts* mehr in der Lage.« Jetzt klang er regelrecht erfreut. Und in seinem Gesicht zeichnete sich ein überlegenes Grinsen ab. »Du hast keine Ahnung, mit wem du es hier zu tun hast. Begreife endlich, dass es keinen Sinn hat, sich zu wehren«, fuhr er fort und sah Nikolas dabei eindringlich an. »Wir sind zu viele. Ihr seid machtlos! Ihr seid uns machtlos ausgeliefert.«

Seine Worte schlugen Nikolas so heftig um die Ohren, dass sie mehrfach in seinem leeren Kopf widerhallten und ihn jedes Mal wie ein Faustschlag mitten im Gesicht trafen. *Machtlos. Machtlos.* Immer wieder jagten sie ihm ihre kalte, schmerzhafte Bedeutung durch den Körper und ließen ihn unaufhörlich zusammenschrecken. Diese Worte waren unmittelbar mit seiner Kindheit verknüpft. Mit einem Gefühl, das ihn innerlich so lähmte, wie es dieser Giftpfeil mit seinem Körper tat. Er sah sich in seiner Erinnerung immer wieder in den Abgrund stürzen. In den unvermeidbaren Tod, dem er machtlos ausgeliefert gewesen war. Doch dann – jetzt hob er langsam und beschwerlich wieder den Kopf und starrte ins Nichts – war er aufgewacht. Noch bevor sein Körper auf dem Marktplatz – mitten in Lumenia – aufgeschlagen war, war er aufgewacht. In seiner dunkelsten Stunde hatte er seine Macht entdeckt.

»Du kannst sie noch retten«, sagte der Mann jetzt. »Wir werden ihr nichts tun, wenn du kooperierst.«

Er hätte fast gelacht. *Natürlich* würden sie ihr etwas tun, dachte er. Sie hatten Angst vor ihr. Sie war momentan vermutlich das gefährlichste Wesen auf diesem Planeten. Und sie wusste es nicht einmal. Diese Typen jedoch schon. Nikolas musste etwas unternehmen. Leider war sie ja offensichtlich nicht mit Alea mitgegangen, wo er sie in Sicherheit gewusst hätte. Anscheinend war sie genauso ein Dickschädel wie er. Er hob noch ein wenig den Kopf und sah den alten Kerl an. Und auf einmal schoss ihm wieder die Erinnerung durch den Kopf, wie er damals, als 11-jähiger Junge, dem Tod ins Gesicht gelacht hatte. Weil er ihn nicht mehr gefürchtet hatte. Weil er *gar nichts* mehr gefürchtet hatte. Er erinnerte sich an das Loslassen, die Akzeptanz und den inneren Frieden. Diese unglaubliche innere Ruhe und Harmonie, weil er aufgehört hatte zu kämpfen. Gegen sich selbst und gegen seine Gefühle.

Aber all das schienen nicht seine eigenen Erinnerungen zu sein. Es fühlte sich an, als würde sie ihm jemand von außen eingeben. Er konnte nicht sagen, wer es war. Ob es überhaupt jemand war. Er spürte nur, wie ein Gefühl von außen zu ihm vorzudringen versuchte. Ein Gefühl, das er kannte. Er hatte es in dem Moment kennengelernt, als die inneren Kämpfe, die er immer mit sich ausgetragen hatte, still geworden waren. Und Platz für etwas Anderes gemacht hatten. Für etwas, das so mächtig war, dass es sogar dem unvermeidlichen Tod trotzte und eine Tür zu einer Welt geöffnet hatte, die genau dieses Gefühl widerspiegelte. Das Gefühl, das ihn verwandelt hatte – von Nikolas Augustin Berger in Nikolas Key – und das ihn seit dem immer begleitet hatte.

Vertrauen. Unerschütterliches, eisernes Vertrauen. Eine innere Sicherheit und Zuversicht, die ihn immer ausgezeichnet hatte. Die ihn zu dem machte, der er war. Plötzlich spürte er dieses Vertrauen wieder. Es riss die Mauer des Vergessens, des Schmerzes und der Angst in diesem Moment einfach ein und traf ihn mit all ihrer Macht mitten im Herzen. So wie damals. Aber dieses Mal war es nicht von ihm ausgegangen. Dieses Mal kam es von außen. Es kam von *ihr.*

Sein ganzer Körper entspannte sich mit einem Mal. *Lucy,* dachte er. Und als er sie dann spüren konnte, lächelte er glücklich. Sie war bei ihm. Und sie versuchte, mit ihrer zarten Stimme und ihren Gefühlen zu ihm durchzukommen. Nikolas riss sofort alles nieder, was ihn daran hindern konnte, sie in seinem Kopf zu hören. Und als ihre Worte dann endlich Zugang zu ihm fanden, atmete er erleichtert auf.

Ich glaube an dich!, sagte sie in Gedanken zu ihm. *Ich glaube an dich!!*

Der Mann ging neben ihm auf und ab und redete immer noch wütend auf ihn ein. Als er ihn dann aber lächeln sah, stoppte er schlagartig und schnaubte.»Was gibt es da zu grinsen?«, schnauzte er.

Nikolas hob den Kopf und sah ihn friedfertig an.»Ich muss jetzt gehen«, sagte er ruhig, stützte seine Hände auf dem kalten Metalltisch ab und stand ohne Probleme auf. Plötzlich waren seine Kräfte auf wundersame Weise zu ihm zurückgekehrt. Vielleicht waren sie aber auch nie fort gewesen, dachte er. Er spürte, wie die Energie erneut in ihm anstieg und ihm alles zurückgab, was er zuvor vermisst hatte. Was er vermisst *geglaubt* hatte. Lucy hatte recht gehabt. Es war nur sein Glaube, der ihm die Macht raubte. Aber er hatte ihr nicht zuhören wollen. Ihre Worte waren im Konflikt mit seinem Glauben gewesen, dass diese Welt ein schrecklicher Ort war, an dem man sich selbst verlor. Ein Ort, an dem es nichts Anderes gab als Leid und Kummer. Das war sein Glaube gewesen. Das war es, was er erfahren hatte. Schon als kleiner Junge. Es war zu seiner Überzeugung geworden und er hatte nichts unternommen, um dieses Programm in seinem Kopf loszuwerden. *Welch Ironie,* dachte er und lachte innerlich. Er hatte Lucy versucht beizubringen, dass sie sich für eine Realität entscheiden konnte und hatte an seiner eigenen jedoch nichts geändert.

Der Uniformierte trat irritiert einen Schritt zurück und glotzte Nikolas mit großen Augen an. »Wie ist das möglich? Deine Knochen müssten weich wie Gummi sein, Herr Gott!«

Nikolas schob den Stuhl zurück und trat ein paar Schritte auf ihn zu. Dann lächelte er milde und wiederholte die Worte, die er auch zu seinen Freunden gesagt hatte: »*Ich* bestimme über mein Schicksal«, sagte er leise und beherrscht. »Niemand sonst. Und egal, wie es für dich aussehen mag, letzten Endes trägt es *meine* Handschrift. Wie immer.«

23

WUT

Lucy jubelte plötzlich so laut, dass Alea erschrocken zusammenzuckte. Hilar und Paco lachten lauthals los und jubelten ebenfalls.

»Das alte Sorgenkind hat's mal wieder geschafft!«, rief Hilar und reckte die Faust.

Alea atmete erleichtert auf, blieb jedoch wachsam. Sie hatte natürlich mitbekommen, dass Leute los geschickt worden waren, um Lucy aufzuhalten. Und sie ließen auch nicht lange auf sich warten. Sie sah zwei Wagen im Rückspiegel, die ihnen folgten.

Paco drehte sich um. »Soll ich sie abwürgen?«, fragte er. Doch dann sah er, wie jemand im vorderen Wagen eine Waffe aus dem Fenster hielt, um auf sie zu zielen. Er reagierte reflexartig und ließ die Waffe zerfallen.

Doch sie hörten trotzdem Schüsse. Der hintere Wagen überholte jetzt und jemand lehnte sich aus dem Fenster und schoss gezielt auf ihre Reifen. Gleichzeitig kam ihnen ein Wagen entgegen, aus dem ebenfalls geschossen wurde.

Als Lucy die Schüsse hörte, schrie sie vor Schreck auf und duckte sich. Dabei schlenkerte sie mit dem Wagen zur Seite und fuhr fast in einen Graben.

Alea hielt das Lenkrad fest. »Ich nehme den vorderen!«, rief sie. »Ihr die hinteren beiden!«

Hilar und Paco reagierten sofort und drehten sich auf der Rückbank um. Und Alea fokussierte sich auf den Wagen, der frontal auf sie zu raste. Sie drehte mental das Lenkrad, so dass der Fahrer schlagartig von der Fahrbahn abkam und direkt in den Graben fuhr. Das Auto kippte zur Seite und blieb liegen. Mit den hinteren beiden passierte Ähnliches. Hilar ließ die Motorhaube des ersten Wagens aufspringen, so dass der Fahrer eine Vollbremsung machte und seitlich weg rutschte. Paco hingegen sorgte dafür, dass der Motor des zweiten Wagens absoff.

Doch es war noch nicht vorbei. Aus einer Seitenstraße raste ein Wagen auf sie zu, den sie nicht gesehen hatten. Lucy musste in Bruchteilen von Sekunden entscheiden, ob sie bremsen oder Gas geben sollte, um zu verhindern, dass er direkt in sie hinein fuhr. Sie trat spontan aufs Gas, doch genauso tat es der Fahrer im anderen Auto. Er erwischte Lucy mit voller Wucht am hinteren Teil des Wagens, so dass sie jetzt über die Fahrbahn geschleudert wurde. Das Auto drehte sich mehrmals im Kreis und rutschte über die Straße, kam jedoch glücklicherweise schnell wieder zum Stehen.

Der Schock saß Lucy in den Knochen. Sie blickte aus der Windschutzscheibe und atmete hastig ein und aus. Sie war wie erstarrt vor Schreck. Doch sie hatte keine Gelegenheit, zu realisieren, was gerade passiert war, denn aus dem anderen Auto stiegen jetzt drei Männer aus und kamen direkt auf sie zu.

Alea fluchte wütend, öffnete die Tür und stieg aus. Paco

und Hilar folgten ihr. Die Männer richteten sofort ihre Waffen auf sie.

Lucy wartete darauf, dass sie die Waffen zu Staub zerfallen lassen würden. So wie sie es immer machten. Doch es passierte nicht. Die Männer kamen immer näher. Und Alea und ihre beiden Freunde standen nur da und wirkten irgendwie verstört. Lucy lauschte ihren Gedanken und hörte, wie sie sich darüber wunderten, dass sie die Waffen nicht zerstören konnten. Und dann sah Lucy, dass es sich um dieselben Waffen handelte, die Marius in dem Hotelzimmer auf Nikolas hatte richten lassen. Die energiesicheren Waffen.

Aber warum schafften sie es trotzdem nicht, sie zu zerstören? Nikolas hatte ihr beigebracht, dass nichts auf dieser Welt energiesicher war!

Alea und ihre beiden Freunde wichen mehrere Schritte zurück. Lucy musste irgendetwas unternehmen. Sie hatte diese Waffen doch schon einmal zerstört. Sie konnte es auch wieder. Sie stieg ebenfalls aus.

»Lucy, bleib im Wagen!«, rief Alea und ging einen Schritt zur Seite, um den Männern die Sicht auf Lucy zu versperren.

Und als Lucy ihre Gedanken hörte, wusste sie auch wieso. Sie wollten sie umbringen. Sie wollten sie einfach erschießen, um an den Splitter zu kommen. Sie hörte es deutlich! Und als sie dann sah, wie weiter die Straße runter die Soldaten aus den Unfallwagen auf sie zu rannten, brach erneut eine unbändige Wut in ihr durch. Sie überwältigte sie und schaltete fühlbar ihren Verstand aus. Sie sah die Männer, die immer noch ihre Waffen auf sie richteten, wütend an und begann jetzt, Einfluss auf ihre Körper zu nehmen. Sie wusste nicht genau, wie sie es machte. Es passierte einfach. Es fühlte sich an, als gehörten diese Körper zu ihr. Und sie konnte sie steuern wie Marionetten.

Die Arme der Männer begannen zu zittern. Sie beugten sich und dann drehten sie ihre Waffen und richteten sie auf sich selbst. Panik stand ihnen plötzlich in den Augen. Sie wussten nicht, was mit ihnen geschah. Sie blickten direkt in den Lauf ihrer eigenen Waffen.

Alea drehte sich zu Lucy um und sah sie erschrocken an. »Lucy«, raunte sie. Und dann sah sie, dass mit den Männern, die auf sie zu gerannt waren, gerade genau dasselbe passierte. Sie richteten ihre Waffen auf sich selbst.

»Was tust du da?«, rief der eine Mann. Ihm lief der Schweiß von der Stirn. »Hör auf! Ich habe Familie!«

Das machte Lucy jedoch nur noch wütender. Sie trat näher an ihn heran. »Ich habe auch eine Familie!«, rief sie. »Aber hat das einen von euch interessiert??«, schrie sie mit Tränen in den Augen.

Sie zitterten vor Angst. Ihre Finger lagen am Abzug und drückten immer mehr dagegen.

»Lucy, nicht«, sagte Alea.

Doch dann ließ Lucy sie einfach abdrücken. Es war so einfach. So kinderleicht. Lucy erschrak über sich selbst, wie leicht es ihr fiel.

Doch es löste sich kein Schuss. Stattdessen erschraken die Männer als sie den Abzug drücken so sehr, dass einer aufschrie und der andere in Tränen ausbrach. Der dritte pinkelte sich ein. Dann ließ Lucy die Waffen zerfallen, als sei es das Einfachste von der Welt. Sie rieselten zu Boden. Fielen durch die erstarrten Finger der Soldaten. Dann suggerierte Lucy ihnen etwas in Gedanken, woraufhin sie sofort in den

Wagen stiegen und davon fuhren. Die Männer auf der Straße liefen davon.

Einen Moment lang standen sie alle stumm auf der Straße. Keiner sagte etwas. Sie sahen nur alle Lucy mit erschrockenen Gesichtern an. Doch Lucy starrte ins Nichts. Sie hatte den Schrecken des Unfalls noch nicht verdaut. Geschweige denn den Schrecken darüber, dass diese Männer sie gerade hatten erschießen wollen. Und der Schrecken über ihre unglaublichen Fähigkeiten. Oder ihre Bereitschaft, diese Männer zu töten. Ihr Verstand war völlig überfordert.

Alea zog sie jetzt am Arm zum Auto und rief ihr in Erinnerung, wo sie hin wollten, um Lucys Gedanken ein wenig zu ordnen.

Lucy nickte. *Nikolas*, dachte sie. Ja, sie mussten zu Nikolas. Sofort. Sie konnte auch später noch über all die anderen Dinge nachdenken. Sie stieg ein, und atmete noch einmal tief durch. Ihre Hände zitterten noch, als sie sie aufs Lenkrad legte. Dann drehte sie den Schlüssel im Zündschloss, nahm einen tiefen, zitternden Atemzug und fuhr wieder los.

Während der Fahrt sagte niemand mehr etwas. Und es schien auch keiner mehr etwas zu denken. In Lucys Kopf war eine unheimliche Stille. Vielleicht stand sie unter Schock. Sie wusste es nicht. Es dauerte nicht mehr lange, da sahen sie das alte, mehrstöckige Lagerhaus, in dem sich Nikolas befand. Lucy hielt direkt davor an, sprang aus dem Wagen und wollte schon zur Eingangstür laufen.

Doch Paco hielt sie fest. »Warte kurz!«, sagte er.

Hinter der Tür hörten sie es laut poltern. Schüsse fielen und laute Rufe hallten durch das ganze Gebäude. Dann war es still. Lucy beobachtete gebannt die Tür und hielt den Atem an. Und als sie dann quietschend aufging, lief sie – bevor sie überhaupt sehen konnte, *wer* sie öffnete – einfach los. Im nächsten Moment sah sie Nikolas so lässig und gemütlich aus dem Haus schreiten, als sei nie etwas vorgefallen. Er klopfte sich den Staub von der Hose und versuchte, sein störrisches, lockiges Haar zu richten, das ihm zu Berge stand. Dann hob er den Blick und sah Lucy an, wobei sich ein glückliches, strahlendes Lächeln in seinem Gesicht zeigte.

Ohne auch nur einen Moment zu zögern, sprang sie ihm in die Arme und hielt ihn ganz fest. Er lachte erfreut, legte liebevoll seine Arme um ihren Körper und flüsterte ihr ins Ohr: »Danke, Lucy!« Seufzend grub er sein Gesicht in ihr Haar und atmete langsam und tief ein. *Du hast mir das Leben gerettet.*

Sie weinte. Sie weinte bitterlich. Und sie wusste nicht, warum. Vielleicht, weil einfach alles zu viel für sie wurde. Weil sie gerade fast diese Männer getötet hatte. Oder weil sie fast getötet worden wäre. Vielleicht aber auch einfach nur, weil sie so froh war, ihn wiederzusehen. »Gern geschehen«, schluchzte sie und lehnte ihre Wange gegen seine. *Du hast auch meines gerettet.* Und das meinte sie vollkommen ernst.

Er hielt ihren bebenden Körper ganz fest und sah über ihre Schulter hinweg Alea an. Diese zeigte ihm in Gedanken Bilder von den letzten Ereignissen und kommentierte sie mit dem Gedanken: *Sie steht vermutlich unter Schock.* Nikolas nickte verständnisvoll und hielt sie, bis sie sich beruhigt hatte. Es dauerte eine ganze Weile. Doch niemand unterbrach ihre innige Umarmung oder sagte etwas. Sie warteten geduldig, bis der Schrecken in Lucy langsam abebbte.

Lucy genoss die Wärme, die Nikolas ausstrahlte. Es fühlte

sich an, als durchdringe sie ihren ganzen Körper. Es beruhigte sie. Es war keine unnatürliche Hitze, die er ausstrahlte. Es war die Wärme von Energie. Sie konnte sie genau spüren. Genauso wie all seine Gedanken und Gefühle. Ihr war, als gäbe es zwischen ihnen keine Distanz mehr, die sie überwinden mussten. Seine Gedanken schwirrten durch ihren Kopf, wie ihre eigenen und seine Gefühle tobten durch ihren Körper, als haben sie sich dorthin verirrt. Es war, als hielte sie sich selbst im Arm. Sie spürte, wie es sich für ihn anfühlte, sie zu umarmen. Sie zu berühren. Sie spürte seine Erleichterung, sein Glücksgefühl und die Zuneigung, die er für sie empfand. Und sie konnte genau spüren, wie er ihre Gefühle und Gedanken wahrnahm und darauf reagierte. Sie waren wie ein einziger Körper. Es war erstaunlich, all das zu fühlen und wahrzunehmen.

Als Lucy sich aus der Umarmung löste, streichelte Nikolas ihr sanft die Tränen vom Gesicht. Dabei sah er sie so innig an, das ihr das Herz regelrecht zersprang. Endlich, nach all dem Schrecken, der Verfolgungsjagd und dem Chaos, hatte sie das Gefühl, dass alles gut war. Ihr Entschluss hatte sich bewahrheitet. Alles war am Ende gut.

Langsam und zögerlich traten Hilar und Paco an Nikolas heran. Lucy trat zur Seite und machte Platz für seine Freunde, die ihm nun glücklich und erleichtert auf die Schulter klopften. Alea nahm ihn kurz und freundschaftlich in den Arm und achtete darauf, dass die Berührungen nicht zu lang oder zu intim waren. Lucy spürte ihre Vorsicht. Sie wollte ihrer neuen Freundin nicht vor den Kopf stoßen.

Neue Freundin, dachte Lucy überrascht und sah Alea an, als die Worte in ihrem Kopf widerhallten. Vor kurzem hatte sie

sie doch noch außer Gefecht setzen wollen!

Alea lächelte ihr nun zu und zwinkerte neckisch.

»Man, für einen Moment habe ich echt gedacht, du packst es dieses Mal nicht«, sagte Hilar.

»Habe ich für einen Moment auch gedacht«, entgegnete Nikolas und sah Lucy dabei an.

»Wäre Lucy nicht gewesen, hätte ich dich da 'rauszerren müssen. Wie versprochen.«

Nikolas lachte. Sein Blick lag immer noch auf Lucy. »Ich weiß.«

»Dein Geschenk bekommst du trotzdem«, sagte Alea jetzt. »Schließlich hast du es ja ohne *unsere* Hilfe geschafft.« Dabei sah sie Lucy ebenfalls an und grinste. Hilar und Paco stimmten nickend zu.

»Geschenk?«, fragte Lucy. Hatte Nikolas etwa Geburtstag? Gerade heute?? Sie versuchte, in ihren Gedanken irgendetwas darüber zu erfahren. Aber plötzlich schien es, als hätten sie alle eine Mauer um ihre Gedanken aufgebaut. Sie konnte sie nicht mehr hören. Nur Nikolas' vertraute Stimme drang in ihren Kopf vor.

Sie wollten mich mit Geschenken nach Hause locken, dachte er lachend.

Oh!, dachte sie. *Verstehe.* Das hätte sie wahrscheinlich auch versucht, wenn sie gewusst hätte, dass ihn Geschenke so sehr reizten.

Er lachte und klärte sie darüber auf, dass es sich nicht um normale Geschenke handelte. Sondern um etwas, das er ihnen unmöglich ausschlagen konnte. Etwas von wirklich großem, persönlichen Wert. Mehr verriet er ihr jedoch nicht, denn Alea bat ihn in Gedanken, nicht zu viel auszuplaudern.

Das hatte sie deutlich hören können. Warum, war ihr jedoch nicht klar. Aber sie war froh, dass sie jetzt über etwas anderes redeten und keiner mehr etwas über die erschreckenden Ereignisse sagte, die sie gerade durchlebt hatte. Sie hatte auch das Gefühl, dass sie dies mit Absicht taten.

Auf einmal hörten sie mehrere Autos auf den Platz vor das Lagerhaus rauschen. Sie kamen direkt neben ihnen zum Stehen. Lucy erschrak zunächst. Doch dann stiegen mindestens 10 oder 15 Männer und Frauen in blauen Uniformen aus. An den Steuern saßen normale, zivil gekleidete Menschen, die offensichtlich froh darüber waren, behilflich sein zu können. Die Gardisten gingen nun an ihnen vorbei auf das Lagerhaus zu und grüßten Nikolas beiläufig, gratulierten ihm und wünschten ihm eine gute Heimreise.

Lucy blickte sie verwirrt an.

»Das Aufräumkommando«, sagte Paco knapp.

»Sie vernichten die Informationen, die sie über uns und Lumenia und auch über dich gesammelt haben und löschen ihre Erinnerungen«, erklärte Nikolas weiter. »Damit du ein normales, sorgenfreies Leben weiterführen kannst, wenn du in diese Welt zurückkehrst.«

Lucy blickte ihm überrascht ins Gesicht. »Wenn ich von *wo* zurückkehre?«

Nikolas lächelte sie nun bedeutsam an und tippte mit dem Finger auf das Wappen an Pacos Schulter. Und jetzt erkannte sie endlich, was das verschnörkelte Symbol darstellte. Es war ein L. Ein L, das für Lumenia stand.

24

VERRAT

Marius hörte Schritte. Er hob schwerfällig den Kopf, sah aber noch niemanden. Seine Muskeln waren weich wie Pudding. Er saß schon seit Stunden in der Ecke des Hotelzimmers auf dem Boden und zitterte. Er fühlte sich, als habe ihn ein Laster angefahren. Die Energie, die Nikolas auf ihn abgefeuert hatte, zuckte immer noch durch seine Glieder und vernebelte seinen Verstand. Er konnte kaum klar denken. Sein Schädel brummte und sein Herz raste. Schlaff und kraftlos schaukelte sein Kopf hin und her. Er konnte ihn kaum aufrecht halten.

Dann sah er jemanden in das Zimmer kommen. Er befürchtete schon, dass es Nikolas war, der ihm nun den Rest geben oder all seine Erinnerungen löschen wollte, um zu verhindern, dass jemals jemand den Weg nach Lumenia fand. Aber es war ein anderer Gardist. Er trug eine royalblaue Uniform. Und als er schließlich das Gesicht des Gardisten sah, atmete er erleichtert auf. »Taro«, raunte er. »Du bist es.«

Taro stieg über die immer noch bewusstlosen Männer, die überall im Raum herum lagen. Er spürte die hohe Energie, die Nikolas zurück gelassen hatte und die enorme Kraft, die das Mädchen ausstrahlte. Sie war überall im Raum zu spüren. Als er vor Marius stand, kniete er sich zu ihm hinunter und sah ihn eiskalt an. »Du erbärmlicher Idiot«, sagte er.

Marius versuchte, ein wenig mehr Abstand zwischen sich und Taro zu bringen und drückte sich an der Wand ein Stück zur Seite, doch er kippte fast um, so kraftlos war er. Dann griff Taro ihm in den Kragen und zog ihn wütend an sich heran. »Ich sagte, du sollst niemandem etwas von Lumenia erzählen«, brummte er wütend. »Ich musste die ganze Nacht Gehirne löschen, damit Nikolas nichts erfährt! Ist dir klar, was du hättest anrichten können?« Er schrie fast, so wütend war er.

Marius sah ihn ängstlich an. »Irgendetwas *musste* ich ihnen erzählen. Wie hätte ich sie sonst überzeugen sollen, bei der Sache mitzumachen? Es war schwer genug«, sagte er rechtfertigend, »so viele Männer zusammen zu bekommen.«

Taro ließ ihn angewidert los. »Ich hätte mir denken können, dass du versagst.«

Jetzt wurde Marius wütend. »Hätten deine dämlichen, programmierten Waffen funktioniert, hätte ich *nicht* versagt!«

»Diese Waffen waren für Nikolas vorgesehen. Nicht für dieses Mädchen, du Volltrottel!«, rief Taro wütend.

Marius sah ihn erschrocken an. Sollte das bedeuten, dass *das Mädchen* sie zerstört hatte und nicht Nikolas? War auch sie es gewesen, die all die Wachen außer Gefecht gesetzt hatte? Er sah seine bewusstlosen Männer an und konnte es nicht glauben. War sie doch so mächtig geworden?

Taro lachte leise und wirkte dabei sehr herablassend. »Du Idiot hast sie unterschätzt. Natürlich. Dachtest du ernsthaft, du kannst einen Menschen kontrollieren, der einen *solchen* Splitter in seinem Körper trägt? Ich habe dir gesagt: Setze sie außer Gefecht! Aber du und deine Überheblichkeit...« Er verzog angewidert das Gesicht und stand jetzt wieder auf.

Marius senkte beschämt den Kopf. Ja, er hatte sie unterschätzt. Er war nicht davon ausgegangen, dass der Splitter eine solche Kraft in ihr auslösen würde. Und vermutlich hatte er sie auch unterschätzt, weil sie eine Frau war. Er hatte Frauen noch nie ernst nehmen können. Bis auf eine. Doch an die wollte er jetzt nicht denken. Es ging ihm schon schlecht genug.

Wieder lachte Taro und schüttelte mit dem Kopf. »Ich habe mir wirklich den erbärmlichsten Idioten für diese Mission ausgesucht«, sagte er, zog seine Uniform zurecht und sah ihn dabei wütend an. »Aber das ist jetzt vorbei.«

Marius sah ihn groß an. »Nein«, raunte er flehend. »Nein, ich kann das schaffen!«

Taro schnaubte verachtend. »Dir ist hoffentlich klar, dass die gesamte Garde Lumenias jetzt Jagd auf dich machen wird!«, sagte Taro wütend. »Dein Name hallt in jedem verdammten Kopf wider, den du rekrutiert hast! Und wenn sie dich finden, finden sie auch mich. Du bist ein zu großes Risiko.« Er hob bereits die Hand und richtete sie auf Marius' Kopf, um seine Erinnerungen zu löschen.

Doch Marius rief verzweifelt: »Nein! Bitte! Ich werde untertauchen! Niemand wird mich finden.« Er hob flehend die Hände. »Du kannst dich auf mich verlassen. Du *brauchst* mich!«

Taro hielt inne.

»Wenn du mein Gehirn löschst, musst du wieder ganz von

vorne anfangen«, sagte Marius. »Dann war alles umsonst.«

Taro ließ langsam aber widerwillig seine Hand sinken.

»Die ganze Arbeit!«, fuhr Marius hoffnungsvoll fort. »Das kann doch nicht alles umsonst gewesen sein. Ich werde dir helfen, deinen Plan umzusetzen. Und ich verspreche, ich werde mich künftig an deine Worte halten!«

Taro überlegte einen Moment, kniete sich dann erneut zu ihm hinunter und bohrte ihm seinen wütenden Blick in den Kopf. »Noch *ein* Fehltritt«, sagte er drohend, »und ich lösche nicht nur dein Gehirn, sondern auch dein Leben aus! Mache nicht den Fehler, mich so zu unterschätzen, wie du es mit diesem Mädchen getan hast. Sie hätte dich mit nur einem Gedanken töten können. Und genauso werde ich es tun.«

Taro richtete sich jetzt wieder auf und ging. Dabei waren seine Hände wütend zu Fäusten geballt.

Marius wagte es kaum, noch etwas zu sagen. Aber er musste. »Der ... Splitter.«

Taro blieb an der Tür stehen und drehte sich zu ihm um.

»Ich bekomme ihn doch, oder?«, fragte Marius kleinlaut. »Das war der Deal.«

Taro schnaubte ein verachtendes Lachen aus. »Du hattest deine Chance. Ich habe dir acht dieser Splitter geradezu vor die Füße gelegt. Ich kann nichts für deine Dummheit«, sagte er verächtlich. »Eine weitere Chance bekommst du nicht.«

Marius biss wütend die Zähne zusammen, als er zusah, wie Taro das Hotelzimmer verließ und im Korridor verschwand. Doch seine Wut galt nicht nur Taro, sondern sich selbst. Er hatte sich diese Splitter durch die Lappen gehen lassen – diese einmalige Chance. Er hätte diesem Mädchen den Splitter sofort entfernen und sich aus dem

Staub machen sollen. Und er hätte den anderen Splitter nicht einem der Soldaten überlassen sollen. Er war unvorsichtig gewesen. Und dumm. Doch das würde ihm nicht noch einmal passieren. Ob es Taro gefiel oder nicht, er würde sich einen dieser Kristalle holen. Irgendwie. Koste es, was es wolle.

25

€IŊE LETZTE LEKTIOŊ

Lucy erwachte in einem abgedunkelten Raum. An den Seiten der Jalousien drang ein wenig Sonnenlicht hindurch. Es hatte eine seltsame Farbe. Silbrig-gold, gemischt mit einem hellen Rot. Es sah unwirklich aus. Lucy kniff die Augen zusammen und rieb sich die Schläfen. Sie hatte schon wieder Kopfschmerzen. Als sie sich aufsetzte, sah sie sich um. Vor dem großen Fenster baumelte ein filigranes Windspiel, das sich in dem sanften Luftzug bewegte, der angenehm und kühl durch den Raum flog. Neben ihrem Bett stand eine große Vase mit bunten Blumen auf einem seltsam gefertigten Nachtschränkchen. Die Kanten waren allesamt rund und geschwungen. Auch die anderen Möbel in diesem Raum – einige Kommoden, Regale und ein Sessel direkt neben ihr – hatten diese untypische, runde Form.

Als sie gerade die Bettdecke wegziehen wollte, um aufzustehen, hörte sie ein Geräusch unter dem Bett.

»Pssst«

Lucy beugte sich vor und sah, wie unter dem Bett ein kleines Mädchen hervor krabbelte. Sie trug so etwas wie einen lockeren Ganzkörper-Body. Einen fliederfarbenen

Einteiler mit zwei Knopfleisten. Lucy beäugte die eigensinnige Kleidung des Kindes erstaunt und sah ihr schließlich in die großen, dunklen Augen.

»Ich bin Mika«, flüsterte sie so leise, dass Lucy kaum ein Wort verstand und reichte ihr die kleine Hand. Lucy ergriff sie und schüttelte sie sanft.

»Ich habe noch nie einen Menschen von drüben gesehen. Seid ihr da alle so hübsch?«

Lucy wurde rot. »Von drüben?«

Mika nickte energisch. »Von drüben. Der anderen Welt. Eigentlich lassen wir niemanden von euch hierher. Es ist zu gefährlich. Du musst eine große Ausnahme sein.«

Sie starrte das kleine Mädchen irritiert an und versuchte, ihre Worte zu verstehen. Aber das, was sie sagte, machte einfach keinen Sinn. Andere Welt? *Wer* lässt *wen* nicht *wohin*? Sie dachte, sie wäre in einem Land, das nicht gefunden werden konnte. So hatte Nikolas es ihr gesagt. Wie auch immer das möglich sein sollte. Vielleicht befand sich dieses Land an einem Zipfel des Nordpols, den noch kein Mensch betreten hatte. Oder versteckt im Himalaya, wo es eine kleine, geheime Bevölkerungsgruppe gab, die übersinnliche Fähigkeiten besaß. Es klang zwar verrückt, aber ungefähr so hatte sie es sich ausgemalt. Außerdem, was klang in diesen Tagen eigentlich *nicht* verrückt? Ihr ganzes Leben stand Kopf.

Mika sah sie einen Moment lang an und lächelte dann liebevoll. »Oh, tut mir leid. Ich dachte, du wüsstest, wo du bist.«

Lucy sah sich in dem Zimmer um und versuchte, sich die letzten Ereignisse ins Gedächtnis zu rufen, an die sie sich erinnern konnte. Sie war mit Nikolas und seinen Freunden zum See zurückgekehrt. Dort hatte Alea zunächst ihren Portalschlüssel aus dem Wasser geholt und Lucy daraufhin angewiesen, einfach das zu tun, was sie sagte. Sie hörte immer noch ihre verrückten Worte in ihrem Kopf: »Spring einfach mit uns ins Wasser. Spring so weit, wie du kannst.« Dann hatte sie den Kristall, der in den marmorierten Stein ihres Portalschlüssels eingefasst war, irgendwie aktiviert. Er hatte angefangen zu leuchten, als sie »Jetzt!« gerufen hatte. Und dann waren sie ins Wasser gesprungen. Aber sie hatten die Wasseroberfläche kaum berührt. Sie waren von einem gleißenden, warmen Licht über das Wasser hinweg gezogen worden. Hatte sie das geträumt? Sie schüttelte verstört mit dem Kopf, als könne sie so die Erinnerungen korrigieren. Doch sie spürte noch genau, wie das Licht an ihr gezogen hatte. Es hatte sich angefühlt wie ein Magnet. Oder als habe sie ein Vakuum angesaugt. Danach hatte sie wohl das Bewusstsein verloren. War sie wirklich in ein Portal gesprungen? In ein Portal, das sie in den Himalaya gebracht hatte? Oder an den Nordpol? Sie sah sich erneut um.

»Das liegt an der Energie«, klärte das Mädchen sie auf.

Lucy sah sie an.

»Dass du das Bewusstsein verloren hast, meine ich. Sie hat dich ganz schön umgehauen.« Dann kicherte sie und nahm ihre Hand in ihre beiden kleinen Hände. »Da ist der Kristall drin, oder?«, fragte sie neugierig und sah Lucys Hand neugierig an. »Das fühlt man. Es kribbelt.«

Lucy sah sie verwirrt an. Was für eine Art Portal war das nur gewesen? Überbrückte es nur große Entfernungen, oder auch die Zeit? War sie vielleicht in der Vergangenheit gelandet? Oder gar in der Zukunft? Bei allem, was sie erlebt hatte, würde sie das nicht mehr überraschen.

Mika ließ nun ihre Hand los und lächelte fröhlich.»Ich erklär's dir, ja? Meine Mama erzählt mir die Geschichte immer, bevor ich einschlafe.« Sie hockte sich neben Lucy auf das Bett, wobei ihre dunklen, kringeligen Zöpfe auf und ab wippten und begann zu erzählen:»Eigentlich will sie nicht, dass ich so viel darüber erfahre, aber ich bin so neugierig. Ich möchte immer alles über die Gegenwelt wissen. Als ich gehört habe, dass du hier bist, musste ich sofort zu dir. Ich wollte sehen, wie die Menschen von drüben aussehen. Ich hätte nicht gedacht, dass ihr so hübsch seid. Meine Mama sagt, dass die Gegenwelt ein kranker Ort ist. Ein Ort des Vergessens. Deswegen dachte ich, ihr seht alle krank aus.«

Lucy senkte kurz den Blick und verschwieg der Kleinen, dass sie bis vor Kurzem noch *sehr* krank ausgesehen hatte. »Was meinst du mit Ort des Vergessens?«, fragte sie nun, um von sich abzulenken.

»Vor langer Zeit schon, ist die Welt sehr krank geworden«, erzählte Mika leise und machte ein geheimnisvolles Gesicht dabei. »Mama sagt, es war die Krankheit des Vergessens. Die Menschen haben vergessen, dass sie Götter sind. Sie haben ihre Macht vergessen. Die Krankheit hat sich immer weiter ausgebreitet und als sie uns immer näher kam, haben wir beschlossen, uns von der Welt zu trennen. Wir haben diesen Kristall, weißt du?!« Sie deutete auf Lucys Hand und hob stolz den Kopf.»Eigentlich ist er riesengroß. Du hast nur einen kleinen Splitter davon abbekommen. Mit dem Kristall haben wir einen Schild aufgebaut, der uns vor deiner Welt schützt. Niemand kann uns sehen und niemand kann unsere Welt betreten. Nur du konntest das.« Jetzt sah Mika plötzlich nervös zur Tür und hüpfte vom Bett hinunter. »Ich muss gehen. Ich hoffe wir sehen uns irgendwann wieder.«

In dem Moment sprang die Tür auf. Mika lief sofort hinaus, murmelte ein »Sorry!«, als sie an dem Mann vorbei lief, der in der Tür stand, und verschwand um die nächste *runde* Ecke. Der Mann trug eine weiß-violette Uniform. Hinter ihm tauchten noch mehr Leute auf. Ein weiterer Mann, der eher schlicht gekleidet war und zwei blau uniformierte Frauen. Alle Vier betraten langsam und übertrieben vorsichtig den Raum. Dann fiel die Tür wie von selbst ins Schloss.

Der normal gekleidete Mann mit den braunen Hosen und dem zu lang geratenen, beigefarbenen Hemd, das fast wie ein Kleid wirkte, war um einiges älter und trat nun lächelnd auf Lucy zu. Er sah nett aus. Viel netter als die anderen drei. Sein Lächeln war so weise und liebevoll, dass sich sofort ein warmes Gefühl von Geborgenheit in ihr ausbreitete. Er nickte begrüßend und reichte ihr die Hand.

»Lucy«, sagte er erfreut. »Willkommen in Lumenia!«

Die Uniformierten standen in einer Reihe hinter ihm und beäugten Lucy skeptisch. Sie schienen Angst vor ihr zu haben. Lucy versuchte, ihre Gedanken wahrzunehmen, um ihr seltsames Verhalten verstehen zu können. Aber es war still in ihrem Kopf. Unheimlich still.

Der ältere Mann drehte sich nun zu den dreien um und machte eine beschwichtigende Handbewegung. »Entspannt euch«, sagte er. »Es gibt keinen Grund zur Sorge.«

Sofort ließen sie ihre Schultern sinken und verschränkten ihre Arme hinter dem Rücken. Ihre Gesichter blieben jedoch angespannt. Dann wandte sich der Mann wieder Lucy zu.

»Ich war zunächst auch davon ausgegangen, dass wir größere Vorsichtsmaßnahmen ergreifen müssen. Aber scheinbar hast du die Sache ganz gut im Griff.« Er nickte auf ihre Hand und lächelte.

Lucy sah ihn verstört an. Was meinte er?

»Nun, das alles muss ganz verwirrend für dich sein. Aber Mika hat dir ja schon ein wenig über uns erzählt.«

Lucy nickte stirnrunzelnd.

»Mein Name ist Quidea. Du befindest dich in einem Land, das nicht mehr zu deiner Welt gehört. Wir leben in einer höheren Bewusstseinsebene und können von den Menschen in deiner Heimat nicht wahrgenommen werden. Dass du jetzt hier bist und diesen Ort betreten konntest, liegt an dem Kristall, der sich in deinem Körper befindet.«

Lucy starrte den Mann mit offenem Mund an. »Ich habe eine andere *Welt* betreten?«, fragte sie bestürzt und sah sich erneut um. Sie war eher davon ausgegangen, dass es sich bei dem Portal um einen Zeitriss oder so etwas gehandelt hatte. So wie in den Actionfilmen im Fernsehen. Obwohl diese Vorstellung mindestens genauso verrückt war. Aber eine andere *Welt*?

»Wir haben einst zu eurer Welt dazugehört«, erklärte er weiter. »Bevor das Vergessen begann. Das ist schon sehr lange her. Seit dem leben wir von euch getrennt, beobachten aber das Geschehen auf eurer Welt«, sagte er und machte einen Moment Pause, wobei er Lucy interessiert ansah. Dann fuhr er fort: »Lumenia wird durch Art Schild vor jeglichem Einfluss aus deiner Welt geschützt. Nichts kann diesen Schild durchdringen. Bis auf den Gegenstand, der diesen Schutz seit Jahrhunderten aufrecht erhält.«

»Der Kristall?«, fragte Lucy vorsichtig und berührte ihre Hand. Sie fing wieder an, zu jucken.

Quidea nickte. »Nikolas hat ihn versehentlich beschädigt«, jetzt schmunzelte er amüsiert, »so dass seine Splitter in deine Welt übergetreten sind. Wir konnten glücklicherweise alle Teile wiederbeschaffen, aber es gestaltete sich als sehr schwierig den Splitter, der in deinen Körper eingedrungen war, zurückzubringen. Einige Leute haben gedacht, sie könnten eine Macht an sich reißen, die sie leider noch nicht verstehen können.«

Lucy sah ihn groß an. Ihr Verstand kam nicht hinterher. Sie konnte kaum glauben, dass das hier gerade wirklich passierte. Aber seine Worte irritierten sie, weshalb ihre Gedanken jetzt nicht mehr darum kreisten, dass sie in einer fremden *Welt* war. Sondern darum, was es mit diesem Kristall auf sich hatte. »Ich dachte, der Kristall besitzt keine Macht?!«, fragte sie verwirrt. So hatte Nikolas es ihr erklärt.

»Genau das ist es«, sagte Quidea. »Alles, was er besitzt, ist Energie. Eine sehr hoch schwingende Energie. Und solange die Menschen nicht verstehen, dass sie die Macht, die sie im Außen suchen, in sich selbst tragen, werden sie weiterhin suchen. Und weiter im Dunkeln tappen.«

Lucy senkte nachdenklich den Kopf und streichelte über ihre Hand. Sollte das heißen, dass es wirklich nicht der Splitter gewesen war, der ihr die Fähigkeit verliehen hatte, Nikolas' Gedanken zu lesen oder wie ein Düsenjet zu rennen, die Wirklichkeit mit ihren Gedanken zu verändern und … ihren Körper zu heilen? Das alles hatte sie selbst getan? Sie konnte es immer noch nicht glauben. Und besonders die letzten Ereignisse, ihre letzten Taten, machten ihr deutlich, dass sie dies unmöglich ohne diesen Splitter hätte tun können. Dass es nur eine gesteigerte Energie war, die sie dazu befähigt hatte, war unbegreiflich für sie. Und was würde geschehen, wenn der Splitter nicht mehr in ihrem Körper war? Wenn sie ihn ihr wegnahmen. Würde ihre Energie wieder in den Keller sinken und alles so werden wie vorher? Würde sie wieder krank werden?

»Das liegt an dir, Lucy«, antwortete er auf ihre Gedanken. »*Du* bestimmst über dein Leben. Und kein Kristall dieser oder einer anderen Welt kann dich mächtiger machen, als du es jetzt schon bist.«

Lucy lächelte zögerlich. Das war es, was Nikolas die letzten Tage versucht hatte, ihr beizubringen. Und das war es, woran er sich selbst wieder hatte erinnern müssen, als er seinen Glauben verloren hatte. Hatte dieser Splitter scheinbar nichts weiter getan, als ihre Fähigkeiten aufzuwecken? Hatte er sie also gar nicht wirklich verändert? Hatte sie *sich selbst* verändert? Ihren Körper, ihre Kräfte, die – wie Nikolas sagte – etwas ganz Natürliches waren und ihre Persönlichkeit? Sie war nicht mehr dieselbe wie noch vor wenigen Tagen. Sie hatte sich grundlegend verändert.

»Ihr Menschen«, sagte Quidea etwas amüsiert. »Ihr habt alles vergessen. All eure Macht, all eure Größe.« Er sah sie einen Moment lang nachdenklich an. »Aber ihr schreibt Bücher darüber. Und ihr dreht Filme darüber. Über große Kräfte, Helden und andere Welten. Ihr ahnt nicht, wie nah ihr damit an der Realität seid.«

Sie sah ihn groß an. Wollte er ihr damit sagen, dass all die Fantasyromane und -filme aus ihrer Welt der Realität entsprachen?

Quidea lachte. »Wir sehen uns manches davon an. Es ist erstaunlich, wie präzise ihr manchmal fremde Welten zeichnet, alte Legenden veranschaulicht oder übersinnliche Kräfte beschreibt. Vieles davon sind nicht nur Fantasiegebilde eurer Autoren. Es sind Erinnerungen.«

Lucy blieb der Mund offen stehen. Sie war fassungslos.

»Nun«, sagte Quidea und räusperte sich leise. »Ich werde dir nun sagen, wie es weitergeht, Lucy.«

Sie sah ihn an und bereitete sich schon einmal seelisch darauf vor, dass sie den Kristall nun wieder hergeben musste. Schließlich gehörte er ja nicht ihr.

»Wir werden dir den Splitter entfernen und dann wirst du in deine Welt zurückkehren müssen. Wir werden dir nicht, wie ursprünglich vorgesehen, die Erinnerungen an die Ereignisse der letzten Tage und an Lumenia löschen. Wir haben lange über dich gesprochen und wir glauben, dass du weise mit diesen Informationen umgehen wirst und sehen keinerlei Gefahr in dir.«

Lucy sah die drei Uniformierten hinter ihm an und zog die Augenbrauen hoch. Keine Gefahr? Die drei sahen aus, als würden sie am liebsten aus dem Zimmer stürmen, um sich vor ihr zu verstecken.

Quidea lachte herzlich, wobei er sich zu seinen Gardisten umdrehte und sich den Bauch hielt. Diese schmunzelten nun verlegen und senkten die Blicke. »Sie fühlen sich nur ein wenig von deinen Gedanken bedroht, Lucy. Es ist allgemein bekannt, dass die Menschen in deiner Welt unkontrolliert an die verrücktesten Dinge denken. Und da sich in deinem Körper ein Kristall befindet, der die Verwirklichung deiner Gedanken um ein Vielfaches beschleunigt...«

Er sprach nicht weiter, aber sie wusste, was er meinte. Lucy sah die drei an und versicherte ihnen in Gedanken, dass sie sich unter Kontrolle hatte. Jedenfalls im Moment. Sofort lockerten sich ihre angespannten Gesichtszüge und formten sich zu einem sanften, dankbaren Lächeln.

»Nun wird es langsam Zeit, Lucy«, sagte Quidea und nahm einen langen, tiefen Atemzug. »Aber bevor wir dir den Splitter entfernen und dich zurückschicken, ist da noch jemand für dich.« Er ging mit seinem Gefolge zur Tür und lächelte ihr noch einmal bedeutsam zu. »Wir drehen ein paar Runden«, sagte er und legte die Hand auf den runden Türknauf, »und lassen euch allein.«

Als er dann die Tür öffnete, stand Nikolas davor und sah sie an, als habe er sie schon die ganze Zeit durch die geschlossene Tür betrachtet. Sein Gesichtsausdruck war wissend, selbstbewusst und flirtend. Von dem Schmerz und der Traurigkeit war nichts mehr zu sehen. Sie war froh, dass er wieder der alte war. So wie sie ihn kennengelernt hatte. Auch seine Uniform war wieder hergestellt.

Quidea trat zur Seite und ließ ihn herein. Dann winkte er hektisch seine Leute in den Flur und schloss die Tür von außen. Aber nicht, ohne Lucy und Nikolas noch einmal väterlich zuzuzwinkern.

Nikolas lächelte, als er näher kam. Lucy machte auf ihrem Bett Platz, damit er sich hinsetzen konnte. Als er dann neben ihr Platz nahm und ihr innig in die Augen sah, polterte ihr Herz los, als wollte es aus ihrem Körper fliehen und ihm direkt in die Arme springen.

»Wie geht es dir?«, fragte er sanft.

Lucy atmete nervös ein. »Ich glaube immer noch, dass ich

träume«, sagte sie und blickte ihm in die hellblauen Augen. Sie betrachtete ihre Farbe so gründlich und konzentriert, dass sie fast anfing zu schielen. Vielleicht, um sich zu versichern, dass all das hier echt war. Dass *er* echt war. Aber vielleicht auch, um sich von ihnen nur noch weiter in diese wunderschöne Traumwelt ziehen zu lassen, in der sie ein anderer Mensch war und vor einem traumhaften, göttlichen Wesen saß, das sie fast um den Verstand brachte.

Er verzog den Mund zu einem weichen Schmunzeln und beugte sich nun ganz langsam zu ihr vor. Dann liebkoste er ihre Lippen mit einem kurzen, zarten Kuss, der kaum mehr war, als der Hauch einer Berührung. Doch dieser Hauch reichte aus, um Lucys Herz fast zum Stillstand zu bringen. Als er den Kopf wieder einige Zentimeter von ihr entfernte, grinste er ein freches Koboldgrinsen. »Fühlt sich das wie ein Traum an?«, flüsterte er.

Lucy nickte tranceartig.

Er senkte lachend den Kopf. »Dann sollte ich dir vielleicht etwas von dieser Traumwelt zeigen, um dir zu beweisen, dass sie echt ist«, schlug er vor.

Lucy machte ein überraschtes Gesicht. »Dürfen wir denn hier weg?«

»Nein«, sagte er und zog die Bettdecke von ihren Beinen. »Aber eine Dummheit mehr oder weniger macht bei mir keinen Unterschied mehr.«

Dann nahm er ihre Hand und ging mit ihr zum Fenster. Er öffnete es nicht mit seinen Gedanken, sondern ganz normal mit seiner Hand, zog es weit auf und stellte sich mit ihr vor die fast menschengroße, eckenlose Öffnung in der Wand. Lucy entfuhr ein tiefes, ergriffenes Seufzen, als sie hinaus sah.

Vor ihr erstreckte sich das Panorama einer Stadt, die einem Märchenbuch entsprungen sein musste. Die bunten, pastellfarbenen Häuser waren ganz und gar kantenlos und standen wie ein wohl geordnetes Meer aus Wolkengebilden in der Landschaft. Die Dächer zeigten wie runde Pyramiden in den roten Himmel und an den Fassaden hingen kleine, niedliche Laternen und leuchteten bereits auf die mit hellgelben Steinen gepflasterten Straßen. In dem Licht sahen sie fast aus wie ein Fluss aus Honig, der sich zwischen den Gebäuden durch die Stadt schlängelte. Die Sonne ging bereits unter und tauchte dieses märchenhafte Bild in eine zauberhafte Farbe.

Nikolas umfasste ihre Hüfte und sprang abermals mit ihr aus dem Fenster, als existiere für ihn weder in dieser noch in irgendeiner anderen Welt so etwas wie Schwerkraft. Sie landeten leichtfüßig auf der Wiese vor dem hellen, freundlichen Gebäude und liefen dann zusammen in Richtung Straße.

Es war ruhig in dem Ort, obwohl sie viele Leute sah, die an den Schaufenstern entlang bummelten und sich unterhielten. Vielleicht lag es daran, dass es hier keine Autos gab. Zumindest sah sie keine. Oder es lag einfach an dem Frieden, der von diesem Ort ausging. Und an dieser unerschütterlichen Ruhe und Gelassenheit, die die Menschen hier ausstrahlten. Alles wirkte so idyllisch und gemütlich. Sie spürte nicht einmal einen Hauch von Hektik oder Eile von den Leuten ausgehen. Sie warfen ihr nur manchmal einen ruhigen, wissenden Blick zu und widmeten sich dann wieder ihrem Stadtbummel.

Es war wirklich fast wie ein Spaziergang durch einen Traum. Fast, weil sich Nikolas' Hand, die sie nicht eine Sekunde losließ, viel zu echt anfühlte und weil sie immer wieder einen lauen Windhauch spürte, der ihr durch das Haar wehte und einen intensiven, blumigen Duft an sie heran trug. Sie *spürte* diese Welt. Sie spürte sie mit all ihren Sinnen und doch wollte sie nicht glauben, dass sie hier war. Dass es diese Welt wirklich gab.

Vielleicht hatte sie Angst. Sie würde dieses Abenteuer, diesen Traum bald wieder verlassen müssen, um dann in einer Welt aufzuwachen, die alles andere als traumhaft war. In einem Leben, das grau, trist und schmerzhaft war. So anders, als das Leben, das sie hier pulsieren spürte. Auf seine ganz eigene, sanfte Art. Vielleicht wollte sie nicht aufwachen. Weil sie dann erkennen musste, dass alles nur ein Traum gewesen war.

Die Sonne schickte ihr rotes Licht über einen runden Marktplatz in dessen Mitte sich ein pompöser Springbrunnen befand und gemütlich vor sich hin plätscherte. Und sie schickte ihr warmes Licht auch in Nikolas' lächelndes Gesicht, als er stehen blieb und sie ansah.

»Ich sollte mich entschuldigen«, sagte er mit gesenktem Kopf. »Und es sollte mir leid tun, dass ich dich in die ganze Sache mit hineingezogen habe. Aber ehrlich gesagt«, er seufzte leise und sah ihr eindringlich in die Augen, »bereue ich nichts. Ehrlich gesagt bin ich froh, dass dich der Kristall getroffen hat, Lucy. Und ich bin froh, dass Quidea mich ausgewählt hat, ihn zurückzuholen. Ich bin sogar froh, dass ich ihn dir nicht gleich entfernen konnte und uns diese Typen durch das Land gejagt haben. Hätte es all diese

Schwierigkeiten nicht gegeben, ... hätte ich dich niemals kennengelernt.«

Während er sprach, wurde Lucy bewusst, wie all diese Ereignisse zusammenhingen, und dass alles, was geschehen war, sie an genau den Punkt gebracht hatte, an dem sie sich jetzt befand. Sogar ihr vorheriges Leben erschien ihr jetzt sinnvoll. Wäre sie nicht krank gewesen, hätte sie an diesem Tag nicht auf der Tribüne gesessen, sondern selbst an dem Turnier teilgenommen. Und wäre der Mann mit dem riesigen Hut nicht gewesen, um ihr die Sicht zu versperren, wäre sie nicht aufgestanden und der Kristall hätte sie vermutlich nicht getroffen. Alles, was geschehen war, bekam auf einmal einen logischen Zusammenhang. Alles hatte dazu beigetragen, dass sie jetzt hier war.

»Dann hatte alles seinen Sinn, nicht wahr? Sogar die schlechten Dinge.«

Nikolas nickte. »So ist es immer. Deshalb sind Dinge niemals schlecht oder gut.«

»Sie *sind* einfach«, wiederholte Lucy das, was er ihr beigebracht hatte und lächelte stolz. Ja, sie hatte viel von ihm gelernt. Und sie hoffte, dass sie sich mit diesem Wissen, auch ohne den Kristall, ein glückliches Leben erschaffen konnte. Auch, wenn es ein Leben ohne Nikolas sein würde. Schon bald würde sie sich von ihm verabschieden müssen und wahrscheinlich würde sie ihn nie wiedersehen. Ohne den Kristall war sie nicht in der Lage, diese Welt zu betreten. Und Nikolas hatte womöglich endgültig genug von der kranken Welt, in die er geschickt worden war, um seinen Auftrag zu erfüllen. Er würde sie sicher nie wieder betreten wollen.

Nach allem, was er dort erlebt hatte.

»Nichts ist unmöglich«, sagte er auf einmal und blickte verträumt in den Sonnenuntergang. Der Wind spielte mit seinen großen Locken, als würde er mit seinen blumig duftenden Fingern daran ziehen. »Deine Möglichkeiten sind so grenzenlos wie deine Gedanken. Denke immer daran. Die Grenzen, die du erfährst, sind nur die Grenzen in deinem Kopf.« Dann sah er sie wieder an. »Du wirst dir ein tolles Leben erschaffen. Das weiß ich.«

Lucy nickte. Ja, das würde sie. Das war sie sich nach all dem Leid in ihrem Leben selbst schuldig. Aber sie hoffte insgeheim, dass er sich vielleicht selbst in die Möglichkeiten in ihrem Kopf mit einbezog. Dass er sie deshalb dazu ermunterte an die Grenzenlosigkeit zu glauben, weil eventuell doch die Möglichkeit bestand, dass er an diesem, ihrem neu erschaffenen Leben teilnahm. Wenn auch nur ab und zu. Um sie zu besuchen vielleicht. Sie wagte es nicht wirklich daran zu glauben, aber sie wollte es wenigstens hoffen. Sie konnte sich nicht vorstellen, ihn nie wiederzusehen.

Sie gingen jetzt weiter durch eine schmale Gasse und kamen an einem kleinen Platz heraus, in dessen Mitte dieses Mal kein Brunnen, sondern eine Steinskulptur stand. Als sie darauf zugingen, erkannte Lucy, dass es sich bei der Skulptur um Kinder handelte. Kinder, die lachten und tanzten, sich an den Händen hielten und spielten. Die Gesichter sahen so fröhlich aus, dass Lucy bei dem Anblick selbst lachen musste. Auf dem Sockel war das Wort »Euphoria« eingemeißelt. Und ein besseres Wort gab es auch nicht, um die Fröhlichkeit dieser Skulptur zu beschreiben.

»Es ist ein Spiel«, sagte Nikolas. »Ich wollte es dir noch unbedingt zeigen, bevor du gehst.«

Lucy wandte sich zu ihm um und lachte kurz. »Du willst mir noch ein Spiel zeigen?«

»Ja.« Er grinste bedeutsam. »Das Spiel der Götter.«

Sie runzelte die Stirn, machte aber ein neugieriges Gesicht. Wollte er ihr jetzt einen Lumenischen Tanz vorstellen?

»Mit *Götter* sind die Menschen gemeint«, sagte er mit einem tiefsinnigen Blick. »Schließlich erschaffen wir die Wirklichkeit.«

Lucy nickte geduldig. Als er dann aber nicht weiter erzählte, sondern auf irgendetwas zu warten schien, sagte sie: »Okay, verstehe. Menschen sind Götter, weil sie die Wirklichkeit erschaffen.«

Dann erst war er zufrieden und fuhr fort: »Das Spiel heißt Euphoria, weil es die einfachste Methode ist, sich glückliche Situationen zu erschaffen. Wir spielen es ständig«, erklärte er und ging ein paar Schritte um die Skulptur herum. Lucy folgte ihm. »Wenn du dieses Spiel beherrschst, brauchst du dir um deine Realität im Grunde keine Sorgen mehr zu machen. Weil sie immer positiv sein wird.«

Das klang fast zu schön, um wahr zu sein. Ein Spiel mit dem man die Realität verändern konnte? Lucy hätte ihn am liebsten geschüttelt, damit er endlich mit der Spielanleitung herausrückte.

»Es ist ganz einfach. Du musst nur eins tun«, sagte er und blickte sie dabei bedeutsam an. »Du musst Glücksgefühle in dir hervorrufen. Und zwar völlig grundlos.«

251

Lucy stockte perplex. »Grundlose Glücksgefühle?«, hakte sie nach. Wozu sollte es gut sein, sich grundlos glücklich zu fühlen? Und wie sollte das überhaupt gehen?

Jetzt kam er zu ihr und nahm ihre Hände. »Du weißt doch, wie sich Glücksgefühle anfühlen?!«

Lucy brauchte nicht lange zu suchen. Gerade jetzt in diesem Moment fühlte sie sich wahnsinnig glücklich. Wie berauscht. Aber dieses Glücksgefühl hatte einen *Grund*. Und das war *er*.

»Selbst wenn du jetzt keinen Grund hättest«, antwortete er auf ihre Gedanken, »wüsstest du, wie sich Glück anfühlt. Jeder weiß das. Es gibt keinen Menschen, der noch nie Glück gefühlt hat. Du musst dich nur daran erinnern.«

Lucy nickte. Okay, das leuchtete ihr ein. Natürlich hatte sie unabhängig von Nikolas in ihrem Leben schon Glück gefühlt. Als Kind zum Beispiel. Zu Weihnachten.

Nikolas schmunzelte bei ihren inneren Bildern. »In Ordnung«, sagte er. »Jetzt musst du dich nur noch in dieses Gefühl hineinsteigern und es stärker werden lassen. So stark, dass es wie verrückt in dir kribbelt.«

Lucy tat was er sagte. Sie konzentrierte sich auf das glückliche Gefühl aus ihrer Kindheit und auch auf das Verliebtheitsgefühl, das sie momentan spürte und steigerte sich so gut es ging hinein. Sie war gut darin, sich in Gefühle hineinzusteigern. Das hatte sie schließlich auch immer mit ihren negativen Gefühlen gemacht. Sie war zwar erstaunt, dass es mit ihren positiven Gefühlen genauso einfach ging, aber es war eigentlich ganz logisch. Was in die eine Richtung funktionierte, musste auch in die andere Richtung gehen.

Nach ein paar Sekunden wurde das Gefühl in ihrem Bauch dann stärker. Und noch ein paar Momente später fing es an wie wild in ihr zu kribbeln. Das Gefühl stieg ihr hinauf in den Brustkorb. Nikolas wartete noch einen Moment. Und als Lucy das Gefühl bis in den Hals stieg, so dass sie am liebsten gegluckst hätte vor Glück, hob er den Daumen.

»Perfekt!«, sagte er lachend. »Genau das ist es.«

Sie strahlte plötzlich wie die aufgehende Sonne. So breit, dass es hätte wehtun müssen. Und sie konnte auch nicht damit aufhören. Das Grinsen blieb in ihrem Gesicht, als wäre es festgenagelt. »So einfach geht das?«, lachte sie.

Er nickte. »Das kannst du jederzeit machen. Glücksgefühle lassen sich völlig grundlos in dir hervorrufen. Es ist nur eine Entscheidung, verstehst du?«

»Mhm«, machte sie und legte ihre Hände auf ihre hochgezogenen Wangen. Sie fragte sich jedoch, ob sie auch dazu in der Lage sein würde, solche Glücksgefühle zu fühlen, wenn sie nicht mehr in Lumenia war und Nikolas nicht mehr vor ihr stand, um ihr das Leben zu erklären. Wie schwer würde es ihr fallen, wenn sie wieder in ihrem alten Trott war, in ihren alten, furchtbaren Lebensumständen?

»Wie gesagt, es ist eine Entscheidung«, wiederholte Nikolas seine Worte. »Du kannst entscheiden, ob du dich in deinen Lebensumständen glücklich fühlst oder unglücklich. Wenn du dich unglücklich fühlst, wird die Situation sich nicht ändern. Fühlst du dich aber trotzdem glücklich, gibst du der Situation die Chance, sich zu wandeln.«

Lucy zog die Stirn kraus. Sie verstand, dass man sich auf etwas Anderes fokussieren musste, wenn man sein Leben ändern wollte. Aber glücklich zu sein, während man krank war und arm? Sie zweifelte daran, das hinzubekommen.

»Das hast du doch schon getan«, erinnerte Nikolas sie. »Auf der Tribüne, als du dir vorgestellt hast, gesund zu sein und so wie deine Freundin Miriam Sport machen zu können. Es war zwar nur ein kurzer Moment, aber er war da.«

Sie war erstaunt, dass er diese Szene so genau beschreiben konnte. Ja, sie hatte sich tatsächlich für einen kurzen Moment vorgestellt, gesund zu sein. Und das hatte einen winzigen Moment lang ein Glücksgefühl in ihr ausgelöst. Aber sollte das schon ausgereicht haben?

»Kurz darauf hat dich der Kristall getroffen«, sagte er bedeutsam.

Lucy warf der Steinskulptur einen erstaunten Blick zu. Das sollte reichen? Glücksgefühle? Wenn das wirklich stimmte, brauchte sie sich ja um all die anderen Dinge, die sie gelernt hatte, keine Sorgen zu machen, dachte sie. Wenn das stimmte, brauchte sie nichts weiter als Glücksgefühle in sich entstehen zu lassen und das Leben würde sich für sie in eine Aneinanderkettung von Glücksmomenten verwandeln. Sollte es wirklich so einfach sein?

»Gefühle sind sehr mächtig, Lucy. Sie zu beherrschen, ist eine wichtige Aufgabe, denn sie haben eine durchschlagende Kraft. Sie können krank oder gesund machen, Frieden stiften oder Krieg, Traurigkeit in dein Leben ziehen oder Freude. Es liegt nicht an den Bildern, die du im Kopf hast. Sie sind neutrale Gebilde, die nur die Richtung vorgeben. Das, was die Wirklichkeit erschafft, sind deine Gefühle. Sie erschaffen deine Welt.« Er sah ihr einen Moment lang stumm in die

Augen und suchte nach ihren Gedanken. Aber sie dachte an nichts, als an seine Worte. Sie wollte sie sich einprägen. Für immer.

»Viele Menschen finden ihr Leben lang keinen Frieden mit ihren Gefühlen«, sprach er weiter und machte ein ernstes Gesicht. »Weil sie nicht wissen, wie sie mit ihnen umzugehen haben. Wie sie sie kontrollieren können. Sie nehmen Überhand und zerstören unaufhaltsam ihr Leben. Und sie können nichts dagegen tun, weil sie nicht das notwendige Wissen haben. Sie kennen die Spielregeln nicht, Lucy. Aber du schon.«

Sie nickte gedankenverloren. »Du meinst den inneren Kampf«, sagte sie mehr zu sich selbst, als zu ihm. Sie dachte an die vielen Situationen, in denen sie diesen sinnlosen inneren Kampf mit sich ausgetragen hatte. Und wie die Gefühle, die sie nicht haben wollte, dadurch immer stärker geworden waren. Dann sah sie auf. »Also hast du mir die Spielregeln von Euphoria schon am Anfang erklärt«, bemerkte sie verdutzt.

Er senkte den Kopf zu einem langsamen Nicken. »Du musstest all diese Dinge über die Gefühle und das Gesetz der Anziehung erst lernen, bevor ich dir das Spiel verraten konnte. Wenn ich es dir als allererstes verraten hätte, hättest du nicht damit umgehen können.«

Sie dachte einen Moment darüber nach. »Aber vielleicht hätte ich die negativen Gefühle mit den Glücksgefühlen löschen können«, erwiderte sie.

Er schüttelte mit dem Kopf. »Das wäre ein Kampf gewesen, Lucy. Du kannst Gefühle oder Gedanken nicht loswerden, indem du sie verdrängst oder mit etwas Anderem überdeckst. Das hast du selbst gesehen. Du kannst sie nur akzeptieren und als ein Teil von dir annehmen. Sie weg haben zu wollen ist ein Kampf, den du immer verlierst. Deshalb ist die Spielregel, die ich dir jetzt beibringe so wichtig. Du darfst mit Euphoria keine Absicht verfolgen.«

Langsam wurde es dunkler und der frische Abendwind roch jetzt nicht mehr nach Blumen, sondern nach Moos und Regen. Lucy sah in den Himmel. Es zogen dicke Wolken auf. Sie seufzten beide schwer, als sie sich langsam auf den Rückweg machten. Aber sie unterhielten sich weiter. Es blieb ihnen nicht mehr viel Zeit.

»Ich soll also keine Absicht mit meinen Glücksgefühlen verfolgen«, sagte sie und sah ihn fragend an. »Wieso? Was ist an einer Absicht so schlimm?«

Er nahm wieder ihre Hand. »Hinter einer Absicht steckt immer ein Mangel oder ein Kampf. Wenn du die Absicht verfolgst, mit den Glücksgefühlen deine negativen Gefühle zu verjagen, konzentrierst du dich eigentlich auf die negativen Gefühle und auf den Kampf gegen sie, anstatt die positiven zu verstärken.«

Stimmt, dachte sie. Das konnte sie verstehen.

»Verfolgst du die Absicht, mit den Glücksgefühlen etwas Bestimmtes zu erreichen, zum Beispiel Reichtum, konzentrierst du dich in Wirklichkeit auf die Armut. Weil du sie ja mit den Glücksgefühlen bekämpfen willst. Verstehst du? Eine Absicht verbirgt immer einen Mangel an etwas. Sonst hättest du die Absicht ja nicht.«

Das klang logisch. Wenn sie die Armut in ihrem Leben

akzeptierte, hatte sie auch keinen Grund, gegen sie zu kämpfen. Und daher würde sie auch nicht die Absicht verfolgen, etwas an der Armut zu ändern. »Also, wenn ich eine Absicht verfolge, konzentriere ich mich in Wirklichkeit auf das, was die Absicht erst hervorgebracht hat«, fasste sie zusammen. »Die Armut.«

Er nickte stolz und lächelte. »Ganz genau. Erst wenn du einen Mangel spürst und dich gegen ihn wehrst, entsteht in dir die Absicht, diesen Mangel zu beseitigen.«

»Logisch. Wenn ich den Mangel akzeptiere, brauche ich ja nicht gegen ihn zu kämpfen.«

»Und jetzt kommen wir zu dem Spiel«, sagte er fröhlich. »Wenn du alles akzeptiert hast, konzentrierst du dich völlig absichtslos auf deine Glücksgefühle. Ohne damit ein Ziel zu verfolgen. Einfach so, aus Spaß. Deswegen ist es ein Spiel. Ein Spiel soll ja Spaß machen«, sagte er zwinkernd.

Lucy nickte. »Also soll ich einfach spielen. Es einfach aus Spaß tun. Weil es sich gut anfühlt.«

»Das ist Euphoria.«

»Und was wird dann passieren?«

»Durch die Absichtslosigkeit lösen sich alle Blockaden und Hindernisse in dir auf. Alles wird möglich, weil dein Kopf nicht mehr bewertet. Der Verstand hat nichts gegen Spiele und lässt deshalb auch keine Widerstände gegen Ideen und zukünftige Visionen entstehen, die du gern in deinem Leben hättest. Du kannst dir die unglaublichsten Dinge vorstellen, sie mit deinen Glücksgefühlen aufladen und so in dein Leben ziehen. Ohne, dass dein Glaube oder deine alten Überzeugungen irgendwelche Einwände erheben.«

Lucy drehte sich energisch zu ihm um sah ihn aufgeregt an. »Das bedeutet, ich kann meine Überzeugungen überlisten?«, fragte sie begierig.

Er lachte. »Ja. Es ist ein Trick, Überzeugungen zu überlisten. Und gleichzeitig kannst du sie damit neu programmieren.«

Sie hätte jetzt am liebsten erfreut in die Hände geklatscht. Aber sie wollte ihn nicht loslassen. »Die alten Programme ändern sich, wenn ich glücklich bin?«

»Wenn du dich auf eine gegenteilige Überzeugung konzentrierst und intensive Gefühle damit verbindest, ja. Aber nur, wenn du keine Absicht damit verfolgst.« Er grinste neckisch und sie lachte.

»Das kriege ich hin!«

Das war die beste Nachricht, seit sie erfahren hatte, dass sie die volle Kontrolle über ihr Leben besaß. Sie konnte also die Überzeugungen, die sie von ihrer seit Generationen in Armut lebenden Familie übernommen hatte, einfach löschen. Und neu programmieren. Die Überzeugung wertlos zu sein und es nicht zu verdienen, in Reichtum und Luxus zu leben. Und der Glaube ihres Vaters, dass man es nur verdiente Geld zu haben, wenn man hart arbeitete und sich dafür die Knochen kaputtmachte. Genauso wie die Überzeugung, dass das Leben schwer war und krank machte. Dass sie auf die ganze Welt allergisch reagierte, weil sie gemein, schmutzig und bösartig war. Das war der Glaube, der sie krank gemacht hatte. Der Glaube, der sie ihr Leben lang hatte leiden lassen. Das wusste sie jetzt. Und jetzt konnte sie es auch ändern. Mit einem Spiel. Sie schüttelte fassungslos mit dem Kopf und lachte herzhaft. Plötzlich sah die Welt vollkommen anders aus, als noch vor wenigen Tagen. Sie war ein völlig neuer Mensch mit neuen Ansichten, neuen Gedanken und Gefühlen und einem ganz neuen Selbstbewusstsein. Das Gefühl, über ihr Leben bestimmen zu können wie eine Drehbuchautorin, löste eine Stärke in ihr aus, die sie nie für möglich gehalten hätte. Sie fühlte sich selbstbewusst und selbstsicher. Mit einem unerschütterlichen Vertrauen in sich selbst. Ja, sie vertraute sich. Sie vertraute sich zutiefst, dass sie alles erreichen konnte, was sie wollte. Dass sie grenzenlos sein konnte. Grenzenlos glücklich.

Das Glücksgefühl steigerte sich weiter in ihr und erneut entstand das tiefe Surren in ihrem Bauch und stieg ihr warm wie Strom in den Kopf. Lucy seufzte benommen.

»Ich glaube … der Kristall hat Nebenwirkungen«, sagte sie lachend und legte ihre Hand auf die Stirn. Lag es an ihren Glücksgefühlen, dass sie sich über die Benommenheit keine Sorgen machte? Sie fühlte sich wieder wie in Watte eingehüllt. So ruhig und gelassen und leicht wie eine Feder. Er lachte ebenfalls.

»Ein dauerhaftes Ansteigen der Energie in einem Körper, so wie bei dir, löst eine Erweiterung des Bewusstseins aus. Man wird innerlich ruhig und gelassen und sieht Dinge, die andere nicht sehen können. Man betrachtet die Welt mit anderen Augen.«

Lucy sah ihn erschrocken an. »Dinge, die andere nicht sehen? Bekomme ich jetzt Halluzinationen?«

»Nein«, sagte er und lachte ausgiebig. »Du siehst die Wirklichkeit. Ohne Illusionen und ohne Bewertungen.«

»Das ist doch gut, oder?«

Er nickte, immer noch lachend.

»Ja, aber bevor du anfängst Geister zu sehen, holen wir dir das Ding lieber raus.«

Lucy fragte lieber nicht, was er damit meinte. Und irgendwie war es ihr auch egal. Sie war viel zu glücklich, um sich über irgendetwas Gedanken zu machen. Viel zu berauscht und beflügelt. Sie wäre wahrscheinlich in diesem Moment abgehoben, wenn Nikolas sie nicht festgehalten hätte. Oder einfach zersprungen. In tausend funkelnde Glücksteile.

Den Rest des Weges redeten sie darüber, wie sie sich ein glückliches Leben vorstellten und Lucy überlegte sich schon einmal, was sie sich erschaffen wollte, wenn sie wieder zu Hause war. Als sie wieder in ihr Zimmer flogen, stand Quidea schon da. Und Alea, Paco und Hilar. Sie wollten sich alle von ihr verabschieden und gaben ihr noch Tipps und liebevolle Worte mit auf den Weg. Bevor Alea ihr jedoch den Kristall entfernte, nahm Nikolas sie noch einmal ganz fest in den Arm und ließ sie lange nicht los. Sie spürte seinen Herzschlag auf ihrer Brust und bemerkte zur gleichen Zeit, wie ihr eigenes Herz mit seinem Rhythmus im Einklang schlug. Schnell, aufgeregt, traurig und glücklich zugleich und leidenschaftlich entflammt.

»Sehen wir uns wieder?«, flüsterte sie endlich die Frage, die ihr die ganze Zeit im Kopf umher ging, in sein Ohr.

Er antwortete zunächst nicht. Aber ein Gedanke, der seine Stimme trug, drang in ihren Kopf und ließ ihr Herz hoffen. *Die Geschichte ist noch lange nicht zu Ende.* Er löste sich aus der

Umarmung, nahm ihren Kopf sanft in seine Hände und gab ihr einen letzten, samtweichen Kuss. Dann hauchte er ihr die Antwort auf die Lippen:

»Ja. Bald.«

26

DIE WANDLUNG

Der Medizinschrank war leer. Sie hielt die letzte Packung Tabletten in der Hand und kratzte sich geistesabwesend den juckenden Ausschlag an ihrem Arm. War alles nur ein Traum gewesen? Hatte sie sich vielleicht wirklich nur tagelang in ihrer Wohnung verbarrikadiert und das Telefon und die Klingel ausgeschaltet, so wie sie es ihrer besten Freundin und ihrer Familie erzählt hatte? Sie betrachtete nachdenklich die kleine, rote Welle an ihrer Hand und streichelte sanft mit dem Zeigefinger darüber. Wer hätte ihr die wahre Geschichte auch jemals geglaubt? Sie glaubte sie sich kaum selbst. Dass sie in einer tagelangen, depressiven Phase – mit halluzinierenden Episoden – gesteckt hatte, klang selbst für sie glaubwürdiger. Und plausibler. Doch selbst wenn sie noch hundert Mal darüber sinnierte, ob sie sich vielleicht alles nur eingebildet hatte, die Blutflecken auf ihrem Teppich vielleicht nur Soßenflecken waren – von einem Mittagessen, an das sie sich nicht mehr erinnern konnte – und das Mal an ihrer Hand nur ein kleiner Bluterguss, der wieder wegging, blieben dennoch die Erinnerungen in ihrem Kopf. Die Erinnerungen an die unglaubliche Geschichte, die sie erlebt hatte. Und an die Menschen, die ihr begegnet waren und die ihre Weltanschauung völlig auf den Kopf gestellt hatten. Sie sah sie noch genau vor sich. Ihre Gesichter, ihr Lächeln, ihre unendliche Ruhe und Gelassenheit und das Selbstbewusstsein, das sie alle ausstrahlten. Besonders Nikolas. Er konnte unmöglich Einbildung gewesen sein. Und Lumenia ... War sie wirklich dort gewesen? In einer anderen Welt? Ihr Verstand sagte »Nein«, doch ihre Erinnerungen waren klar und deutlich.

Es waren jetzt Monate vergangen. Doch sie dachte immer noch jeden Tag an ihn. Und fast jede Nacht träumte sie von der wilden Verfolgungsjagd und davon, was sie alles getan hatte. Mit ihren Gedanken. Sie sah immer wieder die Männer vor sich, die sie dazu gezwungen hatte, die Waffen auf sich selbst zu richten. Sie hätte sie fast umgebracht. Und sie erlebte im Traum immer wieder die Nacht im Hotel, als irgendetwas mit ihrem Bewusstsein passiert war. Sie sah sich mit Nikolas aus dem Fenster springen und sie sah Marius fast ersticken. Und jedes Mal, wenn sie dann schweißgebadet wach wurde, versuchte ihr Verstand ihr einzureden, dass diese Geschichte nicht real gewesen war. Nicht real gewesen sein *konnte*.

Sie ließ die letzte Schachtel mit Tabletten ebenfalls in den Papierkorb fallen und zog dann die Tüte zu. Dann schmiss sie sie über ihre Schulter, nahm sich den Schlüssel von der Kommode und verließ die Wohnung. Bevor sie die Tüte jedoch unten in den Müllcontainer warf, betrachtete sie sie noch einmal und zögerte.

Danach gibt es kein Zurück, dachte sie. *Nie wieder.*

Sie wollte sich von ihren Beschwerden wieder befreien, die

wieder zurück gekommen waren. Auch ohne die Hilfe eines magischen Kristalls. Und sie glaubte daran, dass sie es schaffen konnte. Sie überlegte jedoch, ob dieser Schritt nicht zu gewagt war. Vielleicht würde sie die Medikamente noch eine Weile brauchen, dachte sie. Nur zur Sicherheit. Sie blickte noch einmal in die Tüte und erinnerte sich an die wenigen beschwerdefreien – zwar aufregenden, aber glücklichen – Tage in ihrem Leben, in denen sie diese Medikamente nicht mehr gebraucht hatte. Es waren trotz all der Aufregung die glücklichsten Tage ihres Lebens gewesen. Noch nie hatte sie sich so gut gefühlt. So lebendig. Und so vollkommen frei und grenzenlos.

Diese Tage hatten ihr ganzes Leben verändert. Ihr ganzes Sein. Durch Nikolas hatte sie gelernt, dass ihre Möglichkeiten nicht begrenzt waren. Sie *konnte* es schaffen, sich von ihren Beschwerden zu befreien. Dazu brauchte sie den Kristall nicht. *Sie* war es gewesen, die sich von ihren Krankheiten befreit hatte. Nicht der Splitter, der in ihrer Hand gesteckt hatte. Sie versuchte, es sich immer wieder zu sagen. Und sie wollte es sich so gern glauben. Aber manchmal zweifelte sie immer noch daran. Sie nahm einen tiefen Atemzug, schob entschlossen den Containerdeckel zurück und schmiss die Tüte schließlich hinein. Dann stieß sie ein befreites Seufzen aus, drehte sich um und machte sich auf den Weg zum Stadtteich.

Es war immer noch warm. Viel zu warm. Und ihr Kreislauf machte ihr wieder Probleme. Aber es waren noch nicht alle Beschwerden zurückgekommen. Einige ließen sich offenbar Zeit. Und sie war froh darüber. Es war nicht *alles* wie vorher. Nur zum Teil. Aber ihre Enttäuschung, als ihre Allergien und

Krankheiten wieder aufgetaucht waren, war regelrecht niederschmetternd gewesen und hatte sie in ein tiefes Loch fallen lassen, aus dem sie lange nicht heraus gekommen war. Doch heute hatte sie beschlossen, dass damit endlich Schluss war.

Sie spazierte gedankenverloren die Straße hinunter und beobachtete das Leben und die Menschen um sich herum. Viele sahen unglücklich aus. Das fiel ihr erst seit einer Weile auf. Früher waren ihr die vielen unglücklichen Menschen nie bewusst gewesen. Vielleicht, weil sie mit ihrem eigenen Unglück beschäftigt gewesen war.

An der Kreuzung hupten sich zwei Autofahrer wütend an, streckten ihre Köpfe aus den Fenstern und riefen sich Beleidigungen zu und an der Ampel schimpfte ein Vater mit seinem Kind. Lucy beobachtete die Welt um sich herum seit einer Weile vollkommen anders. Neutraler. In ihr gab es nicht mehr so viel Wut und Traurigkeit. Seit sie wieder zu Hause war, regte sie sich auch kaum noch auf. Nicht einmal die schrecklichen Nachrichten im Fernsehen oder die Mahnungen, die ihr unaufhörlich ins Haus flatterten, beunruhigten sie mehr. Bis auf ihre Traurigkeit, was ihre Krankheiten anging, war sie viel ruhiger geworden. Lag es daran, dass Nikolas ihr den Kampf gegen die Realität ausgeredet hatte?

Lucy überquerte die Straße und sah dem Mann mit dem Kind nach. Was würde es jetzt bringen, sich innerlich gegen sein Verhalten aufzulehnen, überlegte sie. Es kam ihr so absurd vor, denn es würde nichts an der Situation ändern. Es würde ihr höchstens schaden. Ihren Körper verkrampfen und womöglich noch kränker machen. Und das laute Hupen der

Blechlawine hinter ihr und der Gestank? Was würde es ändern, wenn sie es ablehnte? Sie lachte innerlich und ging dann weiter. Sie hatte begriffen, dass die Realität sich nicht mit einem Kampf ändern ließ. Sondern mit dem Erschaffen einer neuen Realität. Mit Entscheidungen. Das war so sehr in ihr hängen geblieben, dass sie kaum noch gegen die Realität ankämpfte. Bis auf ein paar Ausnahmen. Sich gegen die Realität aufzulehnen brachte nichts weiter als Leid hervor. Früher hatte sie geglaubt, wenn sie etwas akzeptierte, das sie aus moralischen oder persönlichen Gründen ablehnte, würde sie es gutheißen. Aber jetzt war ihr klar, dass Akzeptanz und Gefallen nicht dasselbe waren. Etwas zu akzeptieren bedeutete nichts weiter, als den inneren Kampf gegen die Realität aufzugeben. Denn dieser Kampf war zwecklos. Es war auch zwecklos, gegen ihre Vergangenheit anzukämpfen. Gegen ihre Kindheit oder das Verhalten anderer Menschen. Oder dagegen, wie sie erzogen worden war und welche Überzeugungen sie von ihren Eltern übernommen hatte. Sie konnte kaum glauben, dass sie früher gegen diese Wirklichkeit gekämpft hatte. Dass sie wirklich davon überzeugt gewesen war, sie mit diesen Kämpfen ändern zu können.

Als sie in den schmalen Weg einbog, der zum Teich führte, konnte sie schon das Schilf sehen. Sie hoffte immer noch, dass er plötzlich einfach aus dem Nichts auftauchen würde. Dass er über dem Wasser erschien – so wie seine Gardisten-Kollegen – und wieder bei ihr war. Sie noch einmal daran erinnerte, was sie von ihm gelernt hatte. Aber ihr war klar, dass er nicht dafür verantwortlich war, ihr Leben in Ordnung zu bringen. Niemand war das. Das musste sie schon ganz allein schaffen. Und vielleicht... ja vielleicht hatte er ja auch nie existiert. Vielleicht war doch alles nur ein verrückter Traum gewesen. Je mehr Zeit verging, umso unrealistischer erschienen ihr all diese Ereignisse.

Sie setzte sich auf eine Bank, direkt an den Teich und blickte ins Wasser. Sie war gekommen, um sich zu verabschieden. Von ihm, von ihren inneren Kämpfen und von ihrem alten Leben. Sie rief sich in Erinnerung zurück, was er ihr beigebracht hatte. Dass sie die Dinge akzeptieren musste, um sich von ihnen zu lösen. Und das tat sie. Sie akzeptierte den wiederkehrenden Ausschlag, ihren schwächelnden Kreislauf, ihre Allergien und alle anderen Beschwerden, die noch nicht da waren, aber vielleicht vor hatten zurückzukommen. Sie akzeptierte auch ihre Armut und ihre Traurigkeit darüber, dass sie sich Dinge, die für andere Menschen ganz normal waren, nicht leisten konnte. Sie gab den Kampf dagegen auf. Und sie gab es auch auf, anderen Menschen, oder dem Leben, oder dem Universum die Schuld für ihr Unglück zu geben. Sie akzeptierte, dass sie die einzige Macht in ihrem Leben war. Die Einzige, die über Glück und Unglück bestimmte. Sie entschied, auf welche Weise sie dem Leben und der Welt um sich herum begegnen wollte. Sie entschied, wie sie auf Menschen und Ereignisse reagierte. Ob mit positiven Gefühlen und Gedanken oder mit negativen. Die Bewertung der Dinge lag ganz allein an ihr. Und diese Bewertung war es, die sie glücklich oder unglücklich machen konnte. Und sie wollte glücklich sein. Nach all den Jahren voller Leid und Kummer wollte sie endlich glücklich sein. Und jetzt *konnte* sie das auch. Sie war nicht länger machtlos. Nicht länger das Opfer von Umständen, gegen die sie nichts tun konnte. Das war sie nie gewesen. Sie war eine Göttin. Weil sie – wie jeder Mensch auf dieser Welt – die Macht besaß, die Realität zu verändern. Sie war mächtig. Sie war groß und ihre Möglichkeiten waren grenzenlos. Das waren Nikolas' Worte gewesen. Sie hallten immer noch in ihrem Kopf wider. Und sie wollte sie nie verstummen lassen.

Wann hatte sie sich in diesen Menschen verwandelt? Wann hatte sich diese innere Ruhe und die Größe auf ihr ganzes Leben gelegt und sie verändert? War es in dem Moment passiert, als der Splitter sie aus ihrer Realität gerissen hatte oder erst, als sie in dem Hotelzimmer eingesperrt gewesen war und mit einem Mal alles verstanden hatte. Das Leben, den Sinn dahinter und … wer sie war. Vielleicht fand diese Verwandlung aber auch erst jetzt statt. Jetzt, wo sich der Kristall nicht mehr in ihrem Körper befand und sie allein für sich, für ihren Körper und ihre Energie verantwortlich war. Es war nichts mehr da, das ihr die Energie geben konnte, um ihr Leben zu verändern. Nur noch sie. Sie allein. Sie trug als Einzige die Verantwortung für ihr Leben. Nichts und niemand sonst.

Es war Zeit, ihr Leben in die Hand zu nehmen. Es zu verändern. Sie hatte jetzt genug Zeit damit verbracht, sich von den Ereignissen zu erholen und ununterbrochen über sie nachzugrübeln, sie durchzuspielen und zu analysieren. Und sie hatte auch lange genug über die Tatsache getrauert, dass sie wieder in ihrem alten Leben steckte. In ihrer alten *Welt*. Und dass Nikolas nicht mehr da war.

Seufzend erhob sie sich von der Bank und blickte noch

einmal über den Teich. Auf den winzigen Wellen brach sich das Sonnenlicht und funkelte ihr verspielt entgegen. Sie lächelte in sich hinein, drehte ihrem alten Leben und allem, was sie akzeptiert, angenommen und losgelassen hatte, ein für allemal den Rücken zu und fing endlich an, zu spielen. Nach all der Grübelei wollte sie endlich das tun, was Nikolas ihr beigebracht hatte.

Sie konzentrierte sich auf Glück. Und auf Erfüllung. Auf Gesundheit und Reichtum. Auf alles, was sie sich immer gewünscht hatte und was sie sich nun erschaffen wollte. Sie wusste, dass es nicht so schnell gehen würde, wie mit dem Kristallsplitter. Aber es würde eintreten. Irgendwann. So hoffte sie. Und selbst wenn alles nur ein Traum gewesen war, was konnte es schaden, in Zukunft positiver auf das Leben zu reagieren und sich eine glückliche Zukunft vorzustellen? Sie war bereit. Bereit in ein neues Leben zu starten. Sie erinnerte sich an ihr Glücksgefühl, steigerte sich hinein und ließ es so stark werden, dass es erneut in ihr kribbelte und tobte und sie fast abheben ließ. Sie lachte vor Glück. Absichtslos. Und grundlos. Einfach so.

Und als sie sich auf den Heimweg machte, fühlte sie sich so gut wie schon lange nicht mehr. Sie fühlte sich frei. Frei, eigene Entscheidungen zu treffen. Sie wollte zu einer Erschafferin der Realität werden. Und nie wieder ein Opfer derselben sein. Und sie wusste, sie spürte, dass sie es schaffen würde. Irgendwie. Irgendwann.

Sie ließ Bilder in sich entstehen. Bilder, die sie mochte. Situationen, bei denen ihr Herz frohlockte und tanzte. Und mit einem Mal sah die Welt ganz anders aus. Ihr begegneten keine traurigen Gesichter mehr und auch keine wütenden

Autofahrer. Das Hupen der Blechlawine war verstummt und der Gestank der Abgase auf wundersame Weise verschwunden. Ob das möglich war? Sie wusste es nicht. Ihr Verstand wusste es nicht. Aber das war auch vollkommen egal. Es war nur ein Spiel. Ein Spiel der Glücksgefühle. Es veränderte schon jetzt ihre Welt. Und sie hatte keinen Zweifel daran, dass sich ihr Leben von nun an in ein Märchen verwandeln würde. Und sie zweifelte deswegen nicht, weil es gar nicht ihr Ziel war. Sie verfolgte keine Absicht. Sie spielte. Das Spiel der Götter.

Und sie würde nie wieder damit aufhören.

27

Nicht vorbei

Am Abend kam ihre beste Freundin vorbei. Sie hatten sich für einen Filmabend verabredet. Miriam brachte ein paar ihrer Lieblings-DVDs mit und einige gesunde Knabbereien, die Lucy bedenkenlos essen konnte. Als sie in der Küche alles in Schüsseln füllte, sah sie Lucy immer wieder nachdenklich an und sagte irgendwann:»Geht es langsam wieder?«

Lucy sah von dem Tortilla Dip auf, den sie gerade anrührte.»Was meinst du?«

Miriam strich sich ihr langes, dunkelblondes Haar hinters Ohr und machte ein mitfühlendes Gesicht, als sie sagte:»Naja, ich weiß ja, dass du es nicht leicht hast. Aber seit ein paar Monaten«, sie seufzte,»seit dem Unfall, habe ich das Gefühl, dass du irgendwie *noch* niedergeschlagener bist.«

Lucy senkte den Blick. Man hatte es ihr also angemerkt. Ihre Traurigkeit über ihre zurückgekehrten Beschwerden. So war es wohl, wenn man einmal von der Freiheit gekostet hatte – der Freiheit, einen gesunden Körper zu haben – und dann wieder in die alten Begrenzungen hinein fiel. Oder fehlte ihr einfach Nikolas? Nun ja, es hatte wohl viele Gründe gehabt. Aber jetzt ging es ihr besser. Ihr Entschluss, endlich glücklich zu sein, stand fest.

Lucy nickte. »Ja, ich schätze, ich habe eine Zeit lang gebraucht, um den Unfall zu verarbeiten.«

Sie hatte ihr nichts erzählt. Nichts von der Verfolgungsjagd, nichts von dem Splitter, nichts von Nikolas oder Lumenia. Das hatte sie Quidea versprochen. Miriam hätte sie sowieso nur für verrückt gehalten. Wie erzählte man jemandem, dass man von einer Art Superman entführt worden war, weil man einen mächtigen Kristallsplitter im Körper getragen hatte und schließlich in eine fremde Welt gebracht worden war, wo Menschen mit übersinnlichen Kräften lebten? Für so etwas gab es nicht einmal die richtigen Worte. Miriam hätte sie vermutlich einweisen lassen. Nein, die Erklärung, dass sie nach dem Unfall einfach unter Schock gestanden hatte, war viel besser. Und glaubwürdiger.

Miriam seufzte und sah sie einen Moment lang nachdenklich an. Sie sah fast so aus, als würde sie ihr nicht glauben. Fast. »Ja, das war ja auch ganz schön heftig«, sagte sie verständnisvoll. »Hätte übel ausgehen können.«

Oh, sie hatte ja keine Ahnung, *wie* übel, dachte sich Lucy und nickte wieder.

Doch Miriam sah sie immer noch an. »Seitdem bist du irgendwie anders«, stellte sie fest.

Lucy ließ den Blick gesenkt.

»Irgendwie … ruhiger«, sagte sie. »Oder gelassener. Ich weiß nicht.«

Lucy lächelte nur, nahm die Schüssel und trug sie schon einmal ins Wohnzimmer. Miriam kam ihr nach und trug Lucys Knabbereien hinterher. Und eine Schüssel Nüsse für sich selbst. Für Lucy waren Nüsse tabu. Sie reagierte seit ihrer Kindheit allergisch darauf.

»Warst du noch mal beim Arzt?«, fragte Miriam, als sie alles auf den Couchtisch stellten.

Lucy sah sie an.

Miriam deutete auf ihre Augen. »Wegen der Sache mit der Brille.«

Ach ja, dachte Lucy. Das war etwas, das Miriam schon seit Monaten wurmte. Lucy hatte früher ohne Brille nicht einmal ihren Haustürschlüssel von einem Schlüsselanhänger unterscheiden können und jetzt hatte sie plötzlich Augen wie ein Adler. Es war ihr ein Rätsel.

»Ja«, sagte Lucy und überlegte, was sie ihr sagen konnte, um ihr die Sache plausibel zu erklären. Aber ihr fiel nichts ein. »Es ist alles in Ordnung. Er kann es sich auch nicht erklären.« Und damit log sie nicht einmal. Sie war tatsächlich beim Arzt gewesen. Einfach nur, um sich komplett durchchecken zu lassen. Nach allem, was passiert war, hatte sie einfach wissen wollen, ob der Splitter irgendwelche nachhaltigen Wirkungen auf ihren Körper gehabt hatte. Und tatsächlich waren ihre Sinne seitdem wahnsinnig geschärft. Das hatte sich nicht verändert. Ihr Augenarzt war sprachlos gewesen. Und sie musste immer noch lachen, wenn sie an sein verdutztes Gesicht dachte.

»Das ist doch einfach unglaublich!«, sagte Miriam. »Du wirst von der Tribüne geschossen und brauchst auf einmal keine Brille mehr?«

Diese Unterhaltung hatten sie schon mindestens zehn Mal gehabt. Lucy zuckte mit den Schultern. »Es war vermutlich der Schock«, sagte sie und ging wieder in die Küche.

Miriam kam ihr hinterher. »Also ich habe noch nie gehört, dass so etwas durch einen Schock verursacht werden kann.«

»Spontanheilungen gibt es doch immer wieder«, entgegnete Lucy. Darüber hatte sie gelesen. Sie nahm sich die Getränke und wich Miriam wieder aus.

Diese nahm die Gläser und folgte ihr wieder. »Und du siehst immer noch alles gestochen scharf?«

Lucy nickte und fragte sich gerade, warum dieser Teil ihres Körpers immer noch geheilt war, aber sich in anderen Bereichen wieder Beschwerden bemerkbar machten. Was war der Unterschied? War es für den Körper einfach leichter, Allergien zu entwickeln, als die Sinne wieder herunter zu fahren? Würden ihre Augen oder ihr übermäßig gutes Gehör irgendwann wieder schlechter werden? Dauerte es einfach nur ein bisschen länger? Diesen Gedanken schüttelte Lucy jedoch sofort wieder ab. Sie hatte heute beschlossen, von nun an positiv zu denken und *kein* Opfer mehr zu sein. Sie wollte sich ein positives Leben erschaffen. Das hatte sie sich versprochen.

Als sie sich hinsetzten und den Fernseher einschalteten, stellten sie sich die Schüsseln auf den Schoß und lehnten sich gemütlich zurück. Lucy hatte schon das Licht ausgeschaltet und es begann bereits der Vorspann.

Miriam sah Lucy wieder an. »Kannst du die Schrift lesen?«, fragte sie flüsternd.

Lucy lachte. »Ja, Miri«, entgegnete sie gespielt genervt.

Miriam konnte es einfach nicht fassen. Lucy der Blindfisch konnte auf einmal sehen. Sie würde noch eine Weile brauchen, bis sie es endlich realisiert hatte.

Sie stopften sich die Knabbereien in den Mund und schauten gebannt dem Film zu. Lucy war jedoch nicht ganz bei der Sache. Immer wieder geisterte ihr die Frage durch den Kopf, warum manche Dinge seit dem Unfall so geblieben waren und andere wieder so wurden wie früher. Sie fragte sich auch, warum all ihre mentalen Fähigkeiten fort waren. Hätten diese nicht einfach bleiben können? Sie hörte seit ihrer Rückkehr keine Gedanken mehr und nahm keine fremden Gefühle mehr wahr. Und ihre Intuition, die sich durch den Splitter so stark ausgeprägt hatte, war auch weg. Sie schob sich gedankenversunken die Nüsse in den Mund und überlegte. Lag es an ihr? Hatte sie diese Fähigkeiten selbst wieder blockiert? Oder war es ihre Energie, die wieder abgesunken war, seit der Kristall sich nicht mehr in ihrem Körper befand? Würden ihre Fähigkeiten wiederkehren, wenn sie jetzt anfing, glücklich zu sein und ihre Realität zu verändern? Diese Grübelei hörte einfach nicht auf. Die ganzen letzten Monate hatte sie schon darüber nachgedacht.

Plötzlich rief Miriam so laut »LUCY!«, dass sie heftig zusammen zuckte. Sie warf die Schüssel in die Luft, woraufhin die Nüsse auf sie hinab regneten.

»Die Nüsse!«, rief Miriam panisch. »Wieso isst du denn die Nüsse??«

Lucy sah die Nüsse an, die auf ihrem Schoß lagen und sprang dann erschrocken auf. War sie *wahnsinnig*?? Oder lebensmüde? Wieso hatte sie die Nüsse gegessen?? Ausgerechnet das Lebensmittel, das sie innerhalb von Minuten *töten* konnte!! War sie so in Gedanken versunken gewesen, dass sie es tatsächlich nicht gemerkt hatte? Schnell rannte sie ins Bad und riss instinktiv die Schranktür auf, stellte aber sofort erschrocken fest, dass sie ja all ihre Medikamente heute morgen weg geschmissen hatte. Ihr trat kalter Schweiß auf die Stirn. *Verdammt*, dachte sie. Es war doch zu früh gewesen, alles wegzuschmeißen. Sie hätte sie noch behalten sollen.

»Wo ist dein Zeug hin??«, rief Miriam panisch. Sie stand hinter ihr und guckte erschrocken den Schrank an.

»Weg«, sagte Lucy geistesabwesend. Es war alles weg. Plötzlich spürte sie das Brennen in ihrem Hals und das Kratzen. Sie geriet ebenfalls in Panik. Gleich würde ihr Hals zuschwellen.

»Ich rufe einen Krankenwagen!«, rief Miriam und rannte aus dem Bad, um ihr Handy zu holen.

Lucy wusste nicht, ob er schnell genug hier sein würde. Sie hatte das letzte Mal als Kind solch einen allergischen Schock auf Grund von Nüssen erlebt. Und damals war sie fast erstickt. Was sollte sie jetzt tun? Was *konnte* sie tun? Ihr lief der Angstschweiß den Nacken hinunter. Sie lief zur Toilette, um sich zu übergeben. Vielleicht konnte sie den Schock damit abwenden. Als sie jedoch den Deckel hoch klappen wollte, flog er wie von selbst nach oben und knallte so sehr gegen den Spülkasten, dass er in zwei Teile riss. Sie hatte ihn nicht einmal berührt.

Lucy erschrak und wich zurück. Einen Moment lang starrte sie den Klodeckel an. War sie das gerade gewesen? Dann spürte sie, wie ihr Hals zu schwoll und sie immer schwerer Luft bekam. Schnell ging sie zum Waschbecken und wollte das kalte Wasser aufdrehen. Doch als sie nach dem Wasserhahn griff, flogen die Seife und ein paar Kosmetikdöschen, die auf dem kleinen Regal darüber standen, zur Seite und knallten gegen das Fenster. Gleichzeitig sprang der Wasserhahn auf. Auch hier hatte sie nichts berührt.

Plötzlich fühlte sie sich in der Zeit zurückversetzt. Erinnerungen an das Hotelzimmer kamen in ihr hoch und was damals mit ihr passiert war. Sie erinnerte sich an das Gefühl. Und als sie sich daran erinnerte, spürte sie es erneut in sich aufsteigen. Es stieg in ihr an wie eine Welle heißer Ekstase. Sie rang nach Luft und röchelte dabei. Das Licht begann zu flackern. Und der Boden vibrierte wieder.

Ihr wurde schwindelig. Doch sie versuchte, die Nerven zu behalten. Sie durfte jetzt nicht ohnmächtig werden. Nicht *jetzt*! Sie sah den Seifenspender und die Kosmetikdosen auf dem Boden an und sah sich dann im Spiegel an. Waren ihre Kräfte zurück? So plötzlich? Falls ja, dann würde sie diese Energie jetzt nutzen können. Und das tat sie auch. Sie hatte keine Zeit zu verlieren.

Entschlossen stützte sie sich auf dem Waschbecken ab und flüsterte sich zu: »Du hast keine Allergie. Sie ist weg. Sie ist fort. Alles ist gut. Alles ist gut!« Sie versuchte, es zu beschließen. So wie sie damals all diese verrückten Dinge beschlossen hatte, die ihr passiert waren. Die Waffen der Männer, Nikolas' Uniform, Marius Hustenanfall. Sie konnte es beschließen! Sie *konnte* es! Und das tat sie auch. Sie *musste*! »Alles ist gut!«, sagte sie atemlos. »Du bist gesund! Du hast keine Allergien!« Den letzten Satz hatte sie verzweifelt und mit Tränen in den Augen in den Spiegel geschrien. Und dabei hatte sie gespürt, wie das surrende Gefühl in ihrem Bauch zurückgekehrt war und nun in ihrem Körper pulsierte und bebte. Es war plötzlich alles wie vorher. Als sei der Kristallsplitter nie aus ihrem Körper geholt worden.

Miriam kam wieder in den Raum gelaufen und blieb erschrocken stehen, als sie das wild flackernde Licht sah und das Vibrieren im Boden spürte. »Was … ist hier los?«, rief sie.

Lucy ging in die Knie. Jedoch nicht, weil sie keine Luft bekam, sondern weil die vibrierende Energie in ihr immer stärker wurde. Es dauerte nur Sekunden und ihr Hals war wieder abgeschwollen. Sie konnte auf einmal wieder ganz normal atmen. Das Kratzen war weg. Sie hatte die Allergie einfach ausgeschaltet – als habe sie einen Schalter umgelegt. Sie atmete erleichtert auf. Doch in ihr bebte etwas, das sie kaum aushalten konnte.

Miriam kniete sich zu ihr hinunter. »Krankenwagen ist unterwegs!«, rief sie und legte einen Arm um sie. »Halte durch!« Dann nahm sie noch einmal ihr Handy in die Hand. »Ich rufe noch deine Eltern an!« Doch sie stockte. Das Display war schwarz. Und sie bekam ihr Telefon nicht mehr eingeschaltet. »Ach, verdammt!«, rief sie. »Was hat das blöde Teil denn jetzt?«

Lucy sah ihr Handy an, atmete schwer und seufzte. »Oh nein«, raunte sie. »Entschuldige.« Sie machte schon wieder Geräte kaputt. Aber wie war das möglich? Sie hatte doch den Splitter gar nicht mehr in ihrem Körper! Was war mit ihr los? Wie konnte diese Energie ohne den Splitter derart aus ihr heraus brechen?

Miriam guckte sie irritiert an. »Was?« Erst jetzt bemerkte sie, dass Lucy ganz normal atmete. »Geht's dir … wieder gut?«, fragte sie überrascht.

Lucy nickte und versuchte, sich zu beruhigen. Der Boden vibrierte immer noch. Und sie hatte das Gefühl, das Vibrieren kam aus ihrem Körper und weitete sich auf ihre Umgebung aus. Auch das Licht wollte sich nicht beruhigen. Also atmete sie tief ein und aus und versuchte, sich zu entspannen. Dann endlich blieb das Licht an. Und der Boden kam zur Ruhe.

Miriam sah sich verstört um. Ihr Blick blieb an dem zerrissenen Toilettendeckel haften. »Was hast du mit dem Klo gemacht??«, fragte sie dann.

Lucy sah auf. Und erst jetzt bemerkte sie, dass der Riss nicht nur durch den Klodeckel ging, sondern am Spülbecken weiter verlief. Wasser lief heraus. Und auch die Wand hatte einen tiefen Riss. Die Fliesen waren gespalten. Sie wusste nicht, was sie sagen sollte. Wie sollte sie ihr das erklären? Sie spürte, dass es wieder los ging. Genauso wie vor ein paar Monaten, als der Splitter in ihrer Hand gesteckt hatte. Genauso wie in dem OP oder in dem Hotelzimmer. Irgendetwas brach aus ihr heraus. Etwas, das sie nicht unter Kontrolle hatte. »Ich bin in Panik geraten«, sagte sie schwer atmend und versuchte, damit zu erklären, dass sie den Klodeckel wohl zu fest nach oben geschlagen hatte. Aber das war absurd. Das wusste sie. Und Miriam auch.

Miriam sah sich verstört um und sagte dann: »War das ein Erdbeben?« Und sie fügte in Gedanken noch an: *Seit wann gibt es in Deutschland Erdbeben?*

Lucy hatte ihren Gedanken klar und deutlich gehört. Sie sah ihre Freundin erschrocken an. Auf einmal nahm sie wieder Gedanken wahr. Genauso deutlich wie damals. Plötzlich wurde ihr bewusst, dass der Kristall offenbar doch mehr mit ihr angestellt hatte, als sie alle gedacht hatten. Er hatte immer noch Auswirkungen auf sie. Obwohl er schon lange nicht mehr in ihrem Körper war. Sie sah ihre Hand an und berührte das Mal. Irgendetwas war mit ihr passiert, als sich dieser Splitter in ihre Hand gebohrt hatte. Etwas, das scheinbar nicht mehr rückgängig zu machen war.

28

zu hause

Die nachfolgenden Monate waren die schwersten ihres Lebens gewesen. Denn sie hatte sie damit verbringen müssen, ihre Gedanken zu kontrollieren, auf ihre Gefühle aufzupassen, sich zu entspannen und möglichst niemals wütend oder ängstlich zu werden – oder auf andere Weise emotional. Denn dann passierten die verrücktesten Dinge. Sie war eine wandelnde und tickende Zeitbombe – und dieses Mal war niemand da, der ihr half. Sie musste selbst damit klar kommen. Sie konnte nicht einmal mit jemandem darüber sprechen. Denn wenn sie allein schon darüber nachdachte, war sie so aufgewühlt, dass Gegenstände von den Regalen fielen oder Geräte ihren Geist aufgaben. Erneut ging sie Situationen aus dem Weg. Dieses Mal jedoch nicht, weil sie krank war, sondern weil sie auf manches einfach emotional reagierte – und das durfte nicht passieren.

Sie konnte sich nicht mit ihrer notleidenden Familie treffen. Denn ihr Leid machte sie traurig und wütend. Und sie hatte es bisher noch nicht geschafft, die Realität dahingehend zu verändern, dass sie ihrer Familie helfen konnte. Soweit war sie noch nicht. Also musste sie sich von ihnen fern halten. Denn wenn sie wütend wurde, gingen

Dinge kaputt.

Sie konnte sich auch nicht mit Miriam und ihrem neuen Freund – Mark Vrender – treffen. Sie freute sich zwar für Miriam, dass sie ihren großen Schwarm endlich für sich gewinnen konnte, doch wenn sie mit den beiden ausging, musste sie immer an Nikolas denken und war traurig. Und meistens passierte auch dann irgendetwas Verrücktes. Sie hatte es nicht unter Kontrolle. Und das machte ihr Angst.

Lucy wandte sich von dem Fenster ab, vor dem schon wieder dicke, flauschige Schneeflocken hinab schwebten und sah ihre Freundin an, die sie gerade etwas gefragt hatte. »Wie bitte?«

»Warum holst du dir dieses Jahr keinen kleineren Baum?«, wiederholte Miriam ihre Frage. Seitdem sich Lucy beinahe mit den Nüssen umgebracht hatte, war Miriam sehr oft da. Um auf sie aufzupassen.

Lucy seufzte. Sie hatten gerade über Tannenbäume gesprochen. Es war Winter. Zwei Wochen vor Weihnachten. Sie hatte sich gewünscht, dieses Jahr das Weihnachtsfest in einem Haus zu verbringen. In ihrem eigenen Haus. Und nicht in einer kleinen Wohnung, die man kaum noch durchqueren konnte, wenn der Weihnachtsbaum erst einmal stand. »Kommt nicht in die Tüte«, antwortete sie trotzig und setzte sich auf die Couch. Auf den Platz, auf dem Nikolas vor einer gefühlten Ewigkeit gesessen hatte. Sie versank für einen Moment in Erinnerungen, als sie ihn in Gedanken vor sich sah und spürte erneut das aufregende Kribbeln in ihrem Bauch. Sie seufzte und nahm sich einen Keks. Seit ein paar Monaten konnte sie sie wieder essen. »Das wäre kein Weihnachten für mich«, fügte sie genüsslich schmatzend hinzu und lehnte sich zurück.

Miriam goss sich eine Tasse Tee ein und seufzte. »Ich weiß.«

Lucy sparte immer das ganze Jahr, um sich für das schönste Fest am Jahresende einen großen Baum kaufen zu können. Wenigstens an Weihnachten wollte sie das Gefühl haben, sich etwas leisten zu können. Das war ihr wichtig. Besonders in diesem Jahr, in dem sich alles geändert hatte. Diese Tradition jetzt zu brechen, würde ihr wie die pure Ironie vorkommen. Schließlich war sie nicht mehr arm. Sie war zwar auch nicht maßlos reich, aber immerhin reichte es, um sich ihren Traum zu verwirklichen. Zumindest *einen* ihrer Träume.

Letzten Endes hatte sich der Lottoschein, den sie vor Kurzem mit Miriam ausgefüllt hatte, als wahrer Glückstreffer herausgestellt. Sie dachte immer noch darüber nach, ob sie diesen Gewinn erschaffen hatte, als sie damals mit Nikolas im Zug gesessen hatte oder erst, als sie wieder zu Hause war und jeden Tag Euphoria spielte, bis sie vor Glücksgefühlen ganz benebelt war. Oder aber es war passiert, weil seit einer Weile wieder etwas aus ihr heraus brach, das sie nicht kontrollieren konnte. Sie wusste es nicht. Aber eigentlich war das auch nicht wichtig. Die Hauptsache war, dass sie endlich genug Geld hatte, sich ihren Traumberuf leisten zu können. Oder erst einmal die Ausbildung dafür. Ursprünglich war Heilpraktikerin ihr Traum gewesen, weil sie sich durch das Wissen, das sie in einer solchen Ausbildung erlangen würde, selbst heilen wollte. Aber das war jetzt nicht mehr nötig. Jetzt war es ihr Traumberuf, weil sie *anderen* Menschen helfen wollte. Ihr Wunsch, eine eigene Praxis zu besitzen, bekam plötzlich ganz andere Dimensionen. Sie würde den Menschen helfen, sich von ihrem körperlichen Leid zu befreien. Und nebenbei konnte sie ihnen vielleicht das Wissen näher bringen, das sie von Nikolas erlangt hatte. Ein paar Medikamente auf naturheilkundlicher Basis würden unterstützend wirken, aber die eigentliche Heilung fand in den Köpfen der Menschen statt.

Sie wusste, wie es war, zu leiden. In einem Denken festzuhängen, das einen krank machte und den Spaß am Leben nahm. Und jetzt, wo sie dieses Wissen in ihrem eigenen Leben anwandte, wollte sie es gern weitergeben. Es so vielen Menschen wie möglich vermitteln und ihnen klarmachen, wie mächtig sie waren. Und dass sie ihr Schicksal in den eigenen Händen hielten.

Aber erst einmal musste sie die Ausbildung hinter sich bringen. Sie hatte sie schon vollständig bezahlt. Nur das Haus würde wohl noch warten müssen. Sie hätte so gern schon zu Weihnachten eines mit einem großen Wohnzimmer gehabt, in dem sie einen gigantischen Baum aufstellen konnte. Aber es war noch nicht zu spät. Sie schickte den Wunsch fort. So wie sie es immer machte, wenn sie ihn spürte. Sie hatte sich angewöhnt, Wünsche wie Gedanken zu behandeln. Wenn sie in ihr entstanden, tat sie nichts weiter, als sie zu registrieren, sie anzunehmen und als das zu betrachten, was sie waren. Hinweise, die ihr klarmachen wollten, was sie fühlte. Und was sie glücklich machen würde. Wenn sie es wusste, konnte sie den Wunsch wieder loslassen. Er war zu nichts weiter nutze. Für sie waren Wünsche nur

Auskünfte ihres Herzens. Sie konnte nicht verstehen, dass Miriam ihr noch lange Zeit versucht hatte beizubringen, dass man Wünsche festhalten musste. Wozu sollte das gut sein? So würde man doch immer wieder eine Realität anziehen, in der man erneut diesen Wunsch spürte. Weil man sich auf den Mangel konzentrierte. Darauf, sich etwas wünschen zu müssen, weil man es noch nicht besaß. Sie hatte versucht, es ihr zu erklären. Aber wirklich verstanden hatte sie es vermutlich nicht. Vielleicht wollte sie es auch noch nicht annehmen, dass Lucy auf einmal vorgab, über das Gesetz der Anziehung Bescheid zu wissen. Schließlich war es Miriam, die jahrelang diese Bücher studiert hatte und nicht Lucy. Als sie fragte, woher sie das alles plötzlich wusste, kam Lucy in Erklärungsnot. Wie so oft.

»Ich fahre dann mal«, sagte Miriam plötzlich und riss Lucy damit aus den Gedanken.

»Entschuldige«, sagte sie erschrocken. »Ich war in Gedanken.«

Miriam lachte. »Schon gut. Du hast dich zwar sehr verändert, Lucy, aber nachdenklich bist du trotzdem noch. Nur dass es jetzt nicht mehr so aussieht, als würdest du an den Gedanken, die du dir machst, kaputtgehen.«

Lucy senkte den Kopf.

»Ehrlich gesagt bin ich froh, dass noch etwas von der alten Lucy übrig ist. Ich habe manchmal das Gefühl, dich gar nicht mehr zu kennen. Aber deine Pechsträhne ist nach wie vor phänomenal«, lachte sie und deutete auf das Badezimmer. »Wie du es hingekriegt hast, deine Toilette völlig zu zerstören, werde ich wohl nie begreifen.«

Lucy zwang sich zu einem Lächeln, sagte aber lieber nichts dazu. Sie befürchtete, dass Miriam dann nur wieder anfing, Fragen zu stellen, die sie ihr nicht beantworten konnte. Ja, sie hatte sich sehr verändert. Eine Zeit lang war es so gewesen, als hätten sie sich ganz neu anfreunden müssen, weil Lucy einfach nicht mehr in das Bild passte, das Miriam von ihr hatte. Die kranke, unglückliche, leidende Lucy existierte nicht mehr. Stattdessen war aus ihr ein Mensch geworden, dessen innere Ruhe und Kraft sie manchmal selbst verwirrte. Vielleicht lag es daran, dass sie seit einiger Zeit viel bewusster durch ihr Leben ging. Zweifellos hatte sie sich in Selbstkontrolle trainiert. Sie achtete in jeder Sekunde auf ihre Gedanken und Gefühle und war dadurch wohl zu einer enormen inneren Stärke und Ruhe gelangt. Dennoch verursachte sie immer noch kleine und große Missgeschicke. Ihre Fähigkeiten machten ihr Sorgen. Große Sorgen. Aber davon wusste Miriam ja nichts.

»Außerdem wüsste ich manchmal echt gern, was da drin vorgeht«, sagte Miriam nun und tippte mit dem Finger gegen Lucys Stirn. »Ich wette, da geistert ein hübscher Kerl drin 'rum, der dir den Kopf verdreht hat.«

Lucy rollte mit den Augen und wich ihrem Blick aus. »Miri. Fängst du schon wieder an?!«

Jetzt stand Miriam auf und nahm ihre Tasche vom Sessel. »Irgendwann wirst du es mir erzählen«, sagte sie grinsend und schmiss sich ihr hellbraunes, langes Haar über die Schulter. »Bringst du mich noch zum Bus?«

»Ja« Lucy ging in den Flur und zog sich ihre Winterjacke über. »Ich fahre mit. Ich wollte noch etwas erledigen.«

Als sie wortlos die Straße entlang gingen, lauschte Lucy, neben dem knirschenden Schnee unter ihren Füßen, Miriams Gedanken. Sie ging ihre Geschenkeliste durch. Als sie bei ihrer Auflistung bei Lucy ankam, zog sie jedoch eine innere Mauer hoch und es war wieder still in ihrem Kopf.

Es war nicht weit bis zu Miriam nach Hause. Nur eine kurze Strecke mit dem Bus. Nach vier Busstationen stand Miriam auf, erinnerte Lucy noch einmal an die Weihnachtsfeier am Wochenende und stieg dann aus. Lucy würde natürlich kommen. Wie jedes Jahr. Auch wenn sich wieder nur Pärchen auf der Feier tummeln würden und sich Lucy vermutlich vorher schon mit Weihnachtspunsch betrinken musste, um entspannt zu bleiben und nicht versehentlich die Weihnachtsbeleuchtung explodieren zu lassen. Lucy freute sich natürlich für Miriam, dass sie jetzt einen Freund hatte. Doch jetzt würde sie die einzige Alleinstehende auf der Party sein, was ihr einerseits zwar nichts ausmachte, sie aber andererseits an Nikolas erinnerte. Und wenn sie an Nikolas dachte, konnte schon mal eine Glühbirne zerspringen. Oder hunderte.

Lucy stieg nicht aus, als der Bus in der Innenstadt ankam, sondern blieb einfach sitzen und entschied sich, noch ein Stück weiterzufahren. Zu dem Stadtteil, den sie in den letzten Wochen fast jeden Tag besucht hatte. Das Nobelviertel mit den schönen Häusern. Sie mochte es, sich fremde Häuser anzusehen, um sich Inspirationen für ihr zukünftiges eigenes Haus zu holen. Ob sie jemals genug Geld für ein solches Haus haben würde, stand ganz außer Frage. Da dachte sie nie drüber nach. Sie machte es ja nur aus Spaß. Und sich vorzustellen, wie es sich anfühlte, reich zu sein, war ebenfalls ein Spiel. Sie verfolgte niemals eine Absicht. Das war das Spiel der Götter, das sie gewissenhaft spielte. Der Rest kam von ganz allein. So war es mit ihrer Gesundheit gewesen und auch mit dem Geld. Alles was sie sich wünschte, stellte sie sich aus Spaß vor. Nicht, weil sie es damit herbeizaubern wollte. Und das Gute war: Es kam trotzdem. Das war das Geheimnis, das Miriam immer noch nicht verstanden hatte. Oder nicht verstehen wollte.

»Was ist daran falsch, ein Ziel zu haben?«, hatte sie immer wieder gefragt.

»Gar nichts«, war Lucys immer gleichbleibende Antwort. »Aber so lange du ein Ziel verfolgst, wirst du immer auf dem Weg sein. Erst, wenn du den Weg genauso genießt wie das Ziel, wirst du ankommen.«

Und immer wieder hatte sie sie gefragt, woher sie diese Weisheiten plötzlich hatte. Ob sie irgendein geheimes Buch gelesen hatte, dass sie nun zur Expertin machte.

Und Lucys Antwort: »Das ist doch ganz logisch. Du weißt doch selbst ganz genau, dass du das erschaffst, worauf du deine Aufmerksamkeit lenkst. Wenn du ein Ziel verfolgst, konzentrierst du dich im Grunde nur darauf, dass du noch nicht da bist. Deswegen musst du es ja erreichen. Aber wenn du weißt, wo du hin willst, kannst du das Ziel auch loslassen, den Weg dorthin genießen und dir vorstellen, wie es sich anfühlt, schon da zu sein. Absichtslos. Aus Spaß!«

Aber irgendwie konnte sie sich mit dem Spiel noch nicht anfreunden. Mit dieser Leichtigkeit und Einfachheit. Sie wollte es lieber ernst nehmen und erwachsen sein, wie sie sagte. Und nicht *spielen*.

Lucy blickte gedankenversunken aus dem Seitenfenster des Busses und beobachtete, wie dicke Schneeflocken langsam und friedlich zu Boden schwebten und alles mit einer wunderschönen weißen Schicht aus Stille bedeckten. Der Bus stand an der Ampel und wartete. Und währenddessen sah sich Lucy das zauberhafte Schauspiel an, versank darin und genoss die Stille und den Frieden, den die weiße Winterlandschaft mit sich brachte. Hier, außerhalb der Stadt, war der Schnee nicht matschig und grau – so wie in der Innenstadt. Hier war alles weiß, denn hier fuhr kaum ein Auto. Sie liebte diesen Stadtteil. Es sah hier ein bisschen aus wie in Lumenia. So friedlich und idyllisch. Und sie fuhr mindestens einmal die Woche her, um hier ein wenig Frieden zu finden und Ruhe.

Die Monate waren wie im Flug vergangen. Vielleicht lag es daran, dass sie jetzt wieder intensiv auf ihre Gedanken aufpassen musste. Und auf ihre Gefühle. Seit der Nuss-Geschichte waren ihr wieder unzählige Missgeschicke passiert. Unfälle und kuriose Ereignisse, die sich kein Mensch ausdenken konnte. Manchmal hatte sie sogar Albträume von irgendwelchen Monstern. Wenn sie dann ängstlich aufwachte, war entweder ihr Wecker kaputt oder es waren wieder Glühbirnen zersprungen. Miriam hegte schon die Vermutung, sie habe einen Hausgeist. Doch Lucy wusste, dass sie einfach nicht in der Lage war, ihre Fähigkeiten unter Kontrolle zu bringen – so sehr sie sich auch bemühte. Sie kam mit all den Veränderungen nicht so gut zurecht, wie sie dachte. Sie versuchte es. Sie gab wirklich ihr Bestes. Aber sie war überfordert. Und leider gab es kein Telefon, das nach

Lumenia führte, damit sie Nikolas anrufen konnte, um ihn um Hilfe zu bitten. Sie hielt sich einfach weiterhin am Spiel der Götter fest. Sie dachte, dass sie es damit schon irgendwie bewältigen konnte.

Sie seufzte und lehnte den Kopf gegen die kalte Scheibe, als der Bus wieder los fuhr. Kurz darauf hielt er an einer Haltestelle. Jemand stieg ein und setzte sich direkt neben sie. Er trug den kalten Duft von Eis und Schnee an sie heran. Und laute Gedankenfetzen drangen zu ihr vor. Sie kniff kurz die Augen zu und versuchte, sie abzustellen. Aber sie schaffte es nicht. Keine der Fähigkeiten, die wieder in ihr zum Vorschein gekommen waren, konnte sie bisher kontrollieren. Sie waren einfach wieder in ihr ausgebrochen und beschäftigten sie 24 Stunden am Tag. Kein Wunder, dass die Zeit so schnell vergangen war. Sie war jeden Tag damit beschäftigt, nichts Dummes zu tun. Auf einmal kam ihr ein Gedanke. Vielleicht konnte sie ihn mental erreichen? War das vielleicht möglich? Konnte sie ihre Gedanken über den Schutzwall, der Lumenia umgab, hinweg schicken, um Nikolas zu rufen? Würde er sie hören können? Warum war sie auf diese Idee nicht schon vorher gekommen?

Als sie über Nikolas nachdachte, machte ihr Herz einen kurzen, glücklichen Hopser und sie lächelte die Scheibe an. Doch dann wurde sie wieder traurig. Sie fragte sich, ob er überhaupt manchmal an sie dachte. Sie dachte jedenfalls jeden Tag an ihn. Und auch Nachts. Sie konnte nicht anders. Miriam wurde schon langsam argwöhnisch.

Als der Mann neben ihr sein Handy heraus zog und darauf herum tippte, rückte Lucy vorsichtshalber noch ein Stück von ihm weg. Doch es nützte nichts. Das Display flackerte bereits.

Sie fluchte innerlich. Und der Mann inspizierte ratlos sein Telefon, schüttelte es, klopfte dagegen, drückte am An/Aus-Knopf herum. Sie hörte ihn in Gedanken über den Hersteller fluchen und ärgerte sich darüber, so viel Geld für das Teil ausgegeben zu haben.

Lucy seufzte. Seit einer Weile trug sie gar kein Handy mehr bei sich. Es hatte einfach keinen Sinn. Sie schrottete sie alle.

Als das Handy des Mannes komplett den Geist aufgab, fluchte er nicht mehr nur in Gedanken, sondern laut. »Verdammtes Teil!«

Hätte er sich mal lieber nicht neben sie gesetzt, dachte sie sich, nahm seufzend ihre Handtasche und stand auf. Der Mann machte ihr Platz, guckte aber weiterhin ratlos und wütend auf sein Handy. Lucy stellte sich an die Tür und hoffte, dass sie die Mechanik der Türen nicht wider kaputt machte. Das war ihr auch schon öfter passiert.

Als sie ausstieg, atmete sie die kalte Winterluft tief ein und machte sich schließlich auf den Weg zu ihrer Lieblingsstraße. Dort standen die schönsten Häuser. Und sie wünschte sich so sehr, eines dieser Häuser ihr Eigen nennen zu können. Aber leider war dieser Wunsch nicht eingetreten. Wie so viele andere auch nicht. Sie verstand es nicht. Sie versuchte seit all diesen Monaten, Nikolas' Ratschläge zu befolgen. Aber viele Dinge, die sie sich wünschte, wurden einfach nicht wahr. Sie fragte sich, woran das lag und ob sie irgendetwas falsch machte. Leider konnte sie ja niemanden fragen. Aber zumindest hatte sie ihre Krankheiten weitestgehend abgeschafft. Seit dieser Nacht im Badezimmer hatte sie sie einfach weg-entschieden. Es war ihr so leicht gefallen.

Warum aber fielen ihr andere Dinge so schwer? Es dauerte eine Weile, bis das Straßenschild ihrer Lieblingsstraße auftauchte. Doch als sie es sehen konnte, freute sie sich so sehr, dass sie über das ganze Gesicht strahlte. Eines Tages, dachte sie, würde sie dort ein Haus besitzen. Eines Tages. Lucy ging langsam und gemütlich die Straße entlang, an deren Seiten die schönsten Gebäude wie bunte Blumen aus dem weißen Boden zu wachsen schienen, und seufzte glücklich. Sie betrachtete die weihnachtlich geschmückten Häuser mit einem zufriedenen Lächeln und genoss einfach den Anblick. Auf der linken Seite fuhr gerade der Familienvater in seine Einfahrt und lud ein paar große Päckchen aus. Sie sah ihn fast jedes Mal, wenn sie hier entlang spazierte. Als seine Kinder aus dem Haus stürmten, um ihn zu begrüßen und die Päckchen zu erkunden, lachte sie amüsiert. Diese Familie hätte sie gern als Nachbarn gehabt.

Ein Stück weiter folgten ihre drei Favoriten. Das große braune Steinhaus mit dem seitlichen Schornstein und der großen Veranda, dann das weiße, mit der Holzverkleidung und dem roten Dach und zu guter Letzt, am Ende der Straße, der beigefarbene Steinpalast mit den weißen Säulen vor der Veranda und dem großen Vorgarten. Dieses Haus stand seit Wochen leer. Lucy blieb vor dem Gartentor stehen und betrachtete es wie ein kleines Kind, das einen funkelnden Weihnachtsbaum vor sich sah. Es war perfekt. Ein perfektes Traumhaus. Sie warf erneut einen Blick durch das Fenster auf der rechten Seite. Doch dann stockte sie und machte ein enttäuschtes Gesicht. Offensichtlich war nun doch jemand eingezogen. Sie sah Möbel in dem Raum stehen und

Gardinen am Fenster. Vor ein paar Tagen war noch alles leer gewesen.

»Schade«, seufzte sie etwas verdrießlich und trat einen Schritt von dem Zaun zurück. Wenn dort jemand wohnte, wollte er sicherlich nicht, dass sie vor seinem Haus herum lungerte.

»Ich hätte nichts dagegen«, sagte plötzlich eine vertraute Stimme hinter ihr.

Sie sog so heftig die kalte Luft ein, dass es schmerzte und fuhr dann so schnell herum, dass sie fast auf dem Schnee ausrutschte. Er hatte den Arm ausgestreckt, um sie aufzufangen und war ihr jetzt so nah, dass sie in das stechende Blau seiner Augen schielte und vor Schreck den Atem anhielt. Erst als er langsam zurückwich, sah sie das vertraute Lächeln in seinem Gesicht, das sie so sehr liebte. Das Lächeln, das sie jede Nacht im Traum vor sich sah, seit sie sich von ihm verabschiedet hatte. Ihr Herz polterte so mächtig los, dass sie es in ihrem ganzen Körper schlagen spürte. »Nikolas«, flüsterte sie ungläubig. Er war hier! Er war tatsächlich hier?! Sie starrte ihn mit großen Augen an und wagte es nicht, auch nur ein einziges Mal zu blinzeln, aus Angst, er könnte wieder verschwinden. War das schon wieder ein Traum? Und war er eigentlich schon immer so hübsch gewesen? Oder kam es ihr nur so vor, weil die Erinnerungen ihm nicht gerecht wurden? Seine Wangen waren rosig von der Kälte und auf seinen Locken lagen ein paar dicke Schneeflocken.

»Wie geht es dir, Lucy?«, fragte er liebevoll.

Ihr lief eine Träne heiß über die Wange, die sie sich schnell wegwischte. Also war jetzt doch einer ihrer großen Träume wahr geworden. Er besuchte sie! Nach all den Monaten besuchte er sie! Endlich. Sie konnte es kaum glauben. Die ganze Zeit hatte sie auf diesen Moment gewartet. Den Moment, in dem sie ihn wiedersah. Unzählige Male hatte sie es sich ausgemalt und sich vorgestellt, wie sie reagieren würde. Doch ihre tatsächliche Reaktion war ganz anders. Sie war vor Glück völlig verstummt. Dann versuchte sie jedoch, sich zusammenzureißen. »G ... gut. Mir geht's gut. Ich habe...« Sie wollte gerade sagen, dass sie alles getan hatte, was sie von ihm gelernt hatte. Doch leider war sie ja nur teilweise erfolgreich darin gewesen. Also hielt sie den Mund. Außerdem klang ihre Stimme erschreckend dünn. Als würde sie im nächsten Moment in tausend Teile zerspringen. Zusammen mit ihrem rasenden Herzen.

Er lächelte. »Ich habe dich vermisst«, sagte er und sah sie dabei innig an.

Ihr schossen die Tränen in die Augen. Dann nahm sie einen tiefen, zitternden Atemzug, der ihre Lunge mit eisiger Luft füllte. Nikolas sah sie nun eine ganze Weile lang stumm an, wobei er ihr Gesicht mit seinen Augen liebevoll zu streicheln und zu liebkosen schien. Lucy erwiderte seinen Blick wie erstarrt. Sie wusste nicht, was sie sagen sollte. Sie wollte ihm so viel erzählen. Von sich und ihrem Leben. Davon, wie sehr sie sich verändert hatte und dass sie die Welt jetzt anders betrachtete. Sie wollte ihm davon erzählen, was seit ein paar Monaten schon wieder mit ihr los war. Dass sich ihre Fähigkeiten wieder zeigten und sie kaum Kontrolle darüber hatte. Aber sie bekam kein Wort heraus. Nur eines schaffte sie zu sagen: »Ich habe dich auch vermisst.« Wie sehr, das musste sie ihm nicht mitteilen. Sie wusste, dass er das deutlich spüren konnte.

Dann drehte er sich langsam zu dem Haus um und betrachtete es erfreut.»Es hat etwas gedauert. Ich wollte warten, bis Alea mit dem Geschenk fertig war. Und Paco hat auch ganz schön lange gebraucht«, sagte er schmunzelnd. Sein Atem schwebte in kleinen Wölkchen aus seinem Mund, während er sprach.

Lucy betrachtete ihn von der Seite.»Was haben sie dir geschenkt?«, fragte sie neugierig.

»Es sind eigentlich Geschenke für uns beide«, berichtete er und sah sie dabei bedeutungsvoll an. Dann holte er ein Schlüsselbund aus seiner Tasche. Aus seiner Jeanstasche! Erst jetzt bemerkte Lucy, dass er normale Kleidung trug – die ihm unverschämt gut stand. Offenbar wollte er sich der Umgebung anpassen, solange er hier war, dachte sich Lucy.

Auf einmal hielt er Lucy die Schlüssel hin und ließ sie dann in ihre Hand sinken.»Es gehört dir«, sagte er lächelnd und nickte in Richtung Haus.

Lucy blieb der Mund offen stehen. Sie sah erst die Schlüssel an, dann das Haus und dann wieder die Schlüssel. Und dann bemerkte sie ein kleines, goldenes Namensschild an dem Bund, worin ihr Name eingraviert war. Auf der anderen Seite stand»Nikolas Key«.

»W … wie, wie...«, stammelte sie.

Nikolas lachte.»Du hast unterschrieben, weißt du nicht mehr?«

Für einen Moment wollte Lucy wirklich an ihrem Verstand zweifeln. Aber als Nikolas sein typisches, freches Grinsen aufsetzte und ihr zuzwinkerte, wurde ihr alles klar.»Alea war das??«

Er nickte lachend und wühlte dann in ihrer Hand nach einem dicken Schlüssel, den er heraus hob und ihn verspielt hin und her drehte.

»Und für das hier habe *ich* unterschrieben. Du hast ja noch keinen Führerschein. Es ist von Paco«, sagte er und deutete mit einem Nicken auf die Straße. Lucy folgte seinem Blick, der nun an einem nigelnagelneuen, silbernen Audi haftete. Sie rang nach Luft.

»Er sagte, er mag deinen Fahrstil«, klärte er sie auf, »und war der Meinung, du solltest unbedingt eins haben.«

Sie runzelte verwirrt die Stirn und sah ihn wieder an. »Das … verstehe ich nicht. Sie haben das *uns* geschenkt?«

Jetzt zog er erneut etwas aus seiner Tasche. Es war ein Portalschlüssel. Alea hatte einen solchen Schlüssel benutzt, um sie nach Lumenia zu bringen. Und auch, um sie wieder nach Hause zu schicken. Er drehte ihn in seiner Hand und sah sie dann an. »Als ihnen klar war, dass ich zu dir zurückkehren würde, haben sie bereits alles in die Wege geleitet. Das war in dem Moment, als wir uns vor dem Lagerhaus umarmt haben.« Er streichelte mit dem Daumen über den Kristall und grinste dann. »Er ist von Hilar. Er sagt, er wird sauer, wenn wir ihn nicht ab und zu besuchen kommen.«

Lucy hielt den Atem an. Dann schenkte ihr Nikolas ein unglaubliches Lächeln und zog bedeutsam die Augenbrauen hoch.

In dem Moment brach Lucy endgültig in Tränen aus und fiel ihm schluchzend um den Hals. Er legte seine Arme um sie und hielt sie ganz fest. Es war so schön, ihn wieder zu spüren. Seinen Duft wieder einatmen zu können und nicht mehr versuchen zu müssen, in ihren Erinnerungen danach zu suchen. Seine Gegenwart zu spüren und sein vertrautes Gesicht wieder zu sehen. Sie würde ihn nie wieder loslassen. Nie nie wieder.

Er lachte und drückte sie fest an sich.

Doch auch wenn sie deutlich seine Zuneigung spürte und wusste, dass er in diese kaputte Welt zurückgekehrt war, um mit ihr zusammen zu sein, spürte sie, dass es noch andere Gründe für seine Rückkehr gab. Sie spürte es deutlich. Sie wollte nur nichts sagen. Denn es war ihr egal. Es war ihr alles egal. Sie war so unglaublich glücklich. Endlich war sie glücklich. Und sie hoffte, dass er sie nie mehr verlassen würde. Dass er für immer in ihrer Welt bleiben würde. Auch wenn ihr klar war, dass sie das von ihm nicht verlangen konnte, hoffte sie es. So sehr.

Er löste sich aus der Umarmung und sah ihr tief in die Augen. *Ich bleibe, solange du mich hier haben willst*, erklang seine Stimme in ihren Gedanken. Dabei streichelte er ihr sanft eine Haarsträhne aus dem Gesicht. »Und solange du mich brauchst«, hauchte er.

Sie brauchte ihn. Und wie sie ihn brauchte! Doch auf einmal stutzte sie. Bedeutete das, dass er Bescheid wusste? Wusste er, dass ihre Kräfte wieder aus ihr heraus brachen?

Er nickte.

»Wie...«, murmelte sie und blickte ihm dabei ratlos ins Gesicht. Wie hatte er das herausgefunden?

»Wir beobachten dich, seit du wieder hier bist«, erklärte er. »Quidea hat der Garde aufgetragen, dich ein wenig im Auge zu behalten.«

Sie schürzte die Lippen. So viel dazu, dass er ihr glaubte,

verantwortungsbewusst mit dem Wissen um Lumenia umzugehen, dachte sie.

Nikolas lachte. »Er vertraut dir«, bestätigte er noch einmal. »Aber was mit dir passiert ist, ist einmalig. Kein Mensch hat je einen solchen Splitter in seinem Körper gehabt. Sie wollten nur sichergehen, dass...«

»...dass ich keinen Blödsinn mache«, beendete sie seinen Satz.

Er schmunzelte. »Dass der Splitter keine nachteiligen Auswirkungen auf dich gehabt hat.«

»Das hat er aber«, sagte sie spontan und dachte an all die verrückten Dinge, die ihr in den letzten Monaten passiert waren. »Ich mache ständig Sachen kaputt.«

»Das kriegen wir hin«, sagte er lächelnd und kam dabei ihrem Gesicht näher. Sein Blick war innig und liebevoll.

Lucys Herz raste los. Und sie glaubte, es überall klopfen zu spüren. Sogar im schneebedeckten Boden.

Und dann küsste er ihre kalten Lippen. Dieses Mal nicht zart und zaghaft, sondern leidenschaftlich.

In Lucy explodierten die Gefühle. Sie bemerkte nur nebenbei, wie plötzlich der Schnee um sie herum wirbelte, als stünde sie im Auge einer Windhose. Und wie die Laterne neben ihr auf einmal viel zu hell strahlte und kurz vor dem Zerbersten war. Sie spürte den vibrierenden Boden, der auf ihre Ekstase reagierte. Und sie bemerkte, dass Nikolas versuchte, dieses Chaos, das sie verursachte, mit seinen mentalen Kräften zu bändigen. Denn er war der Einzige, der die Kräfte zu kontrollieren wusste, die erneut aus ihr heraus brachen. Das wusste er. Das wusste sie. Und das wusste ganz Lumenia.

Du bestimmst über dein Leben. Und kein Kristall dieser oder einer anderen Welt, kann dich mächtiger machen, als du es jetzt schon bist.

Quidea

Weiter geht es mit Band 2:

»Euphoria – Der Tanz der Götter«

Handlung von Band 2:

Lucy ist zum ersten Mal in ihrem Leben glücklich, denn sie lebt endlich das Leben, das sie sich schon immer erträumt hat. Aber bald schon scheint alles wieder aus den Fugen zu geraten, als ihre beste Freundin von einer schicksalhaften Krankheit heimgesucht wird. Daran zweifelnd, dass es Miriam schaffen kann, sich von dieser Krankheit zu befreien, begibt sich Lucy auf eine Reise nach Lumenia, um Hilfe zu suchen. Doch ihre Reise stürzt sie erneut in einen Strudel aus Verschwörung, Kampf und Leid - denn ihre sich stetig entwickelnden Fähigkeiten scheinen sich immer mehr in einen Fluch zu verwandeln, der sie in einen tiefen Abgrund stürzen wird, wenn sie nicht lernt, mit ihrer wachsenden Kraft umzugehen. Doch sie hat glücklicherweise Nikolas an ihrer Seite und ihre Freunde aus Lumenia, die sie und Miriam dabei unterstützen, ihr Leben Stück für Stück zu entwirren und das Leid für immer hinter sich zu lassen. Doch auch sie ahnen nichts von der geheimen Verschwörung, auf die Lucy gestoßen ist. Und in der sie eine größere Rolle spielt, als sie selbst ahnt.

Die Euphoria-Romane:

(In richtiger Reihenfolge.)

Teil 1:
Euphoria – Das Spiel der Götter

Teil 2:
Euphoria – Der Tanz der Götter

Teil 3:
Euphoria – Die Welt der Götter

Teil 4:
Euphoria – Der Kampf der Götter

Teil 5:
Euphoria – Die Macht der Götter

Euphoria Parallelgeschichten:

(Erst nach den Euphoria-Hauptromanen lesen.)

Euphoria – Marin, Göttin auf Abwegen
Band 1-3

Euphoria – Götterkinder
Band 1-3

Die One-Romane:

(In richtiger Reihenfolge. »One« kann vor oder nach »Euphoria« gelesen werden.)

Teil 1:
One - Herzorgasmus

Teil 2:
One – Herzbeben

Teil 3:
One – Herzfeuer

Teil 4:
One – Herzsturm

Teil 5:
One – Herzflut

Teil 6:
One – Herzapokalypse

DiVine Roman

(»DiVine« wird ganz am Schluss, also nach »Euphoria« und
»One« gelesen, da es beide Geschichten vereint und man das
Wissen aus »Euphoria« und »One« braucht, um die Geschichte
zu verstehen.)

Teil 1
DiVine - Aufbruch ins Nichts

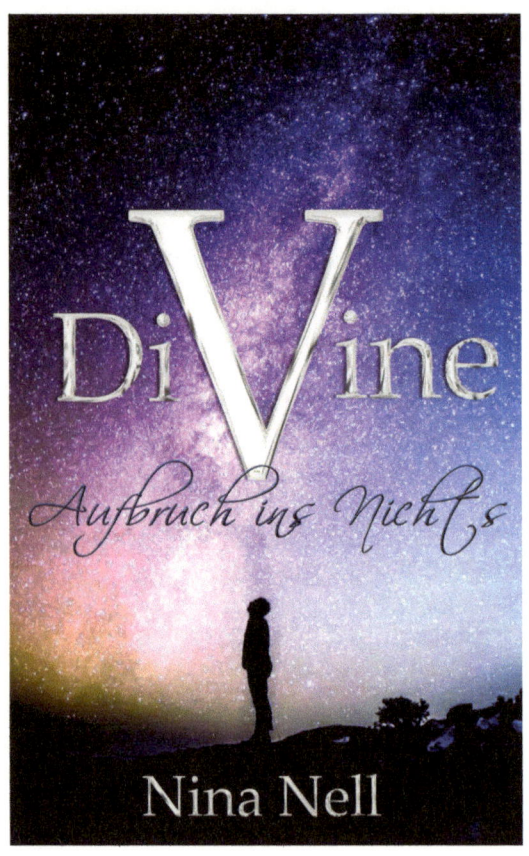

Alle Informationen zu den Büchern, zu den Charakteren, dem Spiel der Götter und weiteren Büchern gibt es auf:

www.euphoria-lane.de

Dort findest du auch die »Reise nach Lumenia« Meditationen, die dich das Land der Götter hautnah erleben lassen.